Lou And

Lebensrückblick

Lou Andreas-Salomé

Lebensrückblick

Reproduktion des Originals.

1. Auflage 2022 | ISBN: 978-3-36847-832-2

Verlag: Outlook Verlag GmbH, Zeilweg 44, 60439 Frankfurt, Deutschland
Vertretungsberechtigt: E. Roepke, Zeilweg 44, 60439 Frankfurt, Deutschland
Druck: Books on Demand GmbH, In de Tarpen 42, 22848 Norderstedt, Deutschland

Lebensrückblick

Grundriss einiger Lebenserinnerungen

»Menschenleben – ach! Leben überhaupt – *ist* Dichtung. Uns selber unbewusst leben *wir* es, Tag um Tag wie Stück um Stück, – in seiner unantastbaren Ganzheit aber lebt es, dichtet es *uns*. Weit, weitab von der alten Phrase vom ›Sich-das-Leben-zum-Kunstwerk-machen‹; wir sind nicht *unser* Kunstwerk.«

Lou Andreas-Salomé

Das Erlebnis Gott

Unser erstes Erlebnis ist, bemerkenswerterweise, ein Entschwund. Eben noch waren wir alles, unabgeteilt, war unabteilbar von uns irgendwelches Sein – da wurden wir ins Geborenwerden gedrängt, wurden zu einem Restteilchen davon, das fortan bestrebt sein muss, nicht in immer weitergehende Verkürzungen zu geraten, sich zu behaupten an der sich immer breiter vor ihm aufrichtenden Gegenwelt, in die es aus seiner Allfülle fiel wie in – zunächst beraubende – Leere.

So erlebt man zuerst gleichsam etwas schon Vergangenes, eine Abwehr des Gegenwärtigen; die erste »Erinnerung« – so würden wir es ein wenig später heißen – ist gleichzeitig ein Schock, eine Enttäuschung durch Verlust dessen, was nicht mehr ist, und ein Etwas von nachwirkendem Wissen, Gewisssein, dass es noch zu sein *hätte*.

Dies ist das Problem der Urkindheit. Es ist auch das aller *Urmenschheit,* dass sich in ihr eine All-eingeborenheit weiterbekundet neben den Erfahrungen des zunehmenden Bewusstwerdens: wie eine gewaltige Mär von unverlierbarer Teilhaberschaft an Allmacht. Und die frühe Menschheit wusste sich den Glauben daran dermaßen zuversichtlich zu erhalten, dass die gesamte Welt des Augenscheins menschlich zugänglicher Magie unterstellt erschien. Dauernd bewahrt das Menschentum etwas von diesem Unglauben an die Allgemeingültigkeit der Außenwelt, die einmal mit ihm ungeschieden Ein-und-dasselbige schien; dauernd überbrückt es den für sein Bewusstsein entstandenen Riss mithilfe der Fantasie, wenngleich diese das Modell ihrer göttlichen Korrekturen auch eben dieser mehr und mehr wahrgenommenen Außenwelt angleichen muss. Dies Darüber und Daneben, dies fantasierte Duplikat – berufen zu vertuschen, was sich mit dem Menschentum Fragwürdiges zugetragen hat – nannte der Mensch seine Religion.

Deshalb kann es auch einem heutigen oder gestrigen Kinde geschehen – falls es noch irgendwo ganz selbstverständlich umstellt ist von elterlicher Gläubigkeit, von »Für-wahrhaltungen« –, dass es das religiös Geglaubte ähnlich unwillkürlich einheimst wie die sachlichen Wahrnehmungen. Denn gerade seinen kleinsten Jahren, der kleinsten Unterscheidungsfähigkeit, eignet noch die Urfähigkeit, nichts für unmöglich und das Extremste für das Wahrscheinlichste zu halten; alle Superlative geben sich noch ein magisches Stelldichein im Menschen als natürlichste Voraussetzungen, bevor er sich an den Mittelmäßigkeiten und Unterschiedenheiten des Tatsächlichen gründlich genug gerieben hat.

Man denke nicht, einem religiös unbeeinflussten Kinde werde solche Vorzeit ganz erspart: Die kindlichste Reaktion geschieht – infolge noch ungenügender Unterscheidungskraft und umso fragloserer Wunschkraft – *immer* zunächst aus dem Superlativischen heraus. Denn zu Beginn entschwindet unsere »All-eingeborenheit« unserm Urteil nicht ohne diese Hinterlassenschaft, die sich über die Gegenstände unserer ersten Anhänglichkeiten oder ersten Empörungen legt wie Verklärung oder wie Verzerrung ins Überdimensionale – wie ein noch restloses Allumfangen selber. Ja, man darf sagen: wo etwa zeitliche Umstände – beispielsweise die heutigen oder die von morgen – einem Kinde allzu viel davon und von den sich ganz unvermeidlich daran anschließenden Enttäuschungen ersparen möchten, wo seine Nüchternheit allzu früh kritisch einsetzen muss: Da wäre eher zu fürchten, ob der natürliche Fantasietrieb, der unserer Verstandeswachheit so sehr lange vorangeht, sich nicht unnatürlich aufstauen könnte, um sich dermaleinst am nüchtern Realen in gespenstischen Übertreibungen zu rächen, und ob er nicht eben damit, unter solchem nachträglichen Drang, gerade die sachlichen Maßstäbe ausließe.

Wohl aber muss man hinzufügen: Beim normalen Kinde weicht ein allzu »religiöses« Erzogensein von selbst vor zunehmender Kritik am Wahrgenommenen – ähnlich wie die ausschließliche Bevorzugung des Märchenglaubens vor dem brennenden Interesse an der Realität. Geschieht dies nicht, so wird meistens eine Entwicklungshemmung vorliegen, eine Unstimmigkeit zwischen dem, was dem Leben entgegentreibt, und dem, was zögert, sich mit dessen Bedingtheiten zu befreunden. –

Dass mit unserm Geborenwerden ein Riss – zwischen Welt und Welt – zwei Existenzarten fortan trennt, das lässt das Vorhandensein einer vermittelnden Instanz sehr begehrenswert werden. *In meinem Fall* mögen

die überall einsetzenden Kleinkindkonflikte einen gewissen Zurückrutsch gezeitigt haben – aus bereits angepassterer Urteilsweise in eine
rein fantasierende, wobei sozusagen die Eltern und die elterlichen
Standpunkte verlassen (fast verraten) wurden für ein totaleres Umfan-
gen- und Aufgenommensein, für eins, worin man sowohl hingegeben
war an noch größere Übermacht als auch in ihr teilhaftig jeder Selbst-
herrlichkeit, ja Allmächtigkeit.

Man stelle sich das etwa im Bilde vor: als habe man sich vom Eltern-
schoß, von dem man auch manchmal niedergleiten muss, mitten auf den
Gottesschoß gesetzt, wie auf den eines noch viel verwöhnendem, alles
billigenden Großvaters, der so schenkfroh ist, als habe er alle Taschen
voll und als würde man dadurch fast ebenso allmächtig wie er, wenn
auch wohl nicht so »gut«; er bedeutet eigentlich: beide Eltern ineinander
gestülpt: mütterliche Schoßwärme und väterliche Machtvollkommen-
heit. (Sie beide scheiden und unterscheiden, als Macht- und als Liebes-
sphäre, ist schon ein gewaltiger Bruch im sozusagen wunschlos-
vorweltlichen Wohlsein.)

Was aber bewirkt im Menschen überhaupt eine solche Fähigkeit, ein
Fantasiertes für schlechthin Wirkliches zu nehmen? Doch nur die wei-
terwirkende Unfähigkeit, sich auf die Außenwelt, auf dieses Außerhalb
Unser (groß geschrieben!), das wir gar nicht voraussetzen konnten, zu
beschränken – als real voll anzuerkennen, was uns nicht mit-in-sich enthält.

Sicherlich wird dies ein Hauptgrund gewesen sein, warum mich die
gänzliche Unsichtbarkeit dieser dritten Macht, der Übermacht auch noch
über den Eltern, die letztlich ja doch auch nur durch diese alles empfingen, erstaunlich wenig störte. Es ergeht ja allen für-wahr-haltenden
wachechten Gläubigen so. In meinem Fall kam noch ein Nebengrund
hinzu: Das war eine sonderbare Angelegenheit mit unsern Spiegeln.
Wenn ich da hineinzuschauen hatte, dann verdutzte mich gewissermaßen, so deutlich zu erschauen, dass ich nur *das* war, was ich da sah: so
abgegrenzt, eingeklaftert: so gezwungen, beim Übrigen, sogar Nächstli-
genden einfach *aufzuhören*. Blickte ich nicht hinein, drängte sich mir dies
nicht ganz so auf, doch irgendwie leugnete mein eignes Empfinden den
Umstand, nicht in und mit Jeglichem vorhanden zu sein, sondern ohne
Aufnahme darein, gleichsam daran obdachlos geworden. Es erscheint
reichlich anormal, denn mir kommt vor, als wenn ich mich auch später
noch zeitweise daran gestoßen hätte, wo längst das Spiegelbild eine interessierte Bezugnahme zum eignen Bilde ausdrückt. Jedenfalls aber haben

solch frühe Vorstellungen dazu beigetragen, mir sowohl Allgegenwart wie Unsichtbarkeit des Lieben Gottes zu etwas absolut nicht Anstößigem werden zu lassen.

Freilich ist klar, inwiefern ein Gottesgebilde, aus so frühen Sensationen zusammengebastelt, nicht sehr lange vorhalten kann; weniger lange als verständiger, verständlicher bewerkstelligte – wie uns ja auch Großväter vor den lebensfähigem Eltern zu sterben pflegen.

An einer kleinen Erinnerung wird mir die Methode, womit ich Zweifel abgehalten haben mag, plausibel: In einem prachtvollen Knallbonbon, mir von meinem Vater anlässlich eines Hoffestes mitgebracht, mutmaßte ich goldene Kleider; als man mich jedoch belehrte, es enthielte nur Kleider aus dünnem Seidenpapier mit goldenen Rändchen – da ließ ich es ungeknallt. So *blieben* darin gewissermaßen dennoch goldene Kleider.

Auch die gottgroßväterlichen Geschenke bedurften keiner Sichtbarkeit für mich, gerade weil sie maßlos an Wert und Fülle und mir so absolut sicher waren und insbesondere *bedingungslos* sicher: nicht etwa, wie sonstige Geschenke, an Bravheit gebunden. Prangten doch sogar die auf Geburtstagstischen eigentlich nur da, weil man brav gewesen war oder es hoffentlich sein würde. Nun war ich häufig ein »schlimmes« Kind, musste deshalb sogar peinliche Bekanntschaft mit einem Birkenreisig machen – was ich auch nie verfehlte, dem Lieben Gott ostentativ zu klagen. Er erwies sich hierin völlig meiner Meinung, ja er schien mir so zu ergrimmen, dass ich manches Mal, wenn ich just in edelmütiger Stimmung mich befand (was keineswegs oft der Fall war), ihm gut zuredete, die Anwendung dieses Birkenreisigs durch meine Eltern auf sich beruhen zu lassen.

Natürlich wird dieses Fantasietreiben es auch meiner täglichen Umgebung gegenüber nicht selten zu allerhand fantastischen Beigaben zu den Wirklichkeitsvorgängen gebracht haben, die man meistens wohl lächelnd überging. Bis eines Sommertages, als eine um ein wenig ältere kleine Verwandte und ich von unserm Spaziergang heimkamen und gefragt wurden: »Nun ihr Ausflügler, was habt ihr denn alles erlebt ?« – ich ungekürzt ein ganzes Drama von mir gab. Meine kleine Begleiterin, in ihrer kindlichen Ehrlichkeit und Wahrhaftigkeit aufgestört, starrte mich fassungslos an und warf lauten und schrecklichen Tones dazwischen: »Aber du lügst ja!«

Mir scheint, es wird wohl seitdem gewesen sein, dass ich mich bemühte, meine Aussagen genau zu machen – das hieß für mich aber: auch nicht das kleinste Stückchen hinzuzuschenken, obschon dieser erzwungene Geiz mich arg betrübte.

Dem Lieben Gott berichtete ich übrigens, nachts im Dunkeln, nicht nur von mir: Ihm erzählte ich – freigebig und unaufgefordert – ganze Geschichten. Mit diesen Geschichten hatte es eine eigene Bewandtnis. Sie erscheinen mir herausgeboren aus der Notwendigkeit, zum Gott auch noch die ganze Welt hinzuzufügen, die in aller Breite ja vorhanden war neben unserer insgeheimen, und von deren Wirklichkeit mich dieses Extraverhältnis sonst eher ablenkte, als dass es mich in ihr voll beheimatet hätte. Nicht zufällig also entnahm ich den Stoff der Geschichten wirklichen Begebenheiten oder Begegnungen mit Menschen, Tieren oder Gegenständen; fürs Märchenartige war ja durch den Gott-Zuhörer schon genügend gesorgt, es brauchte nicht betont zu werden; im Gegenteil handelte es sich einzig darum, sich von der *Wirklichkeit*, sozusagen exakt, zu überzeugen. Freilich konnte nichts erzählt werden, was der ebenso allwissende wie allmächtige Gott nicht bereits gewusst hätte; doch gerade dies verbürgte mir ja die unbezweifelbare Tatsächlichkeit des Erzählten, weshalb ich auch, nicht ohne Genugtuung, jedem Beginn das Wörtchen hinzufügte:

»Wie Du weißt«.

Des jähen Endes, welches dies etwas bedenkliche Fantasieverhältnis fand, hab' ich mich erst ganz spät, bereits gegen 's Alter, in seinen *Einzelheiten* wiedererinnert; es findet sich aufgezeichnet in einer kleinen Erzählung »Die Stunde ohne Gott«, die indessen entwertet ist durch den Umstand, dass das Kind darin in fremdes Milieu, in abweichende Verhältnisse hineingesetzt ist – vielleicht, weil ich zur Gestaltung des Intimsten daran noch immer einer geringen äußerlichen Distanz bedurfte. Das Tatsächliche war Folgendes:

Ein Knecht, der winters aus unserm Landhaus in unsere Stadtwohnung frische Eier brachte, tat mir kund, dass vor dem Miniaturhäuschen, welches ich inmitten des Gartens ganz allein zu eigen besaß, einlassbegehrend »ein Paar« gestanden habe, das von ihm jedoch abgewiesen worden sei. Als er das nächste Mal wiederkam, fragte ich sofort nach dem Paar, wohl, weil es mich beunruhigte, dass es inzwischen gefroren und gehungert haben musste; wohin mochte es sich gewendet haben? – Ja, entfernt habe es sich gar nicht, meldete er. – Also dann stehe es immer noch vor dem Häuschen ? – Nun, das doch auch nicht: Es habe sich nämlich allmählich ganz verändert, immer dünner und kleiner sei es geworden: Dermaßen heruntergekommen sei es, und endlich vollends zusammengesunken; denn als er eines Morgens vor dem Häuschen gefegt, da habe er nur noch die schwarzen Knöpfe vom weißen Mantel der Frau vorgefunden und vom ganzen Mann nur noch einen zerbeulten Hut, den Platz aber, wo das gelegen, noch bedeckt von beider vereisten Tränen.

Das Unbegreifliche an dieser Schauermär enthielt für mich nun seinen schärfsten Stachel nicht mehr im Mitleid mit den Beiden, sondern am Rätsel der Vergänglichkeit, Zerschmelzbarkeit von so fraglos Vorhandenem: als hielte irgendetwas die naheliegende Lösung als eine allzu harmlose von mir fern, während doch alles in mir in steigender Leidenschaft Antwort heischte. Wahrscheinlich noch in derselben Nacht focht ich dieses Antwortheischen mit dem Lieben Gott aus. Für gewöhnlich hatte er sich ja nicht damit zu befassen, er hatte bei mir sozusagen nur Ohr zu sein für das, was er selber bereits wusste. Auch diesmal mutete ich ihm nicht viel zu: Seinem stummen Munde brauchten ja nur ein paar kurze Worte über die unsichtbaren Lippen zu gehen: »Herr und Frau Schnee.« Dass er sich dazu nicht verstand, bedeutete jedoch eine Katastrophe. Und es war nicht nur eine persönliche Katastrophe: Sie riss den Vorhang auseinander vor einer unaussprechlichen Unheimlichkeit, die dahinter gelauert hatte. Denn nicht nur von *mir* hinweg entschwand ja der Gott, der auf den Vorhang draufgemalt gewesen war, sondern *überhaupt* – dem ganzen Universum entschwand er damit.

Wo uns Analoges an einem lebenden Menschenkinde zustößt, an dem wir uns etwa enttäuschten und umlernen mussten, von dem wir uns verlassen und preisgegeben fühlten, da bleibt die Möglichkeit, uns innerhalb der gleichen Realität irgendwann zurechtzufinden, den Augenfehler, womit wir sie ansahen, zu korrigieren. Etwas dergleichen geschieht jedem Menschen, jedem Kinde, später oder früher, ein Bruch geschieht zwischen Erwartetem und Vorgefundenem – ob ärger oder heilbarer, das erscheint in der Erfahrung als Gradesunterschied. Aber im Fall Gottes erscheint es als Wesensunterschied, zum Beispiel auch in der Tatsache, dass mit dem Schwinden der Gläubigkeit an Gott keineswegs die von ihm herrührende Glaubensfähigkeit als solche – die an irreale Mächte überhaupt – hinfällig wird. So entsinne ich mich eines Augenblicks während der bei uns üblichen Hausandachten, wo der Name des Teufels oder teuflischer Gewalten vorgelesen wurde und mich dies förmlich aus meiner Lethargie weckte: gab es *den* noch?!, war am Ende *er* es, der mich vom Gottesschoß hatte fallen lassen, auf dem ich es mir so hold-bequem gemacht?! Und wenn er es gewesen, warum hatte ich mich gar nicht gewehrt? Hatte ich ihm dadurch nicht geradezu Vorschub geleistet?

Wenn ich mit solchen Worten versuche, mir den vorüberfliegenden und dennoch sich mir so gedächtnisfest eingegrabenen Augenblick anzudeuten, so will ich damit insbesondere *einen* Ton darin zum Nachklingen bringen: nicht etwa den eines *Mitschuldigseins* am Gottesverlust – aber den einer Art von *Mitwisserschaft*: einer schon vorhergehenden Witterung davon. Denn die erstaunliche Belanglosigkeit des Anlasses, bei dem ich meinen Herrgott auf die Probe gestellt, machte es dermaßen unglaubhaft, dass ich nicht *selber* auf die Lösung gekommen war – nicht selber Herrn und Frau Schnee entlarvt hatte, denen gerade Kinderhände doch so gern zu Existenz verhelfen.

Die Vorstellung vom Unheimlichen, das sich mir aufgetan, spielte keine weitere Rolle in meiner Kindheit: Es tat nur auch mit bei der Schwierigkeit, im Realen – im »Gottlosen« heimisch zu werden. Wunderlich genug ergab sich aus dem Gottverlust zunächst jedoch eine unerwartete Wirkung: innerhalb des Moralischen – ich wurde nämlich davon um ein ganzes Stück braver, artiger (das Gottlose verteufelte mich also nicht): vermutlich, weil Niedergeschlagenheit dämpfend auf alle Ungebärdigkeiten wirken mochte. Aber auch aus einem positivern Grunde: aus einer Art unabweislichen Mitgefühls mit meinen Eltern, denen nun nicht auch ich zum Ärgernis werden durfte, nachdem sie doch geschlagen worden waren gleich mir – denn auch ihnen war ja Gott verloren gegangen, – *sie wussten es nur nicht –*.

Freilich gab es eine Zeit lang Versuche, diese Situation umzukehren: es den glaubenden Eltern nachzutun, wie ich ja von ihnen alles Bisherige empfangen, erlernt, mich von ihnen aus des Vorhandenen vergewissert hatte. Es ergab ein zaghaftes Händefalten des Abends, verzweifelt und bescheiden, wie eine kleine Fremde hinüberruft vom äußersten Rand einer großen Einsamkeit ins unglaubhaft Entfernte. Doch es misslang, diesen angeblich Entfernten zusammenzutun mit der unmittelbar erfahrenen vertrauten alten Gottesnähe; es blieb bei all der Bescheidenheit ein gewalttätiges Sichannähern an einen ganz Andern, Unbeteiligten, Fremden, und diese Verwechslung vermehrte alle Einsamkeit noch durch die Scham, sich geirrt zu haben, einen Unorientierten belästigt zu haben.

Inzwischen war ich damit fortgefahren, mir beim Einschlafen meine Geschichten zu erzählen. Nach wie vor entnahm ich sie dem ganz Unproblematischen: Begegnungen und Begebnissen des täglichen Lebens, wenngleich auch an ihnen die entscheidende Umwälzung stattgefunden hatte, indem der Zuhörer ausblieb. Wie sehr ich mich auch bemühte, sie auf das Prächtigste auszustaffieren oder ihre Schicksale überlegen zum

Besten zu wenden: Auch sie gerieten unter den Schatten. Man sah ihnen an, dass sie beim Erzähltwerden nicht vorerst einen Augenblick lang in Gottes sanften Händen geruht, nicht aus diesen mir überlassen wurden als eines der Geschenke aus seinen großen Taschen –: sanktioniert und legitimiert. Ja, wusste ich sie denn überhaupt auch nur *wahr*, seit ich sie nicht mehr empfing und anfing in dieser Gewissheit des: »wie Du weißt«? Sie wurden eine uneingestanden sorgenvolle Angelegenheit, wie wenn ich sie hineinwürfe, unbehütet, in des Lebens Unberechenbarkeiten, deren Eindrücken ich sie ja entnahm. Ich entsinne mich – und man erzählte mir noch öfters davon –, wie während einer sehr heftigen Masernerkrankung mich im Fieber ein Albtraum befiel, der die vielen, vielen Leute aus meinen Erzählungen als obdach- und brotlos und von mir preisgegeben darstellte. Kannte doch außer mir sich niemand zwischen ihnen aus, konnte doch nichts sie von irgendwoher aus ihrem ratlosen Unterwegs heimbringen in jene Obhut, in der ich sie alle ruhend gedacht: *alle* – in ihren tausend Vereinzelungen, die sich immer noch vervielfachen würden, – bis es, sichtlich und wirklich, kein Stückchen Welt mehr gäbe, das anders als zu Gott hätte nach Hause geraten können. Wahrscheinlich hatte dies mich auch so leichtsinnig gemacht, dass ich oftmals gleichzeitig an ganz verschiedene Außeneindrücke anknüpfte; so konnten ein mir begegnender Schuljunge und auch ein mir begegnender Greis, ein Keimling und auch ein breiter Baum, Altersklassen der nämlichen Person darstellen – als gehörten sie ohnehin ineinander. Das verblieb auch so, obgleich diese summierte Materialfülle allmählich das Gedächtnis bedenklich zu belasten begann, sodass ich anfing, mich mit Strichen, Knoten, Stichworten in diesem immer dichtem Netzwerk ineinandergewirkter Fäden zu orientieren. (Möglicherweise hat im spätem Leben noch, als ein Niederschreiben von Erzählbüchern, etwas von solcher Gewöhnung sich nur wiederholt: als eine Aushilfe für ein im Grunde weit darüber Zusammenhängendes, nicht mehr darin Verlautbares und demnach tatsächlich nur Notbehelf.)

Die Sorgeneinstellung zu den Leuten meiner Geschichten darf keinesfalls so aufgefasst werden, als entspräche sie mütterlicher Fürsorge, wie es sich für ein kleines Mädchen gut geschickt haben würde. Schon beim Puppenspielen war nicht ich es gewesen, sondern mein um drei Jahre älterer Bruder, der hinterdrein die Puppen zu Bett brachte und die beim Spiel benötigten Tiere in ihre Ställe führte. Mir hatten sie dann offenbar ausgedient, als Spiel *anlässe*: wodurch, wunderlich genug, mein Bruder mir bei seinem Tun als der weitaus Fantastischere erschien.

Über meine »Gotteserlebnisse« pflegte ich auch mit meinen kleinen gleichaltrigen Freundinnen (zu denen insbesondere eine Anverwandte gehörte, die auch gleich uns, nur mütterlicherseits, französisch-deutscher Familie war, ihre Schwester hat sich später meinem zweiten Bruder vermählt) nicht deutlich zu sprechen, als sei es nicht sicher genug, ob sie sich an Ähnliches erinnerten. Aber auch mir entschwand es mit den Jahren. Deshalb wohl entsinne ich mich, wie betroffen es mich machte, als ich später einmal beim Kramen auf ein rissiges altes Papier stieß, das ehemals in Finnland während der weißen Mittsommernächte, in deren magischer Helle, von mir mit Versen bekritzelt worden war:

Du heller Himmel über mir,
Dir will ich mich vertrauen:
Lass nicht von Lust und Leiden hier
Den Aufblick mir verbauen!

Du, der sich über alles dehnt,
Durch Weiten und durch Winde,
Zeig mir den Weg, so heiß ersehnt,
Wo ich Dich wiederfinde.

Von Lust will ich ein Endchen kaum
Und will kein Leiden fliehen;
Ich will nur eins: nur Raum – nur Raum,
Um unter Dir zu knien.

Beim Durchlesen erschien mir das fremd, ja ich besah es mir mit eitler Sachlichkeit sogar auf seinen Verswert hin! Aber dennoch schwang ja seither der gleiche Grundton hinter all meinem Erlebten und Verhalten, wie wenn er keineswegs aus einem allmählichen Gewordensein heraustöne, das ja in normalen frohem oder trübern Erfahrungen vor sich ging: Es war, als entstamme er einem frühesten unkindlichen Wissen, einem Wiedererfahrenhaben jener Ur-schocks aller Menschen beim bewussten Erwachen zum Leben, wovon das Leben nicht aufhören konnte, sein bleibendes Gepräge zu erhalten.

Plausibel machen lässt sich derlei mit aller autobiografischen Redlichkeit nur schwer. Vielleicht nützt dazu irgendeine konkrete Einzelheit ein wenig besser. Ich hatte übers Bett einen biblischen Spruchkasten bekommen, worin 52 Sprüche jahrüber zu wechseln waren, und als mit der Zeit 1. Thess. 4, 11 an den Ausguck gelangte, hielt ich diesen Spruch dauernd darin fest:»Ringet darnach, dass ihr stille seid, und das Eure schaffet, und arbeitet mit euren eigenen Händen.« Einen Grund hätte ich damals wohl nicht dafür angeben können. Aber es ist irgendwie ein Nacherleben aus jenem frühen Verwaisungsgefühl und dessen absoluter Resignation, wenn dieser Kasten um dieses Spruches willen auch heute noch bei mir hängt. Der so unkindlich lautende Spruchtext überdauerte all die Jahre meiner Gottentfremdung nicht bloß, weil ich mich des Kastens meiner Eltern halber nicht entledigen konnte, sondern weil er mir mit diesem Wort ins Herz wuchs. Der letzte Beweis dafür fand noch nach meiner Übersiedlung ins Ausland statt, wohin man mir mit allerlei andern Sachen auch das Spruchkästchen wieder zugeschickt hatte; da schlug er auch *die* Umänderung aus dem Felde, die Nietzsche mit ihm vornahm, als er davon hörte: ihn zu ersetzen durch das Goethesche: »Uns des Halben zu entwöhnen, um im Ganzen, Vollen, Schönen resolut zu leben.«

Das befindet sich noch heute handschriftlich hinter dem vergilbten Druck.

Das allzu Frühe der geschilderten Kindheitseindrücke könnte mit Recht als ein zu ausnahmsweiser, verwunderlicher Fall erscheinen, denn es hing ja, wie schon erwähnt, vermutlich mit einem Zurückrutsch ins Infantilste oder einem Sichverzögern darin zusammen; die dadurch allzu früh angesetzte Gottesfassung stand ihrer eigenen Vergeistigung so entgegen, dass sie drastischer und sinnstörender zerfiel, als es sonst zu geschehen pflegt – gleichsam als sei man nochmals in die Welt gesetzt worden und erführe daran nüchterne Wirklichkeit fortan und ein für alle Mal.

Als ich 17 Jahre alt war, geschah mir die erste unmittelbare Erinnerung an meine frühen, alten Glaubenskämpfe ganz von außen her: im Konfirmationsunterricht bei Hermann Dalton von der reformiert-evangelischen Kirche. Bei diesem Anlass nahm etwas in mir Partei für den so lang verblichenen Kindergott gegenüber den Nachweisen und Belehrungen, deren er damals nicht bedurft hatte. Eine Art heimlicher pietätvoller Empörung lehnte gleichsam diese Belege für seine Vorhandenheit, seine Rechte, seine unvergleichliche Macht und Güte ab; ich schämte mich gewissermaßen, als müsse er, aus den Tiefen meiner Kindheit noch, diesem allem erstaunt und befremdet zuhören; ich vertrat ihn dadurch gewissermaßen.

Sachlich erledigte sich die Konfirmationsfrage daneben folgendermaßen: Nachdem ich, weil mein Vater leidend geworden war, auf Überredung Daltons noch ein zweites Jahr des Einsegnungsunterrichts begonnen hatte, um keine Aufregungen durch meinen Austritt aus der Kirche hervorzurufen, vollzog ich diesen Austritt dann doch. Und zwar tat ich das trotz meiner eigenen Vernunft-Ansicht, damit etwas weit Übleres zu tun, als durch eine Proforma-Handlung geschehen wäre, die keinen Gram und keinen Kummer über unser frommes Haus gebracht haben würde. Was da entschied, war auch nicht etwa ein Wahrheitsfanatismus, es war ein triebartiges, nicht zu überredendes Muss. –

Im Verlauf meines Lebens führten Studien und sonstige Anlässe mich vielfach an philosophische, sogar theologische Fachgebiete heran als an solche, die mich von mir selber aus anzogen. Dennoch stand das in gar keinem Zusammenhang mit meiner »frommen« ursprünglichen Wesensart oder umgekehrt mit der nachmaligen Abkehr von ihr. Nie ist in mir vom Gedanklichen her die alte, ehemalige Gläubigkeit aufgerührt worden – als hätte sie sich in ein »erwachsenes Denken« nicht mithineintrauen können. Infolgedessen verharrten für mich alle Denkgebiete, auch die theologischen, auf der gleichen Ebene bloßen *Denk*interesses; eine Berührung oder gar Vermischung mit dem, was einstmals die *Gemüts*sphäre damit zu tun gehabt, kam gar nicht infrage; fast möchte ich sagen: Es würde sich für mich flugs ausgenommen haben wie der – Konfirmationsunterricht. Zwar billigte, ja bewunderte ich nicht selten, wie andere es machten, die auf solchen Denkwegen zu einer Art von Ersatz – sehr, sehr abgeklärtem, durchgeistigtem – ihrer ehemaligen frommen Vergangenheit kamen und sie so in eins zu binden wussten mit ihrer Gedankenreife. Es war gewiss oft ihr schönstes Mittel, denkend auch *mit* *sich* weiterzugelangen, die gesamte Lebenslektion besser zu lernen, als mir wohl gelang, die ich sie nie herzusagen wusste ohne vielerlei Stocken. Aber mir blieb das so fremd und unmöglich, als handle sich's zwischen uns überhaupt nicht um die gleichen Fächer oder Stoffe.

Was mir trotzdem zu stärkster Anziehung an Menschen wurde – toten oder lebendigen –, die sich derartigen Denkstoffen am totalsten gewidmet, das waren diese Menschen selbst. Mochten sie es noch so philosophisch zurückhaltend äußern, es blieb an ihnen abzulesen, dass in irgendeinem treibenden Sinne *Gott* ihnen erstes und letztes Erlebnis geworden in allem zu Erlebenden. Was sonst konnte sich damit als Lebensinhalt vergleichen? Ich habe nie aufgehört, sie zu lieben: mit der Liebe, die in des Menschen Herz zu dringen sucht, wo unser Aller eigentliches Schicksalhafte sich entscheidet.

Wollte nun aber jemand mich fragen: Wenn es solchergestalt zu keinem Ausgleich bei mir kam, wie er sich doch im Lauf der Entwicklung als ganz selbstverständlich zwischen Wunsch und Wahrheit, zwischen Gefühlserwartungen und Geisteserkenntnissen allmählich einstellt – wie und worin wirkten dann jene ältesten, frühesten Glaubensvorstellungen bei mir wohl nach? Ich könnte auf diese Frage ehrlicherweise nur antworten: wohl in nichts anderem als in jenem Gott-Entschwund selber. Denn was zuunterst davon blieb, wie alle Oberfläche von Welt und Leben sich auch wandeln mochte, war ja der unabänderliche Tatbestand der Gott-Verlassenheit des Universums selber. Und eben am allzu Kindischen der vorangegangenen Gottesgestaltung mag es in solchem Falle liegen, dass sie nicht durch spätere Formungen ersetzbar, redressierbar erscheint.

Aber neben diesem negativen Ergebnis behielt gerade das Kindische am Gott-Entschwund auch das Positive: mich mit ebensolcher Unwiderruflichkeit ins Leben des Wirklichen um mich gewiesen zu haben. Ich weiß gewiss, dass für mich – autobiografisch nach bestem Wissen und Vermögen geurteilt – mir ins Gefühl hineingewirrte Gott-Ersatzbildungen dies nur hätten schmälern können, abbiegen, beeinträchtigen –. Unbeschadet des gern von mir zugegebenen Umstandes, dass so viele davon einen ganz andern Gebrauch machen, einen Gebrauch, der sie weiter bringt, als ich jemals kam.

Was für mich nun vor allem daraus bewirkt wurde, ist das Positivste, davon mein Leben weiß: eine damals dunkel erwachende, nie mehr ablassende durchschlagende *Grundempfindung unermesslicher Schicksalsgenossenschaft mit allem, was ist.* Darum auch besser »Empfindung« zu nennen als objektbezogenes »Gefühl«: sinnlich-überzeugende Gleichheit der Schicksalslage; und nicht einmal menschenbezogen allein, sondern in diese Bereitschaft miteinbeziehend gleichsam noch den kosmischen Staub. Gerade infolgedessen kaum veränderbar durch menschlich-gegebene Maßstäbe oder Wertmaßstäbe im Lebensverlauf: als gebe es nichts, was extra zu rechtfertigen, zu erhöhen oder zu entwerten sei neben dem Umstand seiner Existenz als Vorhandenheit wie auch dieser Bedeutsamkeit von Jeglichem nichts angetan werden könnte gleichwie Mord, gleichwie Vernichtung, es sei denn, ihm diese letzte *Ehrfurcht* zu versagen vor der Wucht seiner Existenz selbst, die es mit uns teilt, indem es gleich uns »ist«.

Damit ist mir das Wort entschlüpft, woran man, wenn man will, leicht einen seelischen Restbestand aus dem alten Gottverhältnis festlegen kann. Denn wirklich ist mir lebenslang kein Verlangen unwillkürlicher gewesen als das, Ehrfurcht zu erweisen – als käme erst in einigem Abstand davon alles übrige Verhalten-zu-etwas oder -zu-wem. Sodass mir dies Wort gleichsam nur wie eine andere Benennung, ein zweites Wort erscheint für jene Verbundenheit unseres Allgeschickes, wovon das Größte noch unterschiedslos mitbetroffen und worin auch das Kleinste noch bedeutsam gemacht ist. Oder so ausgedrückt: Dass etwas »ist«, trägt jedes Mal die Wucht aller Existenz in sich, als sei es alles. Ist Inbrunst der Zugehörigkeit denkbar, *ohne* dass Ehrfurcht ihr innewohnte – und wär's im uns unsichtbarsten, unerkanntesten Urboden unserer Regungen?

Auch in demjenigen, was ich hier zu erzählen unternehme, ist Ehrfurcht bereits miterzählt. Ja vielleicht ist *nur* davon erzählt, trotz der vielen andern Wörter, die sich an das Vielerlei halten müssen, das sich drum herum begibt, während das eine und schlichteste unverlautbar darunter wartet.

Ich muss unlogischerweise gestehen: Müsste Ehrfurcht der Menschheit verloren gehn, so wäre jede Art von Gläubigkeit, sogar absurdeste, noch dem vorzuziehn.

Liebeserleben

In jedem Leben geschieht es noch einmal, dass es sich müht, wiederzubeginnen wie mit Neugeburt: Mit Recht nennt das viel zitierte Wort die Pubertät eine zweite Geburt. Nach etlichen Jahren bereits geleisteter Anpassung an das uns umgebende Daseinsgeschehen, an dessen Ordnungen und Urteilsweisen, die unser kleines Hirn ohne Weiteres überwältigten, springt, mit herannahender Körperreife, auf einmal eine Urwüchsigkeit in uns so vehement dawider an, als habe sich nun erst die Welt zu formen, in die das Kind herniederkam, – unbelehrt, unbelehrbar im Ansturm seiner Wunschvoraussetzungen.

Auch dem nüchternsten Erleben ersteht irgendwo diese Verzauberung: das Gefühl, als erstehe die Welt als eine ganz andere, neue, und als sei, was dem widerspricht, ein unfassliches Missverständnis gewesen. Weil wir aber bei dieser tollkühnen Behauptung nicht beharren dürfen und weil wir der Welt, wie sie ist, dann doch unterliegen, so umspinnt sich uns später alle solche »Romantik« mit Schleiern wehmütigen Rückblicks – wie auf mondbeglänzten Waldsee oder geisterhaft winkende Ruine. Uns verwechselt sich dann, was uns im Innersten pulst, mit Gefühlsüberschüssen, die sich an irgendeinen zeitlichen Ablauf, unproportioniert und unproduktiv, verhängten. Aber faktisch stammt das zu Unrecht »romantisch« Benannte aus dem Unzerfallbarsten in uns, dem Robustesten, Urhaftesten, der Kraft des Lebens selber, die allein es mit dem Dasein draußen aufnehmen kann, weil sie dessen inne bleibt, dass zutiefst Draußen und Drinnen denselben Boden unter sich haben.

Die Übergangsjahre zur körperlichen Reife, die somit naturgemäß am meisten Kämpfe und Gärung auszutragen bestimmt sind, sind deshalb zugleich am stärksten geeignet, inzwischen vorgefallene Verwicklungen oder Hemmungen erneut auszugleichen.

Auch in meinem Fall ergab sich das, indem die kindliche Fantasterei und Träumerei sich ein Stück weit in die Wirklichkeit weggeschoben sah. Ein leibhafter Mensch trat an ihre Stelle: er trat nicht *neben* sie, sondern mitumgriff sie – selber Inbegriff aller Wirklichkeit. Für die Erschütterung, die er auslöste, gibt es keine kürzere Bezeichnung als die, worin sich mir das Erstaunlichste, nie für möglich Erachtete, mit dem Urvertrautesten, von je und je Erwarteten einte: »ein Mensch!« Denn so urvertraut, *weil* des Erstaunlichen voll, war nur der Liebe Gott dem Kinde gewesen, im Gegensatz zu allem Begrenzenden ringsum, und eben deshalb ja, in *dessen* Sinn, nicht eigentlich »vorhanden«. Hier ereignete sich an einem *Menschen* die nämliche Allesenthaltenheit und nämliche Allüberlegenheit. Aber dieser Gottmensch trat überdies als Gegner jeder Fantasterei auf, er vertrat erziehlich die uneingeschränkte Richtung auf klare Verstandesentwicklung, und ich gehorchte dem nur umso leidenschaftlicher, je schwerer es mir fiel, mich darauf umzustellen: Förderte es doch mittels des Liebesrausches, der mich steigerte, die Einheimsung der Wirklichkeit (die er in sich darstellte und mit der ich allein bisher nicht zurande gekommen war).

Dieser Erzieher und Lehrer, erst heimlich besucht, dann von der Familie anerkannt, half mir unter anderm durchsetzen, dass er mich für weitere Studien in Zürich vorbereiten dürfe. So wurde er, sogar innerhalb seiner Strenge, ebenso geschenkreich, wie der einstige »göttliche Großvater«, der nur immer Wünsche erfüllte: als würde er Herr *und* Werkzeug in Einem, Führer und Verführer zu meinen eigensten Absichten. Wie viel infolgedessen an ihm hängen bleiben musste von einem Duplikat, Doppelgänger, revenant des Lieben Gottes, erwies sich erst an der Unmöglichkeit bei mir, die Liebessache real und menschlich zum Abschluss zu bringen.

Allerdings entschuldigte mich dabei Verschiedenes weitgehend; nicht zum wenigsten ein Altersunterschied, der geradezu dem von letzter Besessenheit und erstem Erwachen gleichkam; sodann der Umstand, dass mein Freund vermählt und Vater zweier, mir ungefähr gleichaltriger

Kinder war (was mich zum Teil nur deshalb nicht störte, weil ja auch für Gott bezeichnend ist, allen Menschen verbunden zu sein, ohne dass dies die allerpersönlichste Ausschließlichkeit des Verhältnisses zu ihm aufhebt). Überdies aber hatte ihn meine anhaltende Kindhaftigkeit – herkommend von nordländisch-später Körperentwicklung – gezwungen, zunächst vor mir zu verheimlichen, dass er die familiären Vorbereitungen zur Verbindung zwischen uns schon veranlasste. Als der entscheidende Augenblick unerwartet von mir forderte, den Himmel ins Irdische niederzuholen, versagte ich. Mit einem Schlage fiel das von mir Angebetete mir aus Herz und Sinnen ins Fremde. Etwas, das *eigene* Forderungen stellte, etwas, das nicht mehr nur den meinigen Erfüllung brachte, sondern diese im Gegenteil bedrohte, ja die mir gerade durch ihn gewährleistete gerade gerichtete Bemühung zu mir selbst umbiegen wollte und sie der Wesenheit des Andern dienstbar machen – hob blitzähnlich den Andern selber für mich auf. In der Tat stand ja damit *ein Anderer* da: jemand, den ich unter dem Schleier der Vergottung nicht deutlich hatte erkennen können. Dennoch hatte für *mich* meine Vergottung recht gehabt, denn er war bis dahin derjenige gewesen, dessen es zur Wirkung auf mich bedurft hatte, um mit mir selber besser zu Strich zu kommen. Diese im Grunde von vornherein gegebene Doppelstellung zu ihm drückte sich übrigens in dem Kuriosum aus, dass ich ihn bis zuletzt nicht duzte, sondern nur er mich, trotz allem Liebesverhalten: Davon behielt mir lebenslang das »Sie«-Sagen eine intime Note und das Du eine belanglosere Bedeutung.

Mein Freund gehörte der holländischen Gesandtschaft an; seit Peter dem Großen gab es eine starke holländische Kolonie, und wegen der zu vereidigenden Matrosen wurde auch ein Theologe zur amtlichen Hantierung benötigt; in der Kapelle auf dem Newsky Prospekt fanden sowohl deutsche wie holländische Predigten statt. Während mein Freund meinetwegen viel zeitraubende Arbeit tat, kam's uns so manches Mal auch nicht drauf an, dass ich ihm dafür gelegentlich eine Predigt fertigstellte: *dann* allerdings verfehlte ich keinen Kirchenbesuch, brennend vor Neugier, ob die Zuhörenden (er war ein Redner ersten Ranges) sich genügend gepackt zeigten. Dies nahm ein Ende, weil ich mal, im Eifer der Produktion, mich hatte hinreißen lassen, anstatt eines Bibelwortes, »Nam' ist Schall und Rauch« usw. zum Motto zu wählen; es trug ihm einen Rüffel vom Gesandten ein, den er mir missvergnügt weitergab.

Holland als das angenehme Land, wo Kirche und Staat total getrennt sind, ließ meines Freundes theologische Befugnisse für mich noch anders wichtig werden. Vor meiner Abreise nach Zürich nämlich konnte ich wegen meines Austritts aus der Kirche von den russischen Behörden keinen eignen Pass erlangen. Da schlug er vor, mir in einem holländischen Dorfkirchlein, wo ein Freund von ihm amtierte, selber einen Einsegnungsausweis zu erwirken. Wir waren bei dieser seltsamen Feier, die genau nach meinen Angaben hergerichtet wurde und die an einem gewöhnlichen Sonntag zwischen den Bauern der Umgebung im wunderschönen Monat Mai stattfand, beide ergriffen: galt es doch nun die Trennung voneinander – die ich fürchtete wie den Tod. Meine Mutter, die mit uns dorthin gereist war, verstand zum Glück kein Wort der lästerlichen holländischen Rede und auch nicht die Einsegnungsworte, die den Schluss bildeten – fast wie Worte einer Trauung: »Fürchte dich nicht, ich habe dich erwählt, ich habe dich bei deinem Namen gerufen: Du bist mein.« (Meinen Namen gab in der Tat er mir, wegen Unaussprechbarkeit des russischen – Ljola (auch ›Lolja‹) – für ihn.)

Die überraschende Wendung, die meine jugendliche Liebesgeschichte damals genommen hat und die ich selber ja nur halb begriff, habe ich ein Jahrzehnt später zu einer Erzählung (»Ruth«) geformt, die sich aber gewissermaßen dadurch verzeichnen musste, dass eine Voraussetzung fehlte: die fromme Vorgeschichte, die geheimen Reste der Identität von Gottverhältnis und Liebesverhalten. Entschwand doch der geliebte Mensch genauso jählings der Anbetung, wie der Liebe Gott mir spurlos entschwunden war. Dadurch, dass der Vergleich damit fehlte und mit ihm der tiefere Hintergrund, musste der Ruth-Umriss sich ins »Romantische« färben, anstatt sich zu gründen in dem, was im Wesen des Mädchens aus Unnormalem, aus gehemmter Entwicklung stammte. Aber gerade infolge von diesen Reifehemmnissen hatte mir die unvollendete Liebeserfahrung einen unwiederholbaren, durch nichts zu überbietenden Zauber behalten, eine Unwiderleglichkeit, die sich die Probe auf das Leben ersparte. Deshalb wurde das jähe Ende, im Gegensatz zur Trauer und Trübsal nach dem kindlichen Gottesentschwund, dem es so glich, zu einem Fortschritt in Freude und Freiheit hinein: und dennoch weiterwirkender Bezogenheit zu diesem ersten Menschen der vollen Wirklichkeit, dessen Wille und Weisung mich ja gerade zu mir selbst befreit hatten: zu dem, worin ich durch ihn zu leben erst voll erlernte.

Enthält der Ablauf dieser Ereignisse schon genügende Spuren von Regelwidrigkeiten, noch von nicht normal ausgereifter Kinderzeit her, so gilt das noch klarer von der körperlichen Entwicklung, die mit der seelischen nicht recht übereinstimmte. Hatte doch der Körper seinerseits den erotischen Auftrieb, der an ihn ergangen war, abzureagieren, ohne dass das seelische Verhalten dies in sich übernahm oder beglich. Sich selbst überlassen, erkrankte er sogar (Lungenbluten), weswegen ich von Zürich in den Süden gebracht wurde; mir erschien das später beinahe als analog kreatürlichen Vorgängen, wie wenn z. B. ein Hund auf dem Grabe seines Herrn verhungern sollte und doch ahnungslos bleiben, *warum* er dermaßen seinen Fresstrieb eingebüßt. Beim Menschenkinde zieht die Physis nicht so treuherzige Konsequenzen, ohne dass wir sie auch ins Bewusstsein aufnähmen.

Bei mir vermochte nicht bloß unerklärliches Wohlsein sich dem Abschied anzuschließen, sondern auch die Beobachtung der körperlichen Schädigung blieb wie eine fremde Sorge, außerhalb des aufsteigenden Lebensmutes. Ja, man könnte fast von Übermut reden, der sich hineinmischte, wenn unter allerlei Liebesversen, wie solche Zeiten sie typisch hervorbringen, beim Ansingen des Krankseins sich ein fast verschmitzter Unterton vorfindet. So in »Todesbitte«:

Lieg ich einst auf der Totenbahr
– ein Funke, der verbrannt –,
Streich mir noch einmal übers Haar
Mit der geliebten Hand.

Eh' man der Erde wiedergibt,
Was Erde werden muss,
Auf meinen Mund, den Du geliebt,
Gib mir noch Deinen Kuss.

Doch denke auch: im fremden Sarg
Steck ich ja nur zum Schein,
Weil sich in Dir mein Leben barg!
Und ganz bin ich nun Dein.

An solcher Doppelung, die sich irdisches Entschwinden zum Sinnbild (sogar zur Voraussetzung) umso totalerer Vermählung macht, legt sich die Regelwidrigkeit dieses Liebesablaufs noch einmal bloß. Wobei zu unterscheiden bleibt: regelwidrig im Vergleich zu dem, was auf bürgerliches Bündnis mit allen seinen Folgen ausgeht und wozu ich tatsächlich noch zu unausgereift war – und regelwidrig infolge des Gotteshintergrundes meiner Kindheit. Denn von dorther richtete sich *von vornherein* das Liebesverhalten nicht auf den üblichen Abschluss, sondern mittels des personal Erlebten wirkte es über die Person des Geliebten hinweg in deren, fast religiösem, Sinnbild weiter.

Wie nun aber durch Abläufe, die aus der üblichen Form springen, gewisse Linien auch an der Norm verschärft sichtbar werden können, so auch durch diesen hier am Liebesgeschehen überhaupt, indem in der Liebe der Partner – ohne gleich derartige Gottesübertragung zu bedeuten – doch beinah mystisch übersteigert wird und Sinnbild alles Wunderbaren.

Lieben im Vollsinn ist nun einmal der anmaßendste Anspruch aneinander – vom bloßen Rausch an unwiderstehlich bis in alle beziehungsreichsten Leidenschaften: weshalb man auch damit rechnet, dass die »Außer-sich-geratenen« allgemach wohl wieder »zu sich kommen« werden, sowohl um der sonstigen Lebenserfordernisse willen als wegen der zu übernehmenden Pflichten gegeneinander. Was nicht hindert, dass die Betreffenden – die solcherweise »Betroffenen« – eben gerade dieser fragwürdigen, von der Vernunft kritisierten oder belächelten Situation der Liebesüberschwänglichkeit eine Dankbarkeit zollen wie nichts anderm, *weil* sie so verkehrte Maßstäbe anlegt; *weil* sie zum zeitweisen Durchbruch verhilft dem, was uns als das Notwendigste, Selbstgegebenste erschien, ehe wir uns in der Realität auskannten. Der Mensch, der die Gewalt besaß, uns *glauben und lieben* zu machen, bleibt zutiefst in uns der königliche Mensch, auch noch als späterer Gegner.

Um deswillen müssen wir uns, auch im ganz normal gerichteten Liebesvollzug, den Missbrauch unserer gegenseitigen Übertreibungen verzeihen – ungeachtet der Schwierigkeit, dass dadurch Treue und Untreue merkwürdig und unberechenbar ineinander gerät. Indem der traumgewaltigste Durchbruch zusammengeht mit der gewaltigsten Realforderung an den andern Menschen, ist doch der Geliebte kaum mehr als das Stück Realität, das einen Dichter zu einer Dichtung treibt, die nicht den mindesten Bezug zu sonstigen Verwendungen ihres Gegenstandes in der Welt der Praxis nehmen kann. Wir alle sind Dichter mehr noch, als wir verständige Menschen sind; das, was wir, im tiefsten Sinne, dichtend *sind*, ist mehr noch, als was wir *wurden*, abseits der Wertfrage, tief, tief unter ihr, einfach in der Unumstößlichkeit, wodurch das bewusste Menschentum sich auseinanderzusetzen hat mit dem, wovon es selbst nur getragen wird und woran es sich untereinander auszukennen versuchen muss.

Liebend unternehmen wir aneinander gleichsam Schwimmübungen am Korken, während deren wir so tun, als sei der Andere als solcher das Meer selber, das uns trägt. Deshalb wird er uns dabei so einzig-kostbar wie Urheimat und zugleich so beirrend und verwirrend wie Unendlichkeit. Wir, bewusst gewordene und dadurch zerstückte Allweite, haben einander beim Hin und Her dieses Zustandes gegenseitig aufzuhalten, auszuhalten – haben unsere Grundeinheit geradezu beweisend zu vollziehen: nämlich leiblich, leibhaftig. Aber diese positive, materielle Verwirklichung der Grundtatsache, scheinbar unwiderleglicher Beweis, ist dennoch nur eine lauteste Behauptung gegenüber der nicht dadurch aufgehobenen Vereinzelung eines Jeden in seinen Personalgrenzen.

Um deswillen können wir gerade im geist-seelischen Liebesaufwand der wunderlichen Täuschung unterliegen, »des Leibes ledig« zu schweben, fast über ihn hinaus zusammengeschlossen zu sein; aus dem gleichen Grunde kann auch umgekehrt, statt solchen Seelenaufwandes, unser Leibesleben den ganzen Vollzug allein leisten durch Vermittlung eines Objektes, das es sonst nichts weiter angeht. Um deswillen entsteht so verschiedene Rede vom Eros, dem Führenden – oder von Erotik, der Verführenden; von Sexualität als einem Gemeinplatz – oder von Liebe als einer Ergriffenheit, die wir geneigt sind, geradezu »mystisch« zu taxieren; je nachdem, ob's an unserer arglosen Körperlichkeit als solcher Ausdruck findet, die sich keinerlei Banalität bewusst zu werden braucht, sondern sich genug tut wie in der Lust der Atmung und Sättigung – oder ob wir Menschlein das Geheimnis unserer Urbezogenheit zu allem Dasein ekstatisch mit unserm gesamten Wesen feiern.

Das vollkommene Geschenk erotischer Widerspruchslosigkeit konnte nur noch der Kreatur zufallen. Sie allein kennt anstelle menschlichen Liebens und Lassens, das sich befehdet, jene Regelung in sich selber, die sich rein naturhaft in Brunst und Freiheit ausgibt. Nur wir stehen in der Untreue. Aus der kreatürlichen Naturgewalt bis in unsere menschlichen Komplikationen reichend, geht nur *Befruchtung und Muttertum* über unsere Sonderentscheidungen hinaus. (Dass wir vom Liebesfall überhaupt so wenig sagen können, außer seinem Durchbruch mitten im menschlich Geordneten, kommt ja nur daher, dass wir nur »verstehen«, was unsere vernünftigen oder Lust verlangenden Bezogenheiten tangiert, aber mit Verstand und Genuss, diesen menschlich verengten Gefäßen, schöpft man eben nicht tief.) So lassen wir uns auch das Muttertum geschehen. Jenseits aller Problematik bejaht eine große Gesundheit im Weibe die Weitergabe des Lebens – und sogar dann, wenn der Trieb sich nicht verpersönlicht hat zum bewussten Wunsch, des begehrten Mannes Kindheit in sich zur Wiedergeburt zu bringen. Das nicht erleben zu können, schaltet einen Menschen zweifellos vom wertvollsten Weibesmaterial aus. Ich erinnere mich des Staunens von jemandem, dem ich während eingehender Gespräche über Ähnliches, im Alter, bekannte: »Wissen Sie, dass ich niemals das Wagnis gewagt habe, einen Menschen in die Welt zu setzen?« Dabei ist mir sicher, dass diese Stellungnahme nicht einmal erst aus der Jugend stammte, sondern von weit früher her als einer Zeit, wo solche Fragen vor den Verstand gebracht werden. Mir war der Liebe Gott noch eher bekannt geworden als der Storch, Kinder kamen von Gott und gingen, im Todesfall, zu Gott – wer hätte sie außer ihm *ermöglichen* sollen? Nun will ich wirklich nicht sagen, dass der belangvolle Entschwund Gottes da was angerichtet haben kann, was ein Mütterchen in mir aus der Fassung oder gar umbrachte. Nein, für meinen speziellen Fall will ich damit nichts gesagt haben. Nur lässt sich nicht verkennen, dass »Geburt« nicht umhinkann, ihre Bedeutungsfülle ziemlich stark zu verändern, je nachdem ein Kind aus dem Nichts oder aus dem alles stammt. Den meisten hilft – neben ihren persönlichen Gefühlen und Wünschen – das Allgemeingebräuchliche, allgemein zu Erwartende über irgendwelche Bedenken hinweg; und es bleibt ihnen ja auch von niemandem verwehrt, den ganzen unverbindlichen Optimismus drum herum auszubreiten, wonach uns in unsern Kindern sämtliche vergeblichen Illusionen hinterher zur ersehnten Verwirklichung gelangen sollen. Aber das Erschütternde der Menschenschöpfung geht ja nicht von Erwägungen aus, weder moralischen noch banalischen, sondern vom Umstand selbst, dass sie uns von allem Personhaften hineinriss ins Geschöpfhafteste; dass sie uns der eigenen Entscheidung entnimmt und enthebt: in eben dem schöpferischesten Augenblick unseres Daseins. Ist schon mit all unserm Tun eine ähnlich unausweichliche Verwechslung verbunden, indem wir mit unserm Namen unterschreiben, was doch zugleich Diktat an uns war, so stößt beides am sinnfälligsten ineinander, wo uns das geschieht, was wir Schöpfertat heißen (auf jedem Gebiet!). Denn wie redlich und ernstlich die Elternverantwortlichkeit für das Gezeugte sich in Zweien auch aufteilen mag: Sie wird überrannt von der Wucht des Geschehenden – als eines gleichzeitig Intimsten unserer eigensten physischseelischen Veranlagung *und* des beeinflussungslos Fernsten, das darin unsichtbar auf uns zuschreitet. Drum begriffe man's gut, wenn unter allen Frommgläubigen es die *Mutter* wäre, die es am intensivsten nach Gläubigkeit verlangen müsste: Wenigstens an diesem *einen* Punkt solle Gott noch beharren – über dem Haupte des von ihr Geborenen. Es ist nun einmal auf dem weiten Erdenrund keinerlei Maria, die nichts zu sein hätte als eines Josephs Weib – die nicht zugleich jungfräuliche Empfängnis geworden wäre an allen Daseins letztem Rätsel, das sie zum Gefäß erwählt. –

Unter den Betätigungen des Eros gibt es jenseits all dessen, was zwei Menschen personal oder zeugerisch verbindet, noch eine andere, tiefste Bezugnahme, die selten ist und sich nicht so schildern lässt wie die schon mit dem leisesten, andeutendsten Hinweis richtig verstandenen. Man könnte vielleicht den Versuch riskieren, sie in einer Art von Analogie zum Obenerwähnten zu schildern. Stelle man sich ein Paar vor, das mit seinem Liebesvollzug einzig und allein die Zeugung eines neuen Menschenkindes beabsichtigen würde, und höbe diesen Vollzug aus dem Biologischen hinüber auf ein anderes, geistiges Lebensgebiet: Dann stünde man vor einem Bilde von ähnlicher Doppelung von persönlich Sinnfälligstem mit Fernstem und den zwei Personen ganz Entzogenem. Nicht gegenseitig aufeinander würde beider verherrlichende Ekstase gewendet sein, sondern auf ein Drittes ihrer Sehnsucht, das sich ihnen aus letzter Wesenstiefe ihrer selber – sozusagen – ins Gesicht, in die Vision erhebt. Nicht das, was beide gegenwärtig sind, sondern worauf sie gemeinsam *fußen*, ist dafür der Maßstab: Ermöglicht gleichsam die *beiderseitige* Empfängnis.

Man brauchte nicht einmal mit so scheinbar orakelnden Worten sich an solcher Schilderung zu vergreifen, wenn es nicht sonst fast unentrinnbar misszuverstehen und zu verwechseln wäre mit dem unter dem Sammelnamen der »Freundschaft« Bekannten – insofern auch diese, statt des leibhaften Ineinandergleitens, ihre Verbundenheit in etwas Drittem feiert und befestigt: In einer gleichen Grundlage der Neigungen, seien sie seelischer, geistiger, praktischer Natur. Das unterscheidet sich vom Gemeinten nicht nur wie Hügelchen von Bergesgipfeln, es ist andern Wesens als etwa, wenn zwei Menschen, anstatt Kinder zu zeugen, welche zum Gemeinwohl adoptierten: wie recht und brav und sie beglückend das auch sein möge. Am ehesten mischt sich in Freundschaft etwas von der Hingerissenheit, die hier verstanden sein will, in den jugendlichsten Jahren: in denselben Jahren, da die großen schöpferischen Beanlagungen emporwallen und ihre Ansprüche machen, bevor die Körperreife die volle Aufmerksamkeit in ihren Dienst und Bann zieht. Dass es nicht unterwegs wieder abbricht, dass es *seine* volle Ausreifung findet, bleibt ein seltenes Schicksal: das Seltene und wohl Herrlichste, was Eros unter Menschen erschuf. Besteht es doch darin, dass der Andere eine menschliche Vermittlung – gleichsam ein durchscheinendes Bild – dessen bleibt, was uns selber als tiefstes Verlangen erfüllt. Heißt »Freundsein« hier doch das beinahe Beispiellose, das die stärksten Gegensätzlichkeiten des Lebens überwindet: dort zu sein, wo Beiden das Gottgleiche ist, und die gegenseitige Einsamkeit zu teilen – *um* sie zu vertiefen, – so tief, dass man im Andern sich selber erfasst als aller menschlichen Zeugung Hingegebenen. Der Freund bedeutet damit den Schützer davor, jemals Einsamkeit zu verlieren, an was es sei – ja auch noch Schützer *voreinander*. –

In meinen jugendlichsten Jahren hat sich meiner ersten großen Liebe zweifellos manches aus dem Grundwesen des Geschilderten beigesellt, und deshalb vielleicht scheute ich nicht den unfähigen Versuch, das Gemeinte in Worten zu fassen. Auch in meinem Leben blieb es unvollendet. So muss ich von allen drei Arten der Liebesvollendung (in der Ehe, im Muttertum, im puren Erosbund), das gleiche bekennen, dass ich es mit dem, was hie und da jemandem gelungen sein mag, nicht aufnehmen kann. Aber nicht darauf kommt es an: wenn nur, was wir zu fassen vermochten, Leben war und Leben wirkt und wir vom ersten bis zum letzten Tag daran schaffend bleiben als Lebende.

Ungefähr so ist es: Wer in einen vollen Rosenstrauch fest hineingreift, dem füllt die Blüte die Hand; verglichen mit des Strauches Fülle ist es, soviel es sei, nur ein weniges. Aber dennoch genügt die Handvoll, um an ihr der Blüte Ganzheit zu durchleben. Nur wo wir den Griff nicht tun, weil er uns ja nicht den gesamten Strauch aneignet, oder wo wir unsere Handvoll vor uns aufbauschen, als sei es *aller* Rosenflor des Dornenstrauchs selber – da blüht er unerlebt über uns hinweg und lässt uns allein. –

Wie sich in jenen Jahren meine Geschlechtsgenossinnen mit dem Liebes- und Lebensproblem abgefunden haben, weiß ich nur von vereinzelten. Stand ich doch schon damals – ohne mir davon Rechenschaft ablegen zu können – in etwas anderer Haltung davor als sie. Zunächst wohl deshalb, weil das »Langen und Bangen in schwebender Pein« jener Jahre so früh hinter mir lag durch die Begegnung mit dem entscheidenden Menschen, durch den das Lebenstor recht eigentlich für mich aufsprang und nun eher ein knabenhaft Bereites, als ein weiblich Anschmiegsames zurückließ. Aber nicht nur deshalb. Sondern auch, weil meine Altersgenossinnen in ihrem jugendlichen Optimismus sich alle Dinge, die sie begehrten, noch rosig ausmalten, sofern sie sich ihnen je nach Wunsch realisieren würden. Dazu fehlte mir etwas – oder dazu hatte ich um eins zu viel: etwas wie eine uralte Erfahrenheit, die meine Naturanlage für immer geprägt haben musste. Wie eine steinerne Unumstößlichkeit unter dem schreitenden Fuß, ob er auch noch so sicher in längst Übermoostes, Überblühtes treten durfte. Vielleicht ist dies zu wortpräzise ausgedrückt, da ich mich doch freudig und bereitwillig, ohne Abstrich, allem Kommenden meines Lebens entgegenhielt?

Denn »Leben« – das war ein Geliebtes, Erwartetes, mit voller Kraft Umfangenes. Doch eben darin nicht das Mächtige, Waltende, Bestimmende, von dem man Erhörung voraussetzt. Eher ein mir Gleiches und in glei-

cher Lage unerfasslicher Existenz wie ich –. Wann und wo hört Eros auf
– –?, gehört denn nicht auch das noch in den Abschnitt »Liebeserleben«?
Über mögliches Glück oder Unglück, Hoffen oder Bedürfen flutete die
ganze Inbrunst der Jugendlichkeit dem »Leben« zu, ein objektlos-
gemüthafter Zustand – der sich, wie Liebeszustände tun, sogar in Versen
Luft machte. Das in diesem Sinn bezeichnendste Versgebilde darunter,
beim Verlassen der russischen Heimat in der Schweiz in Zürich entstanden und von mir »Lebensgebet« genannt, will ich, abschließend, herset-
zen:

Gewiss, so liebt ein Freund den Freund,
Wie ich Dich liebe, Rätselleben –
Ob ich in Dir gejauchzt, geweint,
Ob Du mir Glück, ob Schmerz gegeben.

Ich *liebe* Dich samt Deinem Harme;
Und wenn Du mich vernichten musst,
Entreiße ich mich Deinem Arme
Wie Freund sich reißt von Freundesbrust.

Mit ganzer Kraft umfass ich Dich!
Lass Deine Flammen mich entzünden,
Lass noch in Glut des Kampfes mich
Dein Rätsel tiefer nur ergründen.

Jahrtausende zu sein! zu denken!
Schließ mich in beide Arme ein:
Hast Du kein Glück mehr mir zu schenken –
Wohlan – noch hast Du Deine Pein.

(Nachdem ich es Nietzsche gelegentlich aus dem Gedächtnis niederge-
schrieben und er es darauf in Musik gesetzt hat, lief es feierlicher auf etwas verlängerten Versfüßen.)

Erleben an der Familie

Das brüderliche Zusammengehören von Männern war mir im Fami-
lienkreise als jüngstem Geschwister und einzigem Schwesterchen auf so
überzeugende Weise zuteilgeworden, dass es von dort aus dauernd auf
alle Männer der Welt ausstrahlte; wie früh oder spät ich ihnen auch noch
begegnete: immer schien mir ein Bruder in jedem verborgen. Doch lag es
auch am Wesen meiner fünf Brüder selber, von denen insbesondere drei

23

in Betracht dafür kommen, da es zweien, dem erstgeborenen und dem vierten, nicht vergönnt war, alt zu werden. Obschon meine Kindheit voll fantastischer Einsamkeit sich vollzog, obschon alsdann mein ganzes Denken und Streben sich gegen alle Familientradition entfaltete und zum Ärgernis wurde, obschon mich mein Leben dann ans Ausland band und fern den Meinen verlief, blieb das Verhältnis zu meinen Brüdern so, – mit den Jahren und der räumlichen Entfernung lehrte mich mein reifer werdendes Urteil sie erst recht in ihrem Menschenwert erkennen. Ja, später geschah es, wenn ich mir selbst manchmal bedenklich vorkam, dass mich der Gedanke förmlich beruhigte, mit ihnen gleicher Herkunft zu sein; und in der Tat: Nie wurden mir Männer bekannt, ohne dass deren Lauterkeit der Gesinnung oder deren Mannhaftigkeit oder deren Herzens wärme das Bild meiner Brüder in mir hätte lebendig werden lassen.

Noch beim Tod unserer neunzigjährigen Mutter wandten sie mir das Doppelte der Hinterlassenschaft zu, obwohl die beiden Vermählten fünfzehn Kinder zu versorgen hatten und ich keins; auf meine energische Nachfrage nach dem Testament erhielt ich zur Antwort, dass mich dies nichts angehe: Bliebe ich denn nicht ein für alle Mal ihre »kleine Schwester von ehemals«? Der älteste – Alexandre, Sascha –, in seiner Mischung von Energie und Güte, stellte uns von jeher einen zweiten Vater vor, gleich diesem aktiv und hilfreich bis in fernste Kreise; dabei von herrlichem Humor, vom ansteckendsten Lachen, das ich je hörte: Sein Humor ergab sich irgendwie aus dem Zusammenwirken einer sehr nüchtern klaren Verstandesstärke mit der Wärme seines Wesens, für welche Hilfeleistung das natürlichste Tun war. Im Moment, wo ich als Fünfzigerin, in Berlin, das unerwartete Telegramm seines Hinscheidens empfing, war mein erstes, jäh egoistisches Aufschrecken: »Schutzlos«. – Der zweite – Robert, Roba – (elegantester Mazurkatänzer bei unsern winterlichen Hausbällen) war von allerlei künstlerischer Begabung und von sensitiverer Stimmung; gern wäre er Militär geworden wie sein Vater, wurde indessen von diesem zum Ingenieur bestimmt, als welcher er sich dann hervortat. – Ebenso machte die damalige patriarchalische Familienordnung den dritten Bruder – Eugène, Genja –, zur Diplomatie geradezu geschaffen, wider seine Absichten zum Mediziner, aber mit gleichem Erfolge; denn gründlich verschieden geartet, wie sie waren, hatten sie doch das Gemeinsame außerordentlicher Berufstüchtigkeit, absoluter *sachlicher* Hingabe. Der dritte bewährte dies als Kinderarzt, hatte sich übrigens schon als Knabe mit kleinen Kindern befasst; daneben aber blieb er in seinem eigensten Sein auch später ein Verborgener und »diplomatisch«-heimlich. Aus den Kinder Jahren erinnere ich auch, wie er mich wegen zu offener Kampfesweise gegen Verbotenes tadelte und mich dabei einmal dermaßen reizte, dass ich meine Tasse heißer Milch nach ihm warf – wobei sie, statt an ihm, an meinem Hals und Rücken glühend ausfloss; mein Bruder, obschon von derselben jähen Heftigkeit wie wir alle, sagte zufrieden: »Siehst du, genauso meinte ich's, wie es geht, wenn man's falsch macht.« Lange, nachdem er, vierzigjährig, an Tuberkulose verstorben war, ging mir mehr von ihm auf, namentlich auch, weshalb er – lang aufgeschossen, schmal und durchaus unschön – bei Frauen trotzdem die tollsten Leidenschaften erregte, jedoch niemals eine Frau zur Lebensgefährtin genommen. Über das, was als Charme von ihm ausging, dachte ich manchmal, es sei ein Element von Dämonie darin. Es vertrug sich zuzeiten mit vielem Humor: so, als auf einem unserer Hausbälle dieser Bruder sich entschloss, mich zu ersetzen: auf dem meist rasierten Haupt bildschöne Locken, die allzu lang und schmal geratene Figur in zeitgemäßem Korsett – und die Mehrzahl der Kotillonorden erobernd, von jungen fremden Offizieren, die nur ungenau wussten, dass es im Hause eine unerwachsene Tochter gäbe, die sich vollkommen fernhielt. Mir gefielen lediglich die hackenlosen Ballschuhe, die ich seit den Tanzstunden gern trug, um darin über das Parkett des großen Saales wie über Eis zu gleiten – wozu auch die übrigen großen Räume, überhoch wie in Kirchen, verleiteten. Denn die Dienstwohnung in der Morskája lag in einer Abteilung des Generalitätsgebäudes an der Moika, und diese Beschaffenheit der Räume, dies Gleiten in ihnen, hängte sich fest an meine täglichen Freuden: Erinnernd sehe ich mich am ehesten in *dieser* Bewegung: Die war, als sei man allein.

Die ältern Brüder hatten früh geheiratet, schon in der Tanzstundenzeit für immer gewählt; leidenschaftlich verliebte Gatten und Väter, waren sie sehr glückliche Menschen geworden, deren Verhalten zu ihren Frauen viel von der Art unseres Vaters der Mutter gegenüber widerspiegelte; so hatte er z. B. die Gewohnheit, bei deren Eintritt ins Zimmer sich zu erheben – was wir Kinder unwillkürlich nachgemacht hatten. Das schloss nicht aus, dass es auch zu Äußerungen der Heftigkeit kommen konnte, veranlasst von seinem brausenden Temperament, das wir sämtlich erbten. Dabei war er unverfälscht arglos und offen bis zuletzt, worüber eine heitere Anekdote bei uns kursierte. Unsere Muschka, wie wir die Mutter nannten, hatte ihm eindringlich ans Herz gelegt, mit jemandem, der ihn angeblich verleumde, vorsichtig zu sein, und gleichzeitig ihm die Freundesgesinnung eines andern herausgestrichen: worauf der Vater eilends beide miteinander verwechselte. In seiner Jugend ist er aller Weltfreude zugänglich gewesen, im damals glänzenden kaiserlichen

Petersburg Nikolaus' I. und des Zweiten Alexander, zugehörig noch der Generation der Puschkin und Lermontoff, mit dem er als Offizier näher bekannt war. In der Ehe erfuhren jedoch er wie seine um 19 Jahre jüngere Frau eine förmliche Wandlung ins Religiöse durch Einfluss eines baltischen Pastors Iken, der in die etwas trockene Moralisterei der Petersburger evangelischen Kirchen einen pietistisch frommen Geist brachte. Die evangelisch- *reformierten* Kirchen – die französische, die deutsche und die holländische – bildeten, neben den lutherischen, für die nicht eingeborenen, d. h. nicht griechisch-katholischen Familien eine Art von Zusammenhalt des Glaubens, auch wenn man sonst ganz im Russentum aufging; deshalb enthielt mein Austritt aus der Kirche zugleich gewissermaßen eine gesellschaftliche Ächtung, unter der insbesondere meine Mutter arg litt. Von meinem Vater dagegen, der kurz zuvor gestorben war, wusste ich bestimmt, dass er, trotz noch tieferem Gram um den Unglauben seiner Tochter, doch deren Schritt gebilligt haben würde (obgleich gerade er der deutsch-reformierten Kirche insofern noch speziell eng verbunden war, als die Bewilligung zu ihrer Gründung einstmals durch ihn vom Kaiser erlangt worden war). Er pflegte nicht über religiöse Meinungen zu reden, und erst, als ich nach seinem Tode die Bibel, die er vorzugsweise in persönlichem Gebrauch gehabt hatte, geschenkt bekam, ging mir an vielen fein unterstrichenen Stellen sein wahres Glaubensbild auf. So tief bewegte mich darin die Art seiner Andacht, die Stille und Demut und kindhafte Zuversicht an diesem männlich tatfrohen, autoritätsgewohnten Mann, dass mich Sehnsucht ergriff nach dem vielen, was ich mit meinen sechzehn Jahren an ihm noch nicht hatte erkennen können.

In der ganz frühen Kindheit hatte meinen Vater und mich eine kleine geheime Zärtlichkeit verbunden, von der ich mich dunkel entsinne, dass wir von ihr abließen beim Hinzukommen von Muschka, die nicht für Gefühlsäußerungen war; auch hatte mein Vater nach den fünf Buben sich leidenschaftlich ein kleines Mädchen gewünscht, während Muschka lieber das männliche Halbdutzend vollgemacht hätte. In alten Briefen meines Vaters an meine Mutter, während sie mit den jüngsten Kindern sich auf sommerlicher Auslandsreise befand, hatte ich nach seinem Tode eine Nachschrift gelesen: »Küsse mir unser kleines Mädchen« und einmal auch: »Denkt sie wohl ab und zu noch an ihren alten Papa?« Erinnerungen überfielen mich heiß. – Wenige Jahre alt, war ich durch ein vorübergehendes Etwas, das man »Wachstumsschmerz« benannte, zeitweilig im Gehen behindert gewesen, erhielt zum Trost weiche rote Saffianschühchen mit Goldtroddeln und thronte auf meines Vaters Arm so gern, dass die Sache schief ausging: Denn ich signalisierte infolgedessen keineswegs rechtzeitig das Aufhören der Schmerzen, und derselbe zärtliche Vater brachte – an derselben Körperstelle, die sich auf seinen Arm geschmiegt hatte, schweren Herzens, doch unbeirrt, eine handfeste kleine Birkenrute in Anwendung. – Ich entsann mich unserer Ausgänge an klaren Wintertagen zu zweien: Da meine Mutter nicht mit eingehängtem Arm gehen mochte, hatte mich mein Vater daran gewöhnt, dies Kunststück schon ganz klein zu bewerkstelligen: Mit immensen Schwebeschritten, neben den Seinigen langen, ruhigen. Dabei begegnete uns mal einer der zahlreichen russischen Bettler, und ich, die ein Silber-Zehnkopekenstück erhalten hatte, um »Geld einteilen« zu lernen, wollte sie ihm zustecken. Da bedeutete mein Vater mir: Das sei keine Einteilung; es genüge die Hälfte von dem, was man besitze: Doch die komme unweigerlich dem Nebenmenschen zu – und zwar dürfe sie auf keinen Fall schäbiger ausfallen als die zurückgehaltene, also nicht etwa Kupfergeld sein. Und ernsthaft wechselte er mir den kleinen Zehner in zwei der entzückenden winzigen Silberfünferchen.

Beiden Eltern gegenüber aber – so scheint es mir jetzt – fehlte bei mir, im Vergleich mit den Erfahrungen der weitaus meisten Kinder, von denen ich weiß, das Überhitzte in der Gefühlseinstellung, sei es in Trotz oder Liebe. Das Verbindende wie das Oppositionelle unterstand einer Grenze, hinter der irgendwie noch Freiheit Raum behielt. Während meiner Schulzeit ging die »Freiheit« sogar zu weit: Als ich in den letzten Klassen, wo das Russische für sämtliche Fächer obligatorisch wurde, über meine mangelnde Beherrschung der russischen Sprache jammerte (da wir untereinander nur Deutsch und Französisch zu sprechen gewohnt waren), ließ mein Vater mich plötzlich bloß hospitieren, indem er lachend versicherte: »Schulzwang braucht die nicht.« Von wo er dies zärtliche Vorurteil hernahm, weiß ich nicht. Ich glaube, Freiheit wird es gewesen sein, wodurch auch für meine Brüder, auch noch in deren Erwachsensein, das Verhältnis zu den Eltern von unverminderter vertrauender Herzlichkeit blieb. Für mich bedeutete dieser unwillkürlichgewordene Grenzstrich z. B. eine Art von Schweigendürfen, Einsambleibendürfen inmitten allen herzlichen Vertrauens.

Mir fällt da als Beleg ein kleines Ereignis ein, zu dem ich leider ein Lebensalter nicht vermerken kann – nur dass ich bereits ein Schulkind war, was bei uns in Russland hieß: über 8 Jahr. Unser Hund, ein Schnauzer, der Jimka hieß, wurde toll. Infolge der damals zahlreichen herrenlosen, also ungepflegten Hunde auf der Straße (sowohl bei Sommerhitze wie strengster Winterkälte) wurde Tollwut nicht selten durch Bisse auch auf die hausangehörigen Hunde übertragen. Es geschah uns zum ersten Mal, wir erkannten es deshalb nicht sofort, und als mich vor Schulgang der geliebte Hund plötzlich ins Handgelenk biss, tat ich nur eilig was drauf und blieb arglos. Beim Heimkommen fand ich unsern Hund nicht mehr: Die Tobsucht war ausgebrochen, man hatte Jimka geholt; er wurde in einem dafür vorhandenen Beobachtungsinstitut noch vor Abend erschossen. Inzwischen hatte er aber auch unsere Wäscherin gebissen, und gerade soeben erklärte unser Hausarzt, dass man, da darüber schon Stunden vergangen seien, nichts mehr dagegen machen könne (nach damaliger Auffassung). In all dem Schrecken überwog doch bei mir die Vorstellung, wie grausig es sei, wenn man mich alle Augenblicke für toll geworden beargwöhnen werde und bei geringster Rauferei meine Brüder befürchten könnten, ich werde sie beißen –. Es folgte eine heimliche arge Angstzeit, ich erfuhr unter anderm von dem Symptom der Wasserscheu, und seitdem ängstigte ich mich ganze Nächte hindurch vor dem Zähneputzen morgens. (Dass das Symptom auch für Tee oder Milch gelte, blieb mir glücklicherweise unbekannt.) Auch dies erfuhr ich jedoch, dass tollwütige Hunde zuallererst den geliebten Herrn anfallen: Und ich erinnere mich der entsetzten Überzeugung in mir – als des Schrecklichsten, was bevorstände –: »Ich werde Papa beißen –.« Ich meinte, das hieß: den »Geliebtesten«, obwohl ich mir seiner Bevorzugung vor meiner Mutter keineswegs bewusst war. – Wie wenig Bewusstheit aber bei derlei mitspielt, beweist sich mir an einer Erinnerung, die in meine kleinste Kindheit fällt, wo ich sommers meine Mutter öfter (und sehr gern) in unserm Cabriolet zum Bad im Meer begleiten durfte. Durch ein Fensterchen der Kabine im Badehaus sah ich zu, wie sie sich im Wasser des Bassins unter mir tummelte, und da schrie ich sie einmal bittend an: »Ach, liebe Muschka, ertrink doch mal!«; sie schrie herzlich und lachend zurück: »Aber, Kind, dann bin ich ja ganz tot!«, worauf ich ihr das typische russische Wort im stärksten Stimmton entgegenbrüllte: »Nitschewó!« (»Macht nichts«). Aber ich machte in meinem Herzen keinen Unterschied zwischen den Eltern; wohl schon wegen der Art, wie mein Vater meine Mutter vor uns Kindern durch zarte Ritterlichkeit ehrte, stand sie nie im Respekt »unter ihm«. Und so erlebte ich erst als fast halbwüchsiges Mädchen, in einem unerwarteten Erstaunen, dass das nicht ohne Weiteres *selbstverständlich* sei. Das war so: Der Schlüssel zu irgendeiner verschlossenen Tür war verloren gegangen, und meine Brüder kamen hilfreich angerannt – da gelang's mir bereits, ohne Instrument die Tür zu öffnen; und als ich's bald darauf der Mutter triumphierend erzählte und auf ihre Frage: »Womit hast du sie denn geöffnet?«, antworte: »mit meinen Fingern«, sehe ich, wie ihr Gesicht sich versteinert; sie sagte nur: »*meiner* Mutter würd' ich nie gewagt haben, so zu antworten –; dass du nicht mit den Füßen öffnetest, wusste ich wohl.« Ich schaute wie in ein Ungeahntes – selber so erstarrt, dass ich sogar unfähig wurde, sie aufzuklären.

Untereinander verstanden die Eltern sich wortlos, ungeachtet ihrer starken Unterschiedenheit voneinander (ausgenommen die gleiche Stärke ihres Temperaments und ihres Glaubens); in unentwegter Anpassung hielten sie sich die tiefste Liebestreue. Eine Hauptsache dabei war wohl auch, dass beiden ganz unwillkürlich inne blieb, wie sehr es lebenslang gilt, den eigenen Einseitigkeiten zu Hilfe zu kommen: – vielleicht weniger noch im moralischen Sinn, als im Verlangen, nicht in sich selbst stecken zu bleiben. (Die Eigenschaft, die beiden am vollständigsten fehlte, war wohl der Hochmut und der dazugehörige Kleinmut.) Für einen Charakter wie den meiner Mutter hieß das wahrscheinlich, ihre selbstständige und aktive Natur ohne viel Federlesens im Weib- und Muttertum aufgehen zu lassen, dessen Würde der Frau nun mal von Gott verliehen worden war. Daraus ergab sich dann die Gehaltenheit, die Haltung, die sie sich aufzuerlegen für gut fand und von andern ebenfalls erwartete. Sonst möchte wohl irgendein Revolutionäres ihrem Blute nicht ganz fremd gewesen sein. Als knapp erwachsenes Mädchen hatte sie nach dem Tode ihrer Großmutter die Leitung eines großen Hausstandes auf sich genommen, um nicht unter die Herrschaft einer Schwester ihres Stiefvaters zu kommen. Und wunderlich vor Augen geblieben ist mir ein ganz flüchtiges Bild von unsern Sommerreisen in die Schweiz: Da sehe ich sie bei unserer Ankunft auf dem Gang vor unsern Hotelstuben stehen bleiben und fasziniert auf einen Hof hinausblicken, wo ein paar Männer wild streitend mit Messern aufeinander losgingen. Nicht nur war sie stets physisch sehr mutig, sondern es hätte ihr vielleicht, von sich aus, eher gefallen können, Streite gründlich auszutragen, als beizulegen. Noch während der Vorrevolution von 1905, als Achtzigerin, ließ sie sich nur schwer abhalten, auf die bewegten, beschossenen Straßen hinauszugehen, vor denen ihre beiden Haushilfen, treue Mädchen, händeringend zurückwichen.

Meiner Mutter, nachdem sie unsern Vater um fast vier Jahrzehnte überlebt, geschah die Gnade, die Oktoberrevolution nicht mehr erfahren zu müssen. Die Familien meiner beiden ältesten Brüder aber machten in vielen Jahren den Umsturz und die Bürgerkriege in bitterster Not und Drangsal durch. Nur mit großen Unterbrechungen ermöglichte sich ein kümmerlicher Postverkehr nach Deutschland hin. Mein zweiter Bruder,

Robert, endlich aus der Krim zurückgelangend, wo er seinen kriegs-kranken Jüngsten beerdigt hatte, fand sich daheim nicht nur seiner Stel-lung, Wohnung, jedes Vermögens und Besitzes beraubt, sondern auf sei-nem kleinen Landsitz bei der Hauptstadt, wo er den Sommer zu ver-bringen pflegte, der Mildtätigkeit seines Hausknechts überwiesen, dem das Häuschen nebst Zubehör und Acker zugesprochen worden war. Der Mann überließ ihm und den Seinen ein wenig Raum im Dachstock und mittags eine Kohlsuppe, wenn er ihm auf dem Acker geholfen hatte; tagsüber sammelte er mit seinen kleinen Enkeln Pilze und Beeren zur bessern Sättigung. Seine Frau kam nicht ganz darüber hinweg, dass sie die Bäuerin ihre Kleider auftragen sehen musste, und über deren naive Freude daran. Aber bei allen Furchtbarkeiten jener Zeit war es dennoch nicht das, was aus den seltenen Briefstücken von dorther am stärksten, am bewegendsten sprach: Es war die innere Tragweite der Umwälzung, die sich bis in den Menschen selber vollzog. Nicht als ob meinem Bruder (er mochte vorher ungefähr der sogenannten Kadetten-Partei angehört haben) seine Ansichten sich politisch umgestülpt hätten, aber wenn er erzählte, wie des Abends vor der Tür der Hausknecht und er gemeinsam auf der Bank säßen – ausruhend und die Umstürze der Welt betrachtend –, dann fühlte man nicht so sehr Herr und Diener ausgewechselt, hinab- und hinaufgeschleudert, sondern in beiden einen dritten Menschen zu Worte kommen, dem die gleiche Neuerung geschah. Wozu vielleicht der Bauer an spezifisch russischem Wesen beitrug, sodass mein Bruder an-erkennend schrieb: »Was ist dieser Analphabet klug und freundlich.« Von dem, was hier durchschlug, konnte man nicht als von Ergebung auf der einen Seite sprechen oder auf der andern von jäh aufbrechendem Selbstbewusstsein: Was beide Gestalten umzeichnete, war ihr Gestellt-sein an den Rand einer Weltenwende als seien sie damit sich selbst ent-nommen ins Vereinfachte, Vergrößerte, das über beider Umriss dahing-ging und ihn weitete –.

Am ergreifendsten erschien aber, neben diesem Phänomen; dass auch der intime Zusammenschluss der Familienglieder erst zu seiner wesent-lichsten Wirkung kam – jetzt, wo er im Begriff stand, in seinem bürgerli-chen Sinn verabschiedet zu werden. Nicht nur, sofern die Drangsal dazu zwang, zusammenzurücken wie auf kleine Inseln inmitten der Brandung – während bis dahin auch wohl mal Streitigkeiten infolge einzelpersönli-cher Absichten und Wünsche trennend gewirkt haben mochten wie überall. Nein: die innere Bedeutsamkeit der familiären Bindung, das Glück und die Wärme, die dort noch tröstete und stützte: Die alte Poesie der Nicht-nur-Sachlichkeit kam dadurch, sterbend, noch zu einer Blüte, worin sich ihre Lebenskraft verstärkt ausgab. Wie in der entgegengesetzten Richtung zweifellos ebenfalls die ungeheure Aufwühlung plötzlich entfesselter Jugend zu gewaltigem Einfluss gelangte – neben den neuen Möglichkeiten des Sichgehenlassens und jeglicher Brutalität. –

Unserer alten Mutter wurde es erspart, wie den Umsturz so auch den Tod ihres Ältesten, ihres Beraters und Schützers zu erleben, der eine Weile nach Kriegsausbruch inmitten namenlos sorgender und hochpeitschender Vorausahnungen an Herzkrämpfen starb. Allein wohnend, doch von wohlgeratenen Kindern und Kindeskindern umgeben, verblieb sie noch im Glück. Ihr größter Kummer zuletzt war, dass wir Kinder ihr im hohen Alter eine Gesellschafterin aufhalsten, um sie gut behütet zu wissen – eine ihr liebe Verwandte allerdings, jedoch nicht so lieb, wie ihr das unbeeinträchtigte Alleinsein war. Trotz des Kreises ihrer Söhne und Enkel, der sie umgab, genoss sie doch sehr dies Alleinsein und blieb bis zuletzt wunderbar beschäftigt. Auch was sie las, entstammte selten dem Vorschlag anderer; so wurde ganz spät das Werk, das sie am heißesten mitriss, die Ilias.

Bei Bericht ihrer Jahre zwischen Achtzig und Neunzig kann ich nicht umhin, des großen Krieges und Sieges zu gedenken, den sie mir bei einem meiner Besuche zu Hause offenbarte: Er galt der Zunichtemachung des Teufels, den sie, die streng Frommgläubige, sich genötigt sah, noch vor ihrem Lebensschluss endgültig abzuschaffen. Auf meinen wirklich bestürzten Einwand, ob sie sich nicht damit auch um den Lieben Gott bringen könnte, da bei ihm doch die Entscheidung läge, antwortete sie beruhigend und fast nachsichtig: »Das verstehst du nicht, dem kann gar nichts was anhaben, überdies habe ich es jahrelang mit ihm überlegt – natürlich bleibt er, aber natürlich entlässt er den Teufel.« Dabei leugnete sie nicht ganz die Ursache des späten und energischen Gesinnungswechsels: Den Umstand, dass sie sich allmählich aller ihrer Kinder Unglauben und Teufelsverfallenheit eingestehen musste, wenn auch meine Brüder – wie eine ritterliche Gebärde – noch gewisse Zeremonien mitzumachen pflegten um ihrer Frauen und eben um unserer Muschka willen. Bei alledem tat sie nie etwas, was sie in innere Zwiespältigkeit hätte bringen können: Sichtlich folgte sie in jeglichem einem unmittelbaren Impuls, den sie danach erst überlegsam und gründlich zwischen sich selbst und den obwaltenden Umständen ins Reine brachte. So ist auch dies eine wiederholte Erinnerung aus ihrem innern Frieden: wie sie morgens am Frühstückstisch dasitzen konnte mit einem Lächeln in ihren tiefblau gebliebenen Augen und, wenn wir argwöhnten, sie lache uns am Ende aus, es sich ergab, einem wie überaus freundlichen Traum sie noch nachlächle – bis das Scherzwort sich draus gebildet hatte: nach besonders wenig kurzweiligen Tagen (denn langweilende kannte sie sozusagen nicht) entschädige sich unsere Muschka an amüsanten Nächten. In den letzten Lebensjahren, wo sie zu vertauben anfing, konnte sie sich sogar daran noch vergnügen, wenn ähnlich schwerhörige Damen sie besucht und alle aneinander vorbeigeredet hatten; ganz herzlich lachend erzählte sie davon, wie jede von ihnen – sie mit dabei – die falschen Beantwortungen der andern jeweils vernommen, aber an der eigenen, ebenso falschen, sich nicht im Mindesten habe stören lassen.

Neben Lektüre zog sie am stärksten die Beobachtung der Natur an. Die Sommerlichkeit durchlebte sie in heißer Freude, und noch im Spätherbst, von den Stadtfenstern aus, unterhielt sie sich wie mit Wesenheiten mit der Baumreihe einer Querstraße oder beobachtete den Wechsel in deren Beleuchtung. Ihre Wohnzimmer waren mit hohen, von ihr gepflegten Blattpflanzen vollgestellt, während sie Tiere nicht um sich haben mochte. Im hohen Alter aber wurde ihr aller Besitz zu viel – gleichsam eine Schmälerung ihres Mit-sich-allein-seins. Wie aller Dinge nahm sie sich mit großer Pflichttreue und Umsicht auch jedes Besitzstückes an, aber freute sich an jedem Stück auch, das sie an uns oder andere unauffällig loswerden konnte. Allmählich entwickelte sich dann die drollige Notwendigkeit, sie mit entsprechenden Stücken wieder zu beschenken, damit nicht Leere sie umstände. Mir erschien sie manchmal wie jemand, der sich befreit oder entschwingt und der den Zurückbleibenden noch sozusagen aus seiner Siebensachen Resterchen – Nesterchen bereitet; und es schien mir, als ließe sich aus solcher gröbern Hantierung etwas erraten von einer Grundeinstellung zu Leben und Tod überhaupt: als Gegensatz zu einem Gefühl des Beraubtwerdens durch den Tod ein Gefühl von überflüssigem Reichtum, da man schon im Begriff steht, von Notdurft nichts mehr zu fürchten.

Von meiner Mutter kann ich nicht aussagen, ohne dessen zu gedenken, was sie, trotz all ihrer Missbilligung meines auswärtigen Mädchenlebens und meiner ihr widerstehenden Denkungsart, für mich geleistet hat. Enttäuschte diese Tochter sie dadurch schon, dass sie nicht als Sohn zur Welt gekommen war, so hätte sie doch nun mindestens einem Tochterideal der Mutter zustreben sollen – und tat so sehr das Gegenteil. Aber sogar während der Zeit, wo die Mutter am bittersten darunter litt, weil es am krassesten gegen die damaligen gesellschaftlichen Sitten verstieß, machte Muschka das still mit sich selber ab: unverbrüchlich zu mir haltend der Welt gegenüber; voller Gram, doch auch voll Vertrauen; den Anschein weckend, dass wir uns absolut verständen, denn dies schien ihr das Wichtigste, was zu tun war, um keine feindlichen Missdeutungen gegen mich aufkommen zu lassen. Während ich meine wunderschönen Jugendjahre im Ausland verlebte, habe ich mir das keineswegs klargemacht: So still geschah all diese Mütterlichkeit, dass mir fast nur bewusst blieb, wie unbeirrbar tadelnd, aus tiefer Überzeugung gegnerisch, meine Mutter zu meiner Denk- und Lebensweise sich mir gegenüber aussprach. Egoistisch, wie ich gesinnt war, blieb ich so von Reue wie von Heimweh total verschont. Auf briefliche Andeutung, sie wünschte mich »unter die Haube« als Schutz, antwortete ich strahlend: Mir behage es besser unter Paul Rées Hut. Erst nach meiner Verheiratung, nachdem meine Mutter zu langem Besuch zu uns gekommen war, kam all dies zwischen ihr und mir ganz zur Sprache. Es machte mich selber stutzig, und mit einem Blick auf ihren weißen Kopf dachte ich, ganz rührselig und altmodisch ergriffen: »Ist sie nicht um dich ergraut?« Aber eben »rühr *selig*«, in einem großen Freudengefühl der dadurch hoch aufschießenden Liebe und Ehrfurcht, die ja nun, in unserm Beisammensein, den schönsten Anlass zur Betätigung und zum Glück aneinander gewann. Jemand, der mich gut kannte und sich einmal von mir diesen Hergang erzählen ließ, sagte darauf voller Empörung: »Anstatt einer – wie sich's gehört hätte – heimweh- und reuekrank verpatzen Jugend nun auch noch vermehrte Befriedigung und Beglückung dadurch! Wenn *das* nicht moral insanity heißen muss – –.«

In der Tat wies es wohl einen der stärksten Gegensätze im Wesen meiner Mutter und mir auf: dass *sie* jederzeit von Pflichterfüllung und überzeugter Aufopferung ausging, aus einem – in irgendwelchem Sinn – heroischen Zug; vielleicht war es der männliche Einschlag in ihr, der sich dabei genug tat auf eine feine Weise und der damit gerade ihre Weiblichkeit, unwissentlich und unzwiespältig, ermöglichte. Für *mich* standen Kämpfe, auch wider mich selbst, nie vornean; auch in dem, was ich wünschte oder erwartete, kämpfte ich nicht um die Dinge *allerersten* Ranges: *Diese* fanden mich eher nachgebend oder indolent – sie fielen dermaßen mit meiner Existenz, Existenzialität, äußerlich und innerlich, zusammen, dass Kämpfe gar nicht infrage gekommen wären (dann eher noch ein Verhalten nach dem Versehen: »Die Welt, sie wird dich schlecht begaben, glaube mir's! Sofern du willst ein Leben haben: Raube dir's!«). Denn mir schien immer: Das Allerschönste und Allerwertvollste wird etwas nur, weil es *Geschenk* ist, nicht Erwerb – und weil es somit das zweite Geschenk gleich mit dazu bringt: *sich dankbar fühlen zu dürfen.* Und das wird denn wohl der Grund sein, warum ich, trotz allem kämpferischen Anschein, doch eine Tochter und kein Sohn hatte werden müssen.

Ich möchte aber hier hinzufügen den Dank an meine Eltern: indem deren Treue und Liebe – die gesamte Atmosphäre, die um sie war – diese vertrauende Sinnesart in mir großgezogen hat wie einen Geschenk *glauben*. Wie tief dergleichen in einem Menschen sitzen kann, im ältesten Erwachsenen noch und bei nüchternster Denkungsart, bestätigt eine kleine Anekdote aus meinem späten Erleben: Eines Morgens wanderte ich im Walde und fand unvermutet blauen Enzian, den ich gern einer erkrankten Bekannten mitgebracht hätte; ich war jedoch gleichzeitig so in bestimmten Gedanken, die ich auf diesem Morgengang hatte verarbeiten wollen, dass ich mir die Unterbrechung durch das mühsame Einsammeln ausredete. Als ich mich um eine Weile später heimwärts gewandt, erblickte ich mit Verblüffung den Strauß, reichlich und rund, in meiner Hand. Ich wusste doch gut noch, wie geflissentlich ich meine Blicke vom Boden gehoben hatte, um nicht zu pflücken. Bald hätte das Unerwartete mir wie ein Wunder vorkommen müssen. Das geschah jedoch ebenso wenig, wie dass es ein Lachen über meine »Zerstreutheit« ausgelöst hätte. Sondern die erste Reaktion bestand darin, dass ich, in heller Freude, mich laut sagen hörte: »Danke!« –

Meine Mutter besuchte ich vom Ausland aus alle Jahre, oder längstens alle anderthalb Jahre. Ungeheuer lebendig steht vor mir der letzte Abschied von ihr vor ihrem sanften Tode. Ich reiste von Petersburg nach Nordfinnland, um von dort zu Schiff nach Stockholm weiterzufahren. Da der Zug schon bei Tagesgrauen abging, hatten wir uns spät in der Nacht endgültig Lebewohl gesagt. Als ich mich beim Fortgehen in der Frühe so leise wie möglich in den Hausflur schlich, stand meine Mutter plötzlich noch einmal vor mir: barfuß, im langen Nachtgewand, das schneeweiße Haar – das wie Kinderhaar etwas lockig abstand – offen und darunter die tiefblauen Augen groß geöffnet, diese klaren, durchschauenden Augen, von denen jemand einmal richtig sagte: Es tat nicht gut, mit einem schlechten Gewissen unter ihren Blick zu geraten.

Sie sah aus, wie aus einem Traum gerufen, und sie selber wirkte wie ein Traum.

Kein Wort sprach sie zu mir. Sie schmiegte sich nur an mich. Von gleicher Größe mit mir, war sie – obschon schlank aufrecht geblieben – im hohen Alter um ein weniges kleiner im ganzen geworden, sodass ihr zarter Körper mit den schmalen Gelenken sich ganz einkuscheln konnte an mir.

Wann jemals aber hätte sie diese Gebärde gehabt? Es war, als höbe sie sie aus Verborgenstem herauf für diesen Augenblick. Oder als sei sie in spätesten Jahren erst heimlich gereift zu dieser Bewegung, zu einer letzten Süße, wie sie in einer Frucht sich sammelt, die genügend lange in der Sonne hing, ehe sie nun sinkt.

Und vielleicht durchfuhr uns in der Stille dieser freigegebenen zärtlichen Süße derselbe Gedanke, derselbe Schmerz, derselbe Herzstoß: »– O warum, warum – erst jetzt –!« Dies war das letzte Lebensgeschenk meiner Mutter an mich. Liebe Muschka.

Das Erlebnis Russland

Unsere Familie entstammt väterlicherseits französischem und deutschem, baltischem Blut; Hugenotten aus Avignon, sind wir anscheinend erst nach der Französischen Revolution, und nachdem wir lange in Straßburg verweilt, quer durch Deutschland ziehend ins Baltikum gelangt, wo in Mitau und Windau sich das sogenannte »Klein Versailles« ausgebreitet hatte. In meiner Kindheit hörte ich davon oft in der Familie erzählen.

Mein Vater war bereits als Knabe, unter Alexander I., nach St. Petersburg verbracht worden, um ganz militärisch erzogen zu werden. Als er schon Oberst war, verlieh Nikolaus I. ihm nach dem polnischen Aufstand von 1830, bei dem er sich ausgezeichnet haben mochte, zu dem französischen den russischen erblichen Adel. Das große Wappenbuch mit des Kaisers Worten darin, dem Altwappen – rotgolden und quer gestreift – unten, und darüber dem russischen mit zwei rotgoldenen Schrägstreifen unter dem Visierkopf, ist mir noch sehr erinnerlich von unserm kindlichen Beschauen her; nicht minder die auf kaiserliche Anordnung für meine Mutter in Imitation des goldenen Ehrensäbels verfertigte Vorstecknadel, an der meines Vaters sämtliche Orden – in winzigster, aber genauer Wiedergabe – herniederhingen.

Meine Mutter, in St. Petersburg geboren, war hamburgisch-norddeutschen – weiterhin mütterlicherseits dänischen – Ursprungs; sie hieß Wilm, ihre dänischen Voreltern Duve (Taube).

Schwer zu ermitteln, welches (in Russland) unsere allererste Sprache gewesen: das Russische, damals überwiegend nur im Volk gebräuchlich, wäre ohnehin gleich dem Deutschen und Französischen gewichen. Vorherrschend ward in unserm Falle durchaus die deutsche Sprache; sie blieb das Bindeglied zwischen uns und meiner Mutter Heimat, und nicht nur sofern wir in deutschen Landen Freunde und Anverwandte behielten, sondern als Ausdruck tatsächlicher Hingehörigkeit – wenn sich dies auch bei uns (in gewisser Unterscheidung von unsern Petersburger reichsdeutschen Bekannten) mehr und unmittelbarer aufs Deutschsprachige als aufs Deutschpolitische bezog; denn wir fühlten uns nicht nur in russischem »Dienst«, sondern als Russen. Ich wuchs auf zwischen lauter Offiziersuniformen. Mein Vater war General; hinterher, im Zivildienst, hieß er Staatsrat, Geheimrat, dann Wirklicher Geheimrat, verblieb aber dienstlich im Generalitätsgebäude auch im hohen Alter. Und meine frühe Liebe, im achten Jahr etwa, galt dem (damals wirklich wunderschönen) jungen Baron Frederiks, Adjutanten Alexanders II., nachmaligem Hausminister, der, uralt werdend, noch Kaisersturz und Umsturz voll miterleben musste. Meine Intimität mit ihm beschränkte sich jedoch auf folgendes geringe Vorkommnis: Als ich einmal bei Glatteis auf den breiten Stufenabstieg unseres Generalitätsgebäudes hinaustrat und den Bewunderten unmittelbar hinter mir spürte, rutschte ich aus und setzte mich aufs Glatteis – worauf der ritterlich Hinzueilende sofort dem gleichen Schicksal verfiel; in allernächster unerwarteter Nähe, zu beiden Seiten des Ausgangs, uns gegenübersitzend, starrten wir uns betroffen an: er hell auflachend und ich stumm beseligt.

Viel spezifischer russisch als solche Erinnerungen an die Welt um uns draußen waren die Eindrücke von Amme und Wärterin her. (Nur ich hatte eine Amme.) Meine Amme, eine sanfte, schöne Person (die später, nachdem sie eine Fußpilgerung nach Jerusalem getan, sogar zur kirchlichen »Kleinen Heiligsprechung« gelangte – worüber meine Brüder wieherten, was mich aber doch stolz auf meine Amme machte), hing sehr an mir. Russische Njankis stehen ohnehin im Ruf grenzenloser Mütterlichkeit (weniger freilich ebensolcher Erziehungskunst), worin sie keine leibliche Mutter übertreffen könnte. Unter ihnen gab es überall noch Abkömmlinge von den eben noch Leibeigenen, und man möchte um ihretwillen das Wort »leibeigen« in einem liebevollern Sinne festhalten. Sonstige russische Dienstboten in den Familien mischten sich stark mit unrussischen Elementen: Tataren, als Kutscher und Diener bevorzugt wegen ihrer Alkoholabstinenz und Esten; es mischte sich Evangelisch, Griechisch-Katholisch und Mohammedanisch, Gebet nach Osten und Gebet nach Westen, alter und neuer (Kalender-)»Styl« hinsichtlich Fasten und Gehaltsausgabe. Noch bunter ward dies dadurch, dass unser Landhaus in Peterhof von schwäbischen Kolonisten verwaltet wurde, die in Tracht wie Sprache sich noch genau an ihr Vorbild in der lang verlassenen Schwabenheimat hielten. Vom eigentlichen russischen Inland lernte ich kaum was kennen; nur auf ein paar Reisen zu meinem zweiten Bruder –

Robert –, der als Ingenieur schon früh weit nach Osten (Perm, Ufa) fort-
kam, machte ich erste Bekanntschaft im Smolenskischen mit rein russischer Gesellschaft. St. Petersburg selbst aber, diese anziehende Vereinigung von Paris und Stockholm, wirkte trotz seiner kaiserlichen Pracht,
seinen Rentierschlitten und illuminierten Eishäusern auf der Newa, seinen späten Frühlingen und heißen Sommern rein international.

Auch meine Schulgenossen setzten sich aus Angehörigen von vielerlei
Nationen zusammen, schon in der kleinen englischen Privatschule, die
ich anfangs besuchte, wie in der folgenden großen, wo ich nichts lernte.
Dennoch hätten von dorther bereits Bekanntschaften ausgehen können,
die mich dem russischen Lande auf eine neuartige Weise verknüpft hätten, nämlich politisch. Denn schon braute und gärte bis in die Schulan-
stalten hinein der Geist des Aufstandes, der bei den Naródniki, den »ins
Volk Gehenden«, sein erstes Programm gefunden hatte. Es war kaum
möglich, jung und lebendig zu sein, ohne davon miterfasst zu werden,
zumal der Geist des elterlichen Hauses, trotz den Beziehungen zum vo-
rigen Kaiser, doch sorgenvoll zum herrschenden politischen System
stand, namentlich nach der reaktionären Wandlung des »Zarbefreiers«
Alexander II., nachdem er die Leibeigenschaft aufgehoben hatte. Was
mich von diesen mächtigen Zeitinteressen isoliert erhielt, war lediglich
der durchgreifende Einfluss meines Freundes, dem meine erste große
Liebe galt: Der Umstand, dass er, der Holländer, sich in Russland völlig
als Ausländer empfand, musste auch auf mich gewissermaßen entrus-
send wirken, indem ein rein individuelles Bildungsziel, unter Betonung
gefühlsnüchterner Verstandesentwicklung, dasjenige war, was er als
wünschenswert für mich (die ein fantastisches Geschöpf war) ansah. So
blieb das einzige Zeichen politischer Beteiligung – in meinem Schreibtisch verborgen – ein Bild der Wera Sassúlitsch, der, sozusagen, Einleite-
rin des russischen Terrorismus, die den Stadthauptmann Trepow an-
schoss und nach dem Geschworenen-Freispruch (Geschworenen-
Gerichte waren erst soeben für zulässig befunden worden) auf den
Schultern einer jubelnden Menge hinausgetragen wurde; sie entwich
nach Genf und lebt vielleicht noch heute. Während meines Studiums in
Zürich, bei dessen Beginn die Ermordung Alexanders II. durch Nihilis-
ten – 1881 – von russischen Studenten mit Fackelumgängen und unter
lärmender Exaltation gefeiert wurde, kannte ich von meinen Mitstuden-
tinnen, fast ausschließlich Medizinerinnen, noch keine persönlich. Auch
glaubte ich, dass sie ihr Studium ganz vorwiegend als politischen Deck-
mantel für ihren Auslandsaufenthalt benutzen mochten, weil in Russland schon längst – weit früher als irgendwo sonst – das weibliche Stu-

dium durchgesetzt worden war, ja Frauenhochschulen errichtet wurden mit voller Besetzung, z. B. durch Professoren der medikochirurgischen Akademie. Doch irrte ich mich ganz gründlich: denn diese Frauen und Mädchen, die unter ungeheuren Opfern und Kämpfen sich die heimatlichen Institute gleich denen der Männer erschlossen und, wenn sie zwischendurch gewaltsam geschlossen wurden, sich wieder erschlossen, kannten nichts Ernstlicheres, nichts Wichtigeres, als sich schnellstens ein möglichst großes Wissen und Können anzueignen. Nicht etwa für eine Konkurrenz mit dem Mann und seinen Rechten, auch nicht aus wissenschaftlichem Ehrgeiz, um der eigenen beruflichen Entwicklung willen, sondern nur für das Eine: um hinaus zu können in das russische Volk, das leidende, unterdrückte und unwissende, dem es zu helfen galt. Ein Zug von Ärztinnen, Hebammen, Lehrerinnen, Fürsorgerinnen jeder Art, gleichsam profanen weiblichen Priestern, strömte ununterbrochen aus den Hörsälen und Akademien in die entlegensten, ödesten Landstriche, in die verlassensten Dörfer: Frauen, die sich, politisch lebenslang mit Verhaftung, Verbannung, Tod bedroht, *ganz* dem hingaben, was einfach ihrer Aller stärkstem Liebestrieb entsprach.

In der Tat handelte es sich hierum – und zwar bei der revolutionären Tendenz *beider* Geschlechter in Russland: Wie Kinder zu ihren Eltern stehen, standen sie zum Volk. Obschon sie es waren (großenteils den Kreisen der »Intelligenz« entstammend), die ihrerseits Bildung, Aufklärung, Wissen dem Volk zuteilwerden ließen: In menschlichstem Sinn blieb ihnen der Bauer Vorbild, ungeachtet seines Aberglaubens, seiner Trunksucht oder Rohheit: eine Einstellung, wie man sie an Tolstoj kennengelernt hat, dem die bäuerliche Gemeinschaft erst vermittelte, was es mit Tod und Leben, Arbeit und Andacht auf sich habe. Das merzte aus dieser Liebe alle Pflichtmäßigkeit, Leutseligkeit aus und sammelte in ihr gleichsam alle Grundkraft des eigenen seelischen Lebens überhaupt: in einer Primitivität, aus deren Kindhaftigkeit der zu Ehrgeiz und Reife erwachsende Einzelne sich in seinen tiefsten Triebkräften nie ganz löst. Meinem Eindruck nach beeinflusst das in Russland auch die Geschlechtsliebe noch, löst ein wenig die Höhe ihrer Spannungen, die in Westeuropa sich in etwa tausend Jahren zu so schwärmenden Übertriebenheiten zuspitzten. (Ich habe bei einem einzigen Autor, in dem bedeutenden Skizzenbuch des Prinzen Karl Rohan, »Moskau«, 1929, diese erotische Sachlage innerhalb des Russischen richtig angedeutet gefunden.) Dicht daneben können erotische Ausschreitungen und Unmäßigkeiten jeder Sorte wie überall sich ereignen, oder noch rohere, aber darüber geht das eigentliche Seelenleben in primitiv unberührterer Infantilität vor sich als bei den »erzogenem«, auf »selbstsüchtigere« Privatliebe gestellten Völkern. Das »Kollektive« bedeutet im Russischen, volklich und wesentlich, insofern gerade die Intimität, die Herzwurzel, nicht die Erzogenheit zu Prinzip oder Einsicht oder Vernunft. Alles Ekstatische schlägt *dort* hinein, unverkürzt auch durch Betonung des Geschlechtsunterschiedes: weil das passiv Hingegebene und Empfangende darin noch mit dem jäh Aktiven, Revolutionierenden ineinandergreift in der nämlichen seelischen Bereitschaft.

Manches daran klärte sich mir erst spät völlig: bei meinem dritten Pariser Aufenthalt, 1910, als ich, durch die Güte der Schwester einer Terroristin, in deren Kreis Zutritt erlangte. Es war um die Zeit nach Ausbruch der Asjow-Tragödie, wo dieser unerklärlichste und monströseste aller Doppelspitzel, durch Burzew seines Doppelverrats überführt, eine namenlose Verzweiflung hinter sich ließ. Mir wurde damals gefühlsmäßig unmittelbar klar, inwiefern das Häuflein zu jeder Bombe entschlossener Revolutionäre, die ihr privates Erleben total dem Glauben an ihre mörderische Mission opferten, keinen Gegensatz darstelle zur ebenso totalen Passivität der Gläubigkeit des Bauern, der sein Schicksal als von Gott bestimmt hinnimmt. Die Glaubensinbrunst ist die nämliche, die das eine Mal zur Ergebung und das andere Mal zur Aktion aufruft. Über beider Leben, über allem, was sich privat darin äußert, steht ein nicht mehr dem Persönlichen entnommenes Motto, aus dem sie sich erst selber empfangen und aus dem beide Arten, das bäuerliche Martyrium wie das terroristische Märtyrertum, ihrer getrosten Dulderkraft wie ihrer jähen Tatkraft innewerden. Als die Sozialrevolutionäre, nach etwa einem Jahrhundert ihrer Wirksamkeit, mit dem Erfolg des Bolschewismus in ihren tragischen Bemühungen an die Wand gedrückt wurden durch übergewaltige Überholungen des bis dahin gemeinsam Erträumten, da kam es, aus der immer gleichen Glaubensinbrunst im Volk, zur Bildung eines dritten Typus: Das war der befreite Proletarier, herangeholt zum Mittun an Arbeit und Erfolg, und deshalb – mitten in der neuen Art des Zwanges, in tausenderlei erneutem Elend – doch hingerissen zu einer Orgie williger Tatkraft. Erfuhr doch seine bisherige passive Glaubensergebung den blendenden Augenschein unerhörter Verwirklichungen im Gesamten des volklichen Lebens und der Landesumgestaltung, die ihm vorkommen mussten wie den Christen vor dem Jahre 1000 das erwartete Hereinbrechen des Jenseits ins irdische Reich. Damit ward er zum natürlichen Gegner seines Bruders, des Bauern, der von alledem vorwiegend nur die Negation erfuhr: Zerstörung seines friedlich primitiven Dorfkommunismus durch politisch-abstrakte Maßregeln, die an seine alte

Ergebung und Ergebenheit nicht mehr appellieren konnten, weil sie grundsätzlich gegen Gott und Gottesglauben sich wandten. So sah sich das Bauerntum, geschart um seine Glocken und Kreuze, um sein Gottvertretertum, gegenübergestellt dem Bolschewismus als dem Teuflischen. Man vermerkt gern, dass die fast religiöse Werbekraft, womit der Bolschewismus sich des russischen Proletariers bemächtigte und sozusagen die Leninlegende über die Christussage gestülpt hat, eine listige und zweckhafte Ausnutzung dieses glaubensfrommen Volkes sei; aber wie oft das auch selbstverständlich der Fall sein mag, so wird dadurch doch ebenso weniges erklärt, wie ehemals das Phänomen des Religiösen aus Priesterlist und -herrschsucht hatte erklärt werden können. Hier ist es fraglos eine Wirkung der kolossalischen Experimente, die Russland mittels terroristischer Unwiderstehlichkeit um und um wälzen ins Maßlose ihrer Wagnisse; ganz abgesehen von der Zukunftsfrage, ob sie scheitern oder siegen, sind sie gebunden an die Glaubensinbrunst russischer Menschheit. Denn eben diese ist es, die dem Materialistischen der politischen Theorien, dem Mechanistischen der angestaunten Technik einen ganz anders empfangenden, einen vorneweg glaubensdurchseelten Boden untergebreitet hält, anders als es in normal-langsamer herangereiften Kulturen möglich wäre, anders als da, wo diese Theorien entworfen wurden.

Man möchte meinen, schon bei der späten Christianisierung Russlands (ab 900 n. Chr.) lasse etwas von dieser Volksart sich erkennen. Nachdem sie nicht – wie häufig sonst – durch Eroberzwang erfolgt war, sondern vermittelt durch zur Wahl Ausgesandte, denen byzantinisches Christentum russenverwandter erschien als etwa Islam oder Buddhismus, »verrusste« sich das Übernommene unwiderstehlich. Als die abgeschriebenen byzantinischen Dokumente allmählich einer derartigen »Verrussung« anheimfielen, dass die Kirche selber (Patriarch Nikon) sie vergleichen und korrigieren lassen musste, da war den Russen bereits dies eine zu weitgehende religiöse Aufklärung, religiöse Einmischung ins Ureigene. Lieber verließ ungefähr ein Drittel aller die Kirche und trat in den altgläubigen »Raskol« (Spaltung, 1654), der das Wort erfand: »Wer Gott liebt und fürchtet, geht nicht in die Kirche.« Auf solche Weise entspricht das vom Christentum Aufgenommene besonders wurzelecht russischem Wesen, beharrt aber auch darin allein; wie auch bei den in der Kirche Verbliebenen die eigentliche Ehrfurcht nicht der höhern Geistlichkeit gilt, nicht hierarchisch eingestellt ist – sie heftet sich an Pilger, Einsiedler, Anachoreten, in deren Fußstapfen jeder treten könnte, und die Verehrung davon begreift etwas von dem ein, was sozusagen jeder heimlich auch sich selbst zugesteht. Genauso wie, umgekehrt, es jedem zugestoßen sein könnte, an die Stelle Verurteilter oder Verbrecher zu geraten: Wovon noch die volkstümliche Sitte Kunde gibt, Sträflinge auf dem harten Durchzug durchs Land in sibirische Zuchthäuser mit etwas zu beschenken, und sei's ein Ei, ein Brotstück, ein bunter Bandfetzen. Dabei spricht weiches Mitleiden, aber auch zugleich das mit, was im Wort eines Bäuerleins lag, der mich auf solchen Durchzug aufmerksam machte: » *Die* hat's getroffen.« Das geringere Unterscheiden geltender Wertungen über Menschen, das Nichtachten hergebrachter Maßstäbe der Beurteilung hängt damit zusammen, dass mit allem bis auf »Gott« zurückgegangen wird, der alle und alles nach seinem Gefallen umfasst. Dies kindhafte Vertrauen liegt auch im traditionellen Trostesausspruch in schicksalsvoll schrecklichen Zeiten des gemarterten Volkes: »Alle haben uns vergessen, außer Gott.«

Es begreift sich leicht, dass diese religiöse Richtung neben der Kirche einem ungeheuren Sektenwesen zugutekam und dass in diesem die verschiedensten, auch einander gegensätzlichsten Formungen zustande kommen konnten: vom brutalen Asketentum der Skopzen und ihren Entmannungsprinzipien bis hinein in die ärgsten, anstößigsten Sinnesräusche, die sich als Sexualmysterien in die Andacht einreihen; oder aber bis in die menschlich-köstliche Freudigkeit und Gefasstheit der Gesinnung, durch die Tolstoj so tief ergriffen und gewissermaßen zum Jünger des russischen Bauern wurde. Wie das erst aus der Psychopathologie Tolstojs ganz erklärbar wird, dieser Begleitung seines Genies, so ist auch die Zurschaustellung von orgiastischem und von wüstem Heiligengebaren erst kürzlich an Rasputins Gestalt zu *persönlich* aufgefasst worden, zu sehr als seine monströse Spezialität, anstatt ihn aus der Eigenart seiner Sekte und ihrer Befehle zu verstehen.

Dass auch Gegensätzliches noch sich ungestört in Menschen zu einen vermag, entspricht dem Primitivern, Undifferenziertern. Doch noch darüber hinaus ist russischem Wesen ein Mangel an Dualismus sichtlich eigen: wodurch Traumerwartung und Realerfahrung weniger in ein Nacheinander zu zerfallen scheinen – wodurch, gleichsam weniger scharf entmischt, »Himmlisches« noch nicht abstrakt, »Irdisches« noch nicht schuldbeladen erlebt wird. Von nicht in Russland Geborenen, die aber viele Jahre dort verweilten, ist das hie und da eindrucksvoll bestätigt worden und führte zu unwillkürlicher starker Anhänglichkeit ans Russentum. So ging es auch bei uns zu: Insbesondere mein Vater hat den praßtój naród, das »gemeine Volk«, so geliebt, dass in seiner Redeweise davon, wie viel oder wie oft er es auch zu rügen gehabt haben mochte, ein Ton mitschwang der Ehrerbietung, nahezu Ehrfurcht, und sie auch uns nahelegte. Mutterseits blieb allerdings gegenüber griechisch-katholischer Rechtgläubigkeit ein Gefühl wie von Emigrantentum aus evangelischem Glaubensland. Und ich selbst? Ich war blutjung namentlich durch meine erste große Liebeserfahrung entrusst worden, indem mein Freund als Ausländer (und zu seinem Verdruss durch die russischen Verhältnisse zum Brachliegen seiner wertvollsten Kräfte verurteilt) alle seine Interessen und Wünsche nach »jenseits der Grenze« richtete: *sagranizu*, was die russische Bezeichnung ist für Ausland überhaupt. Aber bei Gelegenheit meiner Heimatbesuche aus der Schweiz oder Deutschland, nach der Übersiedlung, wenn ich an der russischen Grenze in die breiteren, schwereren Eisenbahnwagen umstieg und vom Schaffner als »Mütterchen« oder »Täubchen« zum Schlaf verstaut wurde, wenn der Geruch zottiger Schafspelze oder der Duft russischer Zigaretten mich umfing – dann weckte das dreifache Gebimmel, das altmodische Abfahrtszeichen, ein unvergessliches Heimatglück. Das galt weder der Rückkehr ins familiäre Zuhause noch auch einem jemals verspürten Heimweh wie nach dem Geburtsland oder den frühesten Kindheitseindrücken dort. Ich könnte es auch jetzt nicht hinreichend genau bestimmen: Ich weiß nur, dass es in seiner Substanz unabänderlich blieb inmitten der Jahre meiner wundervollen, von ganz anderm in Anspruch genommenen, mit ganz unrussischer Geistesarbeit erfüllten Mädchenjugend. – Allmählich setzte es sich in Beschäftigungen und Studien um, bei denen mich dann 1897 noch Rainer Maria Rilke antraf. Unsere beiden gemeinschaftlichen Reisen nach Russland hat in uns Zweien die immer höher steigende Sehnsucht dorthin zustande gebracht. Das wurde für jeden von uns ein Erlebnis außerordentlicher Art: für *ihn* im Zusammenhang mit einem Durchbruch seines schöpferischen Tuns, für das Russland ihm schon die entsprechenden Sinnbilder bot, während er noch seine Sprache erlernte und es studierte; für *mich* einfach der Rausch des Wiedersehens mit der russischen Wirklichkeit in ihrem vollen Umfang: dicht um mich herum stellte sich dieses Volkes Land in seiner Weite, dieser Menschheit Elend, Ergebung und Erwartung; es umfing mich so überwältigend wirklich, dass ich nie wieder – außer in individuellsten Einzelerlebnissen – etwas von ähnlicher Stärke der Eindrücke erfuhr. Das Außerordentlichste der Wirkung an diesem Doppelerlebnis lag aber darin, dass uns in den gleichen Momenten und an den gleichen jeweiligen Gegenständen aufging, wessen jeder von uns bedurfte – schöpferisch daran werdend Rainer, und mein eigenes urältestes Bedürfen und Erinnern daran erlebend – hinlebend – ich.

Aber das hierfür bei uns Beiden am dringendsten Benötigte, sehr Merkwürdige war, dass auf den ungeheuren Strecken dieses Landes – und nicht nur auf den von uns bereisten –, an seinen Strömen entlang, zwischen dem Weißen und dem Schwarzen Meer, zwischen den transuralischen und den europäischen Grenzen, ein-und-derselbe Mensch einem zu begegnen scheint, als entstamme er dem nächstgelegenen Dorf – habe er nun die großrussische oder sogar eine tatarische Nase. Diese Einheitlichkeit in all der Verschiedenartigkeit kommt dabei nicht von jener Uniformität des noch schlecht Unterscheidbaren, wenig Gekannten von Massen; es kommt her von der russischen Offenheit des seelischen Gesichts, als werde diese beredt am in uns allen Gleichen, am zutiefst Menschlichen überhaupt. Als erführe man gewissermaßen neu und bewegt ein Etwas über sich selbst am Begegnenden – und man liebt ihn. Für Rainer musste das von ausschlaggebender Wirkung sein infolge seiner suchenden Einstellung zu menschlichen Urgründen, aus denen sich ihm Sinnbilder unterschoben, daran er zum Hymniker Gottes wurde.

Mir hat sich manches davon erst später verdeutlicht: sein Drang in diese Richtung wie nach einer Heilung, nach innerm Zusammenschluss geheimer Zwiespälte seiner Struktur. Ähnlich drängte es ihn aus europäischer Überbildung, aus allzu Westlichem dem Osten überhaupt zu: als ob er daran fühlte, wie dort, auch in den asiatischen Kulturen, die Grundbasis menschlicher Ursprünglichkeit, in Vorzügen wie Nachteilen, dauernd die Richtung bestimme. Oft fragten wir uns unterwegs, ob eine weiterreichende Reise ins Asiatische uns erst recht dies »Russische in Reinkultur« erschlossen haben würde. Aber wir spürten auch: Damit wäre im Gegenteil etwas Anderes, Fremdes mit dazu geraten, das nicht offener aufschloss, das abwehrend zuschloss. Mit dem wirklichen *Orient* erhebt sich zugleich, wo immer man ihm auch nahen mag, wie ein Stück der Großen Mauer um China; er wird dadurch ein Gegenstand, der schon am ehesten noch mit Unterstützung von wissenschaftlichem Verständnis, gelehrtem Rüstzeug eine Annäherung erlauben müsste. Umstehen ihn doch seine uralten Kulturen – in sich fertig geworden zu Wunderwerken, zurückhaltend uns gegenüber in der Unzugänglichkeit und märchenhaft anmutenden Weisheit urtiefer Traditionen, in die jeder mit hineingeboren ist, wer immer er auch sei. Das schließt ihm vor uns das Gesicht. Man möchte ihn, von unserer Zergliederung ins Individuellste aus gesehen, als so andersartig empfinden, dass er durch Übernahme des Unsern zugrunde ginge, obschon er uns zugleich voraus ist und uns übersteigt darin, dass er sich seine widerspruchslose Einheit gewahrt hat, seine jedesmalige selbst gewachsene Eigenart von Kultur und Natur, von Bildung und Wesen.

Nicht so liegt *russisches* Land da, – noch bis in seine sibirischen Fernen gewissermaßen zugleich westwärts gewandt, als *könne* es nicht haltmachen, endgültig aufhören, gelagert zwischen alle Einbrüche und Einflüsse von je und je, als sei dies eben seine Bestimmung: seine Breite zu beglaubigen durch Aufnahme noch des Fremdesten, sich durch Rechts und Links hindurch zur Synthese anzuschicken. Als sei seine eigene Unergründlichkeit, seine innere Allgemeinsamkeit eben dadurch keine Abwehr geworden, kein Fertiggewordenes, sondern der langsamere, weil vieles überschreitende, mit vielem sich belastende Gang eines »Nomadentums auf weite Sicht«: wandernd und wandernd von Ost nach West und wieder zurück, um ja nicht, zu früh sesshaft, von der kostbaren Bürde was zu verlieren, – um *dafür* seinen tänzerischen Fuß, seine Sangesfreude noch für die schwermütigsten seiner Lieder bereitzuhalten, die (vielleicht!) einem schon bevorstehenden Untergang vorwegnehmend den Ton leihen.

Der Mensch solcher Art erscheint heutzutage gewaltsam hineingerissen in Fortschritts-Ekstase, vergewaltigt zu westländisch aufgebauten Zwangszielen hin. Was diese im Westen nicht zu voller Auswirkung kommen ließ, weil in ihnen ein Erzeugnis vergangenen Jahrhunderts gespürt wurde, dem man mit Sehnsüchten unseres Jahrhunderts zu begegnen strebte – das verlieh ihnen im rückständigen Russland die kolossale Macht aufeinanderplatzender Extreme. Handelte es sich da doch nicht um Änderung von Kulturformen, sondern um die Frage erstmaliger Kulturform für die Gesamtheit überhaupt. Deshalb könnte aber gerade dort, sei's zu Fluch oder Segen, ein Neues sich aus einem Gewaltruck ergeben, schon durch die Plötzlichkeit der technischen Ermöglichungen wie auch durch die asiatischen Dimensionen ihrer Anwendung. Dem Bolschewismus Russlands, dem Erben abendländischen Theoriensystems, fließt infolgedessen hier Blut und Inbrunst zu ins trocken und kalt Begriffliche, bis es gar nicht mehr wie Übernahme vom Abendland her ist, bis es sich als Voraussetzung einer neuen Morgenröte vorkommt, zu der Russland das Universum ganz unnational und ganz irrational einzuladen scheint.

Uns aber war es notwendig, ja das Allernotwendigste, in Altrussland zu weilen, ehe es noch das entscheidende Risiko seiner Umwälzung erfuhr, in der die Probe aufs Exempel gemacht wird. Notwendig war das, weil nur vom Anblick Altrusslands her das Kommende verstanden werden kann, weil nur so das Missverstehen der vielen Reisenden abgewehrt werden kann, die heute das Land durchstreifen und sich darob verwundern, wie der russische Mensch, bis dahin noch ein Dummbart, urplötzlich zu einer Sorte von exaltierter Maschine geworden sei, nur weil, statt der alten Nagaika, eine hypermoderne Knute über ihm geschwungen wird.

Als wir an der Wolga standen, in großem Schmerz des Abschiedes, dachten wir uns einen Trost aus, um hinweg zu *können*. Wir dachten: wann und ob wir auch wiederkämen, bald (!! –) oder spät oder ob nach uns andere Generationen: Selbst im gewaltigsten Wandel der Zeiten würde das hier bleiben, worauf wir mit nassen Augen schauten – Wir wussten nicht, wie bald schon das Bild sich wandeln werde: wie die Wolga mittun würde mit den andern Flüssen, die man einzumünden zwang in die Kolossalität der Aufstauungen, um, von Menschenhand gezwungen, wie *eine* gigantische Flut russisches Land zu durchbrausen, erst haltmachend vor dem Stillen Ozean.

Aber wir wussten und hatten erfahren: auch das verschlug nichts an *dem* mehr, was an unserm Erlebnis hier das Größte gewesen und das Weltinnigste zugleich.

Wir hatten in Russland mehr empfangen als Russland allein und durften es verlassen.

Altrussland

Du scheinst in Mutterhut zu ruhn,
Dein Elend kaum noch zu begreifen,
So kindhaft scheint noch all Dein Tun,
Wo andre reifen.

Wie stehn Dir noch die Häuser bunt,
Als spieltest Du sogar im Darben:
Rot, grün, blau, weiß auf goldnem Grund
Sind Deine Farben.

Und doch: wer lang darauf geschaut,
Enthält ehrfürchtig sich des Spottes:
Ein Kind hat Russland hingebaut
Zu Füßen Gottes.

Wolga

Bist Du auch fern: ich schaue Dich doch an,
Bist Du auch fern: mir bleibst Du doch gegeben –
Wie eine Gegenwart, die nicht verblassen kann.
Wie meine Landschaft liegst Du um mein Leben.

Hätt ich an Deinen Ufern nie geruht:
Mir ist, als wüsst ich doch um Deine Weiten,
Als landete mich jede Traumesflut
An Deinen ungeheuren Einsamkeiten.

Freundeserleben

An einem Märzabend des Jahres 1882 in Rom, während bei Malwida
von Meysenbug ein paar Freunde beisammensaßen, begab es sich, dass
nach einem Schrillen der Hausglocke Malwidas getreues Faktotum Trina
hereingestürzt kam, ihr einen aufregenden Bescheid ins Ohr zu flüstern
– woraufhin Malwida an ihren Sekretär eilte, hastig Geld zusammen-
scharrte und es hinaustrug. Bei ihrer Rückkehr ins Zimmer, obwohl sie
dabei lachte, flog ihr das feine schwarze Seidentüchlein noch ein wenig
vor Erregung um den Kopf. Neben ihr trat der junge Paul Rée ein: ihr
langjähriger, wie ein Sohn geliebter Freund, der – Hals über Kopf von
Monte Carlo kommend – Eile hatte, dem dortigen Kellner das gepumpte
Reisegeld zuzustellen, nachdem er alles, wörtlich, restlos alles verspielt.

Dieser lustig sensationelle Auftakt zu unserer Bekanntschaft störte
mich erstaunlich wenig: Sie war im Nu geschlossen – ja vielleicht trug
sogar zu ihr bei, dass Paul Rée infolgedessen, wie auf einem Isoliersche-
mel herausgehoben, schärfer umrissen, unter den übrigen wirkte. Jedenfalls wurde sein scharf geschnittenes Profil, das grundgescheite Auge
mir sofort durch seinen Ausdruck vertraut, worin sich im Augenblick
etwas humorvoll Zerknirschtes mit überlegen Gütigem mischte.

Schon am selben Abend, wie von da ab täglich, fanden unsere eifrigen
Unterredungen erst ihr Ende beim Nachhausegehn auf Umwegen: von
Malwidas Via della Polveriera in die Pension, wo meine Mutter mit mir
abgestiegen war. Diese Gänge durch die Straßen Roms im Mond- und
Sternenschein brachten uns einander bald so nahe, dass sich in mir ein
wundervoller Plan zu entwickeln begann, wie wir dem Dauer verleihen
könnten, auch nachdem meine Mutter, die mich von Zürich nach dem
Süden zur Erholung gebracht hatte, heimgereist sein würde. Zwar benahm sich Paul Rée zunächst völlig falsch, indem er, zu meinem zorni-
gen Leidwesen, meiner Mutter einen ganz andern Plan – einen Heirats-

plan – unterbreitet hatte, der ihre Einwilligung zu dem meinen endlos erschwerte. Vorerst musste ich nun erst ihm selber plausibel machen, wozu mein »für Lebenszeit abgeschlossenes« Liebesleben und wozu mein total entriegelter Freiheitsdrang mich veranlassten.

Ich will ehrlich gestehen: Was mich am unmittelbarsten davon überzeugte, dass mein, den geltenden gesellschaftlichen Sitten von damals hohnsprechender Plan sich verwirklichen ließe, war zuerst ein simpler nächtlicher Traum. Da erblickte ich nämlich eine angenehme Arbeitsstube voller Bücher und Blumen, flankiert von zwei Schlafstuben und, zwischen uns hin und her gehend, Arbeitskameraden, zu heiterem und ernstem Kreis geschlossen. Nicht geleugnet kann aber werden, dass unser fast fünfjähriges Beisammenleben geradezu verblüffend diesem Traumbilde gleich wurde. Paul Rée meinte mal: Die Abweichung davon bestände fast lediglich darin, dass ich in Wirklichkeit erst allmählich lernte, die Bücher und die Blumen besser auseinanderzuhalten, indem ich anfangs die ehrwürdigen Universitätsbände mit Untersätzen für die Topfblumen verwechselte und ähnlich verwirrende Zusammenfassungen mitunter auch mit Menschen anrichtete. – Schließlich, während ich noch mit meiner armen Mama rang, die am liebsten alle ihre Söhne zu Hilfe gerufen hätte, um mich tot oder lebendig nach Hause zu schleifen, erwies sich zu meinem Erstaunen Malwida als fast noch vorurteilsvoller denn meine Mama, die doch hinter sich die ihr geheiligte Tradition der Welt sowie des Glaubens unerschüttert stehen hatte. Allerdings erfuhr ich hinterher, dass manches davon Paul Rée aufs Schuldkonto kam, indem er ursprünglich in heller Aufregung zu Malwida gelaufen war, ihr zu gestehen, wir müssten »einander fliehen«, denn in ihm saß fest, er dürfe Malwidas »Prinzipien« nicht kompromittieren – was, nach Malwidas Meinung, bereits durch unsere abendlichen »Umwege« (um die meine Mutter ja wusste) geschehen war. Ich erfuhr dann mit Überraschung, bis zu welchem Grade der Freiheitsidealismus zur Behinderung der individuellen Freiheitstendenz werden kann, indem er, um seiner Propaganda willen, am ängstlichsten jedes Missverständnis, jeden »falschen Schein« meidet und sich damit dem Urteil der andern unterstellt. In einem Brief aus Rom an meinen Erzieher, der mir ebenfalls nicht helfen zu wollen schien, schrieb ich ärgerlich und enttäuscht, auf einen Brief von ihm antwortend – hier folgt dieser Brief, an ihn nach St. Petersburg gerichtet:

Rom, 26/13 März 1882 Ihren Brief hab ich gewiss schon 5 Mal gelesen, aber kapiert hab ich ihn noch immer nicht. Was, in Dreiteufelsnamen, hab ich denn verkehrt gemacht? Ich dachte ja, Sie würden grade jetzt des

Lobes voll über mich sein. Weil ich doch grade dabei bin zu beweisen, wie gut ich seinerzeit meine Lektion bei Ihnen gelernt habe. Erstens, indem ich doch ganz und gar nicht einer bloßen Fantasie nachhänge, sondern sie verwirklichen werde, und zweitens, indem es durch Menschen geschehen soll, die wie direkt von Ihnen ausgesucht erscheinen, nämlich vor lauter Geist und Verstandesschärfe schon fast platzen. Aber nun behaupten Sie statt dessen, die ganze Idee sei so fantastisch wie nur jemals eine früher, und werde nur noch ärger dadurch, dass sie wahrhaftig auch noch in Leben umgesetzt werden solle, und umso viel ältere und überlegene Männer wie Rée, Nietzsche und andere könnte ich nicht richtig beurteilen. Darin täuschen Sie sich nun aber. Das Wesentliche (und das Wesentliche ist *menschlich* für mich *nur* Rée) weiß man entweder sofort oder gar nicht. Er ist auch noch nicht vollkommen gewonnen, er ist noch etwas perplex, aber auf unsern nächtlichen Gängen zwischen 12 – 2 im römischen Mondschein, wenn wir aus der Gesellschaft von Malwida v. Meysenbug kommen, setze ich es ihm immer erfolgreicher auseinander. Auch Malwida ist gegen unsern Plan, und dies tut mir ja leid, denn ich habe sie riesig lieb. Aber mir ist doch schon seit längerm klar, dass wir im Grunde stets Verschiedenes meinen, selbst wo wir übereinstimmen. Sie pflegt sich so auszudrücken, dies oder jenes dürfen »wir« nicht tun, oder müssen »wir« leisten, – und dabei hab ich doch keine Ahnung, wer dies »wir« eigentlich wohl ist – irgendeine ideale oder philosophische Partei wahrscheinlich, – aber ich selber weiß doch nur was von »ich«. Ich kann weder Vorbildern nachleben, noch werde ich jemals ein Vorbild darstellen können, für wen es auch sei, hingegen mein eignes Leben nach mir selber bilden, das werde ich ganz gewiss, mag es nun damit gehn, wie es mag. Damit habe ich ja kein Prinzip zu vertreten, sondern etwas viel Wundervolleres, – etwas, das in Einem selber steckt und ganz heiß von lauter Leben ist und jauchzt und heraus will. – Nun schreiben Sie zwar auch: Ein solches volles Sichhingeben an rein geistige Endziele hätten Sie immer nur als »Übergang« für mich gemeint. Ja, was nennen Sie »Übergang«? Wenn dahinter andere Endziele stehen sollen, solche, für die man das Herrlichste und Schwersterrungene auf Erden aufgeben muss, nämlich die Freiheit, dann will ich immer im Übergang stecken bleiben, denn das geb ich nicht dran. Glücklicher als ich jetzt bin, kann man bestimmt nicht werden, denn der frisch-fromm-fröhliche Krieg, der nun wohl losgehn wird, schreckt mich ja nicht, im Gegenteil, der soll nur losgehn. Wir wollen doch sehn, ob nicht die allermeisten sogenannten »unübersteiglichen Schranken« die die Welt zieht, sich als harmlose Kreidestriche herausstellen!

Wohl aber würde mich erschrecken, wenn Sie da nicht innerlich mitgingen. Sie schreiben verstimmt, dass Ihr Rath wohl nicht mehr viel dagegen helfen könnte. »Rath«, – nein! Was ich von Ihnen brauche, ist ganz ungeheuer viel mehr als Rath: Vertrauen. Natürlich nicht in dem gewöhnlichen Sinn, wie es sich von selbst versteht, – nein, aber *das* Vertrauen, dass, was ich auch tun oder lassen mag, es im Umkreise dessen bleibt, was uns gemeinsam ist, (– sehen Sie! Dies ist nun doch ein »wir«, das ich kenne und anerkenne). Und was mir ohne Weiteres und so sicher zugehören müsste, wie Kopf, Hände oder Füße, – von dem Tage an, seit ich wurde, was ich durch Sie geworden bin:

Ihr Mädel.

Zunächst ereignete sich etwas in Rom, wodurch wir Oberwasser bekamen: Das war die Ankunft Friedrich Nietzsches bei uns, den seine Freunde, Malwida und Paul Rée, brieflich verständigt hatten und der unerwartet aus Messina herbeikam, unser Zusammensein zu teilen. Das noch Unerwartetere geschah, dass Nietzsche, kaum hatte er von Paul Rées und meinem Plan erfahren, sich zum Dritten im Bunde machte. Sogar der Ort unserer künftigen Dreieinigkeit wurde bald bestimmt: Das sollte (ursprünglich für eine Weile Wien) dann Paris sein, wo Nietzsche gewisse Kollegs hören wollte und wo sowohl Paul Rée von früher her als auch ich durch St. Petersburg Beziehungen zu Iwán Turgéniew besaßen. Malwida beruhigte es sogar ein wenig, dass sie uns dort beschirmt sah durch ihre Pflegetöchter Olga Monod und Natalie Herzen, die noch dazu ein Kränzchen unterhielt, bei dem junge Mädchen mit ihr schöne Dinge lasen. Aber am liebsten hätte Malwida gesehen, wenn Frau Rée ihren Sohn und Fräulein Nietzsche den Bruder begleitet hätte. –

Unser Scherzen war fröhlich und harmlos, denn wir liebten gemeinsam Malwida ja so sehr, und Nietzsche befand sich oft in so angeregter Verfassung, dass sein sonst etwas gemessenes oder richtiger ein wenig feierliches Wesen dagegen zurücktrat. Dieses Feierlichen entsinne ich mich schon von unserer allerersten Begegnung her, die in der Peterskirche stattfand, wo Paul Rée, in einem besonders günstig zum Licht stehenden Beichtstuhl, seinen Arbeitsnotizen mit Feuer und Frömmigkeit oblag und wohin Nietzsche deshalb gewiesen worden war. Seine erste Begrüßung meiner waren die Worte: »Von welchen Sternen sind wir uns hier einander zugefallen?« Was so gut begann, erfuhr dann aber eine Wendung, die Paul Rée und mich in neue Besorgnis um *unsern* Plan geraten ließ, indem dieser Plan sich durch den Dritten unberechenbar verkompliziert fand. Nietzsche meinte damit freilich eher eine Vereinfachung der Situation: Er machte Rée zum Fürsprecher bei mir für einen Heirats-antrag. Sorgenvoll überlegten wir, wie das am besten beizulegen sei, oh-ne unsere Dreieinigkeit zu gefährden. Es wurde beschlossen, Nietzsche vor allem meine grundsätzliche Abneigung gegen alle Ehe überhaupt klarzulegen, außerdem aber auch den Umstand, dass ich nur von der Generalspension meiner Mutter lebe und überdies durch Verheiratung meiner eigenen kleinen Pension verlustig gehe, die einzigen Töchtern des russischen Adels bewilligt war.

Als wir Rom verließen, schien das zunächst erledigt; in letzter Zeit litt Nietzsche überdies vermehrt an seinen »Anfällen« – an der Krankheit, wegen derer er sich einstmals seiner Baseler Professur hatte entledigen müssen und die sich anließ wie eine furchtbar übersteigerte Migräne; Paul Rée blieb deshalb bei ihm, während meine Mutter – wie ich mich zu erinnern glaube – es für passender hielt, mit mir vorauszureisen, sodass wir erst unterwegs wieder aufeinanderstießen. Wir machten zusammen zwischendurch Station, z. B. in Orta an den oberitalienischen Seen, wo der nebengelegene Monte sacro uns gefesselt zu haben scheint; wenigs-tens ergab sich eine unbeabsichtigte Kränkung meiner Mutter dadurch, dass Nietzsche und ich uns auf dem Monte sacro zu lange aufhielten, um sie rechtzeitig abzuholen, was auch Paul Rée, der sie inzwischen unter-hielt, sehr übel vermerkte. Nachdem wir Italien verlassen, machte Nietz-sche einen Sprung nach Basel zu Overbecks, kam aber von dort gleich nochmals mit uns in Luzern zusammen, weil ihm nun hinterher Paul Rées römische Fürsprache für ihn ungenügend erschien und er sich per-sönlich mit mir aussprechen wollte, was dann am Luzerner Löwengarten geschah. Gleichzeitig betrieb Nietzsche auch die Bildaufnahme von uns Dreien, trotz heftigem Widerstreben Paul Rées, der lebenslang einen krankhaften Abscheu vor der Wiedergabe seines Gesichts behielt. Nietz-sche, in übermütiger Stimmung, bestand nicht nur darauf, sondern be-fasste sich persönlich und eifrig mit dem Zustandekommen von den Einzelheiten – wie dem kleinen (zu klein geratenen!) Leiterwagen, sogar dem Kitsch des Fliederzweiges an der Peitsche usw.

Nietzsche fuhr dann nach Basel zurück, Paul Rée mit uns nach Zürich, von wo er auf das westpreußische Familiengut der Rées, Stibbe bei Tütz, heimkehrte, während meine Mutter mit mir noch ein wenig in Zürich bei den Freunden verweilte, bei denen ich auf ihrem reizenden Landsitz bis zur Süden-Reise gewohnt hatte. Dann ging's über Hamburg nach Berlin, schon in Begleitschaft meines mir im Alter nächststehenden Bruders Eugène, der vom ältesten, dem vatervertretenden, zu meiner Mutter Hil-fe abgesandt worden war. Nun entbrannten die letzten Kämpfe: aber auf

meiner Seite half mir am meisten das Vertrauen, das Paul Rée unweigerlich einflößte und das allmählich auch meine Mutter erfasst hatte, und so
endete die Sache denn doch damit, dass mein Bruder mich zu Rées gelei-
tete, wobei Paul Rée uns bis Schneidemühl in Westpreußen entgegen-
kam und Räuber und Hüter den ersten Händedruck tauschen konnten.

Laut Programm blieb ich bis in den Hochsommer – es waren wohl Monate – in Stibbe, um alsdann, mit Anbruch der Bayreuther Festspiele, bei
Wagners mit Malwida zusammenzutreffen. So lernte ich in seinem letzten Lebensjahr Richard Wagner kennen, zu dessen »Parsifal« ich auf das
Patronatsbillett Paul Rées ebenfalls Zutritt hatte; an den Wahnfried-
Abenden, immer zwischen zwei Parsifal-Aufführungen eingeschoben,
sah ich viel vom Leben der Familie, so umwogt sie auch war von ungeheurer Gästeflut aus aller Herren Ländern. Da, wo der Mittelpunkt sich
befand, Richard Wagner – infolge seines kleinen, ständig überragten
Wuchses immer nur momenthaft sichtbar, wie ein aufschnellender
Springbrunnen –, erscholl immer die hellste Heiterkeit; wogegen Cosi-
mas Erscheinung sie durch ihre Größe über alle Umstehenden hinaus-
hob, an denen ihre endlos lange Schleppe vorbeiglitt – zugleich sie förmlich einkreisend und ihr Distanz schaffend. Jedenfalls aus Freundlichkeit
gegen Malwida hat diese unbeschreiblich anziehende und vornehm wir-
kende Frau mich auch einmal persönlich aufgesucht und mir damit ein
langes und eingehendes Gespräch mit ihr ermöglicht. Der junge Erzieher
des damals etwa dreizehnjährigen Siegfried, Heinrich von Stein, den ich
in Bayreuth kennenlernte, zählte im Winter darauf zu den frühesten und
treuesten Mitgliedern des Berliner Kreises um Paul Rée und mich. Unter
den Nächsten um Wagners befreundete ich mich am meisten mit dem
russischen Maler Joukowsky, dessen kleines Namensschild, der Maikä-
fer, auch in der Ecke des riesigen Gemäldes angebracht war, das in
Wahnfried gleich in die Augen fällt: die Heilige Familie, mit Siegfried als
Heiland, Daniela als Gottesmutter und den drei andern schönen Töchtern als Engeln.

Über das alle überwältigende Ereignis des Bayreuther Festspiels selber
darf ich hier nicht den leisesten Laut hörbar werden lassen, dermaßen
unverdient wurde es mir zuteil, die ich, musiktauben Ohres, bar jeden
Verstehens oder jeglicher Würdigkeit dastand. Wenn es jemanden gab,
dem ich mich hierin vergleichen könnte, so war das Malwidas treues
Faktotum Trina, die sich, tief beschämt, mit allerlei Unehre bedeckt sah:
Von ihr hatte nämlich Richard Wagner prophezeit, gerade einer so total
Unwissenden werde hier »der Star im Ohr« gestochen werden, wie in
einer Offenbarung, weshalb man sie mehrmals zu der Aufführung zu-

lassen wolle. Trotz ihrer dankbaren Beglückung missriet aber der Versuch, weil Trina ihre bestürzte Enttäuschung nicht für sich behalten konnte, als wiederum der Parsifal in Szene ging, anstatt jedes Mal »ein neues Stück«.

Von Bayreuth aus war ein mehrwöchiges Zusammensein von Nietzsche und mir in Thüringen – Tautenburg bei Dornburg – geplant, wo ich zufällig in einem Hause zu wohnen kam, dessen Wirt, der Prediger am Ort, sich als ein ehemaliger Schüler meines Hauptprofessors in Zürich, Alois Biedermann, herausstellte. Anfangs scheinen zwischen Nietzsche und mir Streitigkeiten stattgefunden zu haben, veranlasst durch allerlei Geschwätz, das mir bis jetzt unverständlich geblieben ist, weil es sich mit keinerlei Wirklichkeit deckte, und dessen wir uns auch alsbald entledigten, um ein reiches Miteinandersein zu erleben, mit möglichster Ausschaltung störender Dritter. In Nietzsches Gedankenkreise kam ich hier viel tiefer hinein als in Rom oder unterwegs: Von seinen Werken kannte ich noch nichts außer der »Fröhlichen Wissenschaft«, die er noch in letzter Arbeit hatte und aus der er uns schon in Rom vorlas: in Unterredungen solcher Art nahmen sich Nietzsche und Rée die Worte vom Munde, gehörten seit Langem in die gleiche Geistesrichtung, oder jedenfalls seit Nietzsches Abfall von Wagner. Die Bevorzugung aphoristischer Arbeitsweise – Nietzsche durch sein Kranksein und seine Lebensweise aufgezwungen – war Paul Rée von vornherein eigen; von jeher lief er mit einem Larochefoucauld oder einem La Bruyère in der Tasche herum, wie er ja auch seit seiner kleinen Erstlingsschrift »Über die Eitelkeit« stets des gleichen Geistes geblieben ist. An Nietzsche fühlte man aber bereits, was ihn über seine Aphorismensammlungen hinaus und dem »Zarathustra« entgegenführen sollte: die tiefe Bewegung des Gottsuchers Nietzsche, der von Religion herkam und auf Religionsprophetie zuging.

In einem meiner Briefe aus Tautenburg an Paul Rée, vom 18. August, steht schon: »Ganz im Anfange meiner Bekanntschaft mit Nietzsche schrieb ich Malwida von ihm, er sei eine *religiöse Natur* und weckte damit ihre stärksten Bedenken. Heute möchte ich diesen Ausdruck noch doppelt unterstreichen.« »Wir erleben es noch, dass er als der Verkündiger einer neuen Religion auftritt und dann wird es eine solche sein, welche Helden zu ihren Jüngern wirbt. Wie sehr gleich denken und empfinden wir darüber, und wie nehmen wir uns die Worte und Gedanken förmlich von den Lippen. Wir sprechen uns diese 3 Wochen förmlich tot, und sonderbarerweise hält er es jetzt plötzlich aus, circa 10 Stunden täglich zu verplaudern.« »Seltsam, dass wir unwillkürlich mit unsern Gesprächen in die Abgründe geraten, an jene schwindligen Stellen, wohin man wohl einmal einsam geklettert ist, um in die Tiefe zu schauen. Wir haben stets die Gämsenstiegen gewählt, und wenn uns jemand zugehört hätte, er würde geglaubt haben, zwei Teufel unterhielten sich.«

Es konnte nicht fehlen, dass in Nietzsches Wesen und Reden mich gerade etwas von dem faszinierte, was zwischen ihm und Paul Rée weniger zu Worte kam. Schwangen doch für mich dabei Erinnerungen oder halb unwissentliche Gefühle mit, die aus meiner allerkindischsten und doch persönlichsten, unvernichtbaren Kindheit herrührten. Nur: Es war zugleich eben *dies*, was mich nie hätte zu seiner Jüngerin, seiner Nachfolgerin werden lassen: Jederzeit hätte es mich misstrauisch gemacht, in *der* Richtung zu schreiten, der ich mich entwinden musste, um Klarheit zu finden. Das Faszinierende und zugleich eine innere Abkehr davon gehörten ineinander.

Nachdem ich für den Herbst nach Stibbe zurückgereist war, kamen wir noch einmal mit Nietzsche für drei Wochen (?) im Oktober in Leipzig zusammen. Niemand von uns beiden ahnte, dass es zum letzten Male sei. Dennoch war es nicht mehr ganz so wie anfangs, obwohl unsere Wünsche für unsere gemeinsame Zukunft zu Dritt noch feststanden. Wenn ich mich frage, was meine innere Einstellung zu Nietzsche am ehesten zu beeinträchtigen begann, so war das die zunehmende Häufung solcher Andeutungen von ihm, die Paul Rée bei mir schlecht machen sollten – und auch das Erstaunen, dass er diese Methode für wirksam halten konnte. Erst nach unserm Abschied von Leipzig brachen dann Feindseligkeiten auch gegen mich aus, Vorwürfe hassender Art, von denen mir aber nur ein vorläufiger Brief bekannt wurde. Was später folgte, schien Nietzsches Wesen und Würde dermaßen widersprechend, dass es nur fremdem Einfluss zugeschrieben werden kann. So, wenn er Rée und mich gerade *den* Verdächtigungen preisgab, deren Haltlosigkeit er selbst am besten kannte. Aber das Hässliche aus dieser Zeit wurde mir durch Paul Rées Fürsorge – um viele Jahre älter verstand ich das erst – einfach unterschlagen; sogar scheint es, dass Briefe von Nietzsche an mich nie zu mir gelangt sind, die mir unbegreifliche Verunglimpfungen enthielten. Und nicht nur dies: Paul Rée unterschlug mir auch die Tatsache, wie stark die umlaufenden Aufhetzereien auch seine Familie gegen mich aufbrachten, bis zum Hass, wobei allerdings insbesondere die krankhaft eifersuchtsvolle Veranlagung seiner Mutter mitsprach, die diesen Sohn ganz für sich allein zu haben begehrte.

Viel später stand Nietzsche wohl selber unwillig zu den von ihm veranlassten Gerüchten; denn wir erfuhren durch Heinrich von Stein, der uns nahestand, folgende Episode aus Sils Maria, wo er Nietzsche einmal besucht hat (nicht ohne unser Einverständnis damit erst eingeholt zu haben). Er plädierte vor Nietzsche für die Möglichkeit, die entstandenen Missverständnisse zwischen uns Dreien zu beseitigen; doch Nietzsche antwortete kopfschüttelnd: » *Was ich getan, das kann man nicht verzeihen.*«

In der Folgezeit habe ich die Methode Paul Rées mir gegenüber selber befolgt: mir all das fernzuhalten, indem ich nichts mehr darüber las, auf die Feindseligkeiten des Hauses Nietzsche ebenso wenig einging wie überhaupt auf die Nietzsche-Literatur nach seinem Tode. Mein Buch »Friedrich Nietzsche in seinen Werken« schrieb ich noch voller Unbefangenheit, nur dadurch veranlasst, dass mit seinem eigentlichen Berühmtsein gar zu viele Literatenjünglinge sich seiner missverständlich bemächtigten; mir selbst war ja erst *nach* unserm persönlichen Verkehr das geistige Bild Nietzsches recht aufgegangen an seinen Werken; mir war an nichts gelegen als am Verstehen der Nietzschegestalt aus diesen *sachlichen* Eindrücken heraus. Und so, wie mir sein Bild – in der reinen Nachfeier des Persönlichen – aufging, sollte es vor mir stehen bleiben.

Inzwischen hatten Paul Rée und ich uns in Berlin niedergelassen. Unser anfänglicher Plan, nach Paris überzusiedeln, schob sich erst auf und hob sich dann auf durch die Erkrankung Iwán Turgéniews und seinen Tod; und nun verwirklichte sich die geträumte Gemeinschaft im ganzen Ausmaße in einem Kreis junger Geisteswissenschaftler, vielfach Dozenten, der im Verlauf mehrerer Jahre bald sich ergänzte, bald an Zugehörigen wechselte. Paul Rée hieß in diesem Kreis »die Ehrendame« und ich »die Exzellenz«, wie in meinem russischen Pass, wo ich nach russischer Sitte als einzige Tochter des Vaters Titel erbte. Sogar, wenn wir sommers Berlin verließen, kamen für die Universitätsferien von unsern Freunden etwelche nach. Als besonders beglückend erinnere ich mich eines Sommers in Celerina im Oberengadin, wo wir gemeinsam bei Müllersleuten hausten und wo erst im tiefen ersten Schnee des Spätherbstes Paul Rée und ich südwärts fuhren; noch gab es keine Bahn über Landquart, und so nahm uns ein Postlandauer, der winters den Omnibus abzulösen hatte, als einzige Passagiere auf; so ungestört langsam (wie wir es den heutigen Privat-Autoleuten vorwegnehmen konnten) fuhren wir bis Meran-Bozen hinunter, nach Belieben verweilend bei Sonnen- oder Mondenschein.

Obschon wir so viel reisten, kamen wir gut mit unserm Geld aus; das betrug für mich 250 Mark monatlich, durch meiner Mutter Pension und rührenderweise für Paul Rée ebenso viel, denn er legte das gleiche für sich in unsern gemeinsamen Beutel. Wo es schwer langte, da lernten wir sparen und wirtschaften – was heiter war und mir von Pauls Bruder Georg, dem Verwalter auch seines Vermögens, begeisterte Briefe eintrug über den bescheiden gewordenen, nie mehr geldbedürftig ihn bedrängenden Paul.

Mal haben wir auch ein Stück Winters in Wien versucht, wo mein Bruder Eugène einige Semester bei Nothnagel nachstudierte; aber das missriet aus humorvollen Gründen: Nämlich anstelle des gewissen steifen Misstrauens, das uns in Berlin öfters bei den Vermietern unserer drei Zimmer begegnet war, empfingen uns die Wiener Vermieter mit so herzlich-sichtbarer Billigung unseres unbezweifelbaren Liebesstandes, dass Malwidas Furcht vor dem »bösen Schein« sich allzu witzig ins Gute verkehrt sah. Auf Paul Rées weisen Rat (ein Mann ist eben eine wissendere Ehrendame als irgendeine weibliche) hatten wir auch in Berlin nur im eigenen Kreise und in diesem fest angeschlossenen andern verkehrt, weder in Familien noch in der damaligen Bohème – dies umso mehr mit Recht, als die »schöne Literatur« bei mir auf die schönste Unbildung stieß.

Dennoch ergab es sich gerade damals, dass ich, in Gries-Meran, mein »erstes Buch« schrieb. Anlass war, dass man mich heimzuholen versuchte und dass unser Freundeskreis fand, ein Buch geschrieben zu haben, werde eine Auslandserlaubnis erwirken; tatsächlich erreichte es diesen Zweck, wenn auch unter der Bedingung, dass der Name der Familie nicht mit hineingezogen werde; so wählte ich als Pseudonym den Vornamen meines holländischen Jugendfreundes und meinen eigenen, den er einst für mich (anstelle des schwer aussprechbaren russischen) gewählt hatte. Drolligerweise erhielt dies Buch – »Im Kampf um Gott« von Henri Lou – die beste Presse, die ich je gehabt, darunter von den mir später so gut bekannten Brüdern Heinrich und Julius Hart, die ich dann dafür auslachen konnte; denn ich selbst wusste ja am besten, zu welch rein praktischem Zweck allein das Opus entstanden war: aus meinen Petersburger Notizen und, als das zur Füllung nicht ausreichte, aus einer mal verbrochenen Novelle in Versen, die ich einfach ihrer Skandierbarkeit entkleidete.

Unter denen, die uns umgaben, gab es Vertreter verschiedener Fächer – Naturwissenschaftler, Orientalisten, Historiker und, nicht allzu sparsam, Philosophen. Anfänglich schloss der Kreis sich um Ludwig Haller, der aus langer Schweigsamkeit und Arbeitsamkeit, droben im Schwarzwald, niedergestiegen kam, mit einem Manuskript im Arm, und in privatesten

Vorträgen uns an seinen metaphysischen Siegen und Sorgen teilnehmen ließ; er hat, mittlern Alters, nach Drucklegung dieses Werkes (»Alles in Allen«, Metalogik, Metaphysik, Metapsychik) während einer Überfahrt nach Skandinavien einen freiwilligen Todessprung ins Meer getan, der ausgesprochen mystisch untergründet gewesen.

Aber es lag auch an der besondern Einstellung der Zeit, wenn Philosophie beunruhigend und antreibend auf die Geister wirkte. Die großen nachkantischen Systeme, bis in die Hegelschen Ausläufer nach rechts und links, flauten nicht ab ohne sehr merkbaren Zusammenstoß mit dem ihnen entgegengesetzten Geist des sogenannten »darwinistischen Zeitalters« des 19. Jahrhunderts. Mitten in der grundsätzlichen Nüchternheit und Sachlichkeit der Denkweisen, denen man huldigte, machten sich pessimistische Stimmungen Raum, sei es verhehlt im Untergrund des Denkens, sei es betont gesteigert und eingestanden. Dies stellte eine noch immer sehr idealistische Reaktion dar auf allerlei Praktiken der »Entgötterungen«: Man brachte um der »Wahrheit« willen ehrliche Opfer. Fast möchte man insofern von einer *heroischen* Periode der damals philosophisch Interessierten reden, die ihr Ende erst fand, als (gerade durch immer reinlichere und strengere Scheidung des wissenschaftlich »wahr« Geheißenen von subjektiven Beimischungen aus Wahrheit und Dichtung) sich der Dienst an der Wahrheit in immer bescheidenere Bezirke eingeschränkt fand, die der allzu großen Worte gut entbehren konnten. Die menschliche Gemütsart selber ward Objekt der Prüfung, legte sich mehr ihrer eigenen Erforschung frei: sowohl in ihren, das strenge Erkennen ungehörig beeinflussenden Wirkungsweisen als auch in ihren unzweifelbaren Rechten lebendiger Ergänzung und Auffüllung des wissenschaftlich Lehrbaren. Der Zeitwille überführte die Strenge der Logik in die eigene Strenge einer Psychologie. Nach der Demut vor der »Wahrheit« brach ein ganzes Zeitalter der Demütigungen durch Selbstbekenntnisse an: des besondern Hochmuts der Überlegenheit in Feststellung der menschlichen Unterlegenheit.

Noch kannten auch in unserm Kreis – so, wie er in den Jahren ab- und zunahm, sich ergänzte und wechselte – nicht alle denjenigen näher, dessen Aphorismensammlungen der psychologisierenden Richtung ihre Weltberühmtheit geben sollten: Friedrich Nietzsche. Dennoch stand er, gleichsam verhüllten Umrisses, in unsichtbarer Gestalt mitten unter uns. Denn stieß er nicht an eben jene Aufgerührtheit von Seelen, die innerlich *durchlebten*, was Verstandeserkenntnisse ihnen gaben oder nahmen, und die ihre Freuden und Leiden inmitten des sachlichsten Geist-Erlebens hatten? Und war nicht Nietzsches eigenstes Genietum eben die *Gewalt der Ausdrucksfähigkeit* dafür? Umfassten in ihm Dichter- *und* Erkenner-kraft einander nicht so fruchtbar, weil seelische Kämpfe und Notlagen ihn dazu trieben, sein Äußerstes zu leisten?

Indessen kennzeichnet sich darin – neben dem, was Nietzsche eine so große Resonanz geben sollte in dem menschlich-geistigsten Erleben jener und der folgenden Zeit – zugleich der Gegensatz, den er zu unsern Freunden von damals bildete. Denn wie verschieden die einzelnen zu den ihnen wesentlichen Fragen standen – in *einem* Punkt gehörten sie zusammen: in der Wertung ihrer Sachlichkeit – in dem Bestreben, ihre eigenen Aufgerührtheiten vom erkennenden Willen zu scheiden, sie vom wissenschaftlich zu Leistenden nach Möglichkeit getrennt zu halten, sie zu erledigen als ihre Privatsache.

Für Nietzsche, anstatt dessen, wurde sein Zuständliches, seine Tiefe der Not, zum Schmelzofen, worin sich der Erkenntniswille erst zur Form ausglühte; dies Formwerden in solcher Glut ist das »Gesamtwerk Nietzsche«; die Dichtung darin ist wesenhafter als seine Wahrheiten – die er nicht nur wechselte, sondern denen er sich theoretisch jedes Mal als schon in einer Richtung vorliegenden anschloss: mit fast weiblicher Hin-gegebenheit. Bis hin zu seiner Prophetie: der Lehre von Zarathustra, dem Übermenschen und der Ewigen Wiederkehr, wo er selber sich spaltet in den alles Erleidenden und den alles Beherrschenden – den Gott. Bis dorthin, wovon man sagen konnte: er leistete das »in Wahrheit und Dichtung«; denn da setzte der Forscher in ihm sich seine Grenze, da ver-zichtete er auf sich, schob sich den Vorhang vor: den seine leidende und begehrende Zuständlichkeit so grandios und so unwillkürlich bemalte, dass er ihm nie wieder hochflog und den Blick freigab.

Und mir, unter den andern, wurde eben dieser Gegensatz zwischen Nietzsche und uns zum Wohltuendsten, was mich in unserm Kreise umgab: Hier war das gesunde, klare Klima, auf das ich zustrebte und das mir auch Paul Rée selbst dann noch zum Geisteskameraden machte, als er sich noch immer mit seiner etwas engstirnig utilitaristisch gehand-habten »Gewissensentstehung« plagte und ich, geistig arbeitend, einigen unter uns näher war als ihm. (Ich nenne: Ferdinand Tönnies und Her-mann Ebbinghaus).

Was Paul Rée und mich zueinanderführte, war allerdings nicht nur als Begegnung für eine Weile, sondern es war für immer gemeint. Dass wir das für möglich hielten, ohne unlösliche Widersprüche darin zu fürch-ten, hing mit seiner Wesensart zusammen, die, wohl unter vielen Tau-senden, ihn zum Gefährten edelster Einzigkeit werden ließ. Vieles davon, was meiner unerfahrenen Kalbrigkeit als natürlich und selbstverständlich erschien, gehörte zum Außerordentlichen: vor allem die Art seiner unwandelbaren Herzensgüte, von der ich anfangs nicht ahnen konnte, dass sie auf einem geheimen Selbsthass beruhe, – dass gerade so gänzliche Hingabe an einen ganz anders Gearteten von ihm »selbstlos« als frohe Erlösung erlebt werde. Tatsächlich wurde aus dem Melancholiker und Pessimisten Paul Rée, der schon als Jüngling mit Selbstmordgedanken nicht nur gespielt, ein zuversichtlicher, heiterer Mensch; sein Humor brach durch, und was von Pessimismus sich noch äußerte, tat sich in der liebenswürdigen Einstellung kund, die noch an Enttäuschungen des Alltags, welche andere ärgern oder wundern, nur *das* heiter herausfand, was seine schwarzseherische Erwartung immer noch – angenehm enttäuschte. So blieb mir der neurotische Untergrund an ihm ziemlich unentdeckt, wie offen er auch selbst alle möglichen Untugenden an sich betrauerte: Hie und da nur – nachdem ich ihn noch einmal seiner Spielleidenschaft hatte erliegen sehen – formten sich mir Zusammenhänge zwischen dem Spieler, als den ich ihn in Rom am ersten Abend kennengelernt, und seinem sonstigen Wesen, so wie ich es heute sehe und begreife. Und noch heute packt mich eine wütende Trauer beim Gedanken, welches Heil ihm hätte widerfahren können, wäre nur um einige Jahrzehnte früher Freuds Tiefenforschung in der Welt und auf ihn anwendbar gewesen. Denn nicht nur würde sie ihn sich selbst zurückgegeben haben, sondern er würde berufen gewesen sein wie wenige, dieser großen Angelegenheit des neuen Jahrhunderts zu dienen: Hätte doch erst *sie* ihn, mit seinem tiefen Menschenverständnis, auch intellektuell zu Ende entwickelt.

Als ich mich verlobte, hatte dieser Umstand keine Änderung an unserer Verbundenheit bewirken sollen. Damit hatte mein Mann als mit einer durch nichts umstößlichen Tatsache sich einverstanden erklärt. Paul Rée tat auch so, als glaube er daran, dass meine Verlobung damit stehe und falle: aber was ihm zutiefst fehlte, war der Glaube, dass man ihn wahrhaft lieb haben könne; und nur solange die Wirklichkeit ihm das fortwährend gegenbewies, erinnerte er sich gewaltsam des Umstandes nicht mehr, dass er in Rom abgelehnt worden war. So blieb trotz der Redlichkeit unserer Aussprache zu zweien (meinen Mann nicht zu sehen und zu sprechen, wenigstens für eine Zeit lang, hatte er sich für den Übergang bedungen) ein Missverstehen doch zugrunde. Paul Rée hatte damals das medizinische Studium begonnen und wohnte wegen der Früharbeit in der Anatomie allein (– sogar hatten wir beratschlagt, ob ich nicht auch dabei mittun solle, aber uns lachend überlegt, dass es kaum vonnöten sei, für zwei, die sich nie trennen würden).

Der letzte Abend, da er von mir fortging, blieb mit nie ganz verglimmendem Brand mir im Gedächtnis haften. Spät in der Nacht ging er, kehrte nach mehreren Minuten von der Straße zurück, weil es zu sinnlos regne. Worauf er nach einer Weile wieder ging, jedoch bald nochmals kam, um sich ein Buch mitzunehmen. Nachdem er nun fortgegangen war, wurde es schon Morgen. Ich schaute hinaus und wurde stutzig: Über trockenen Straßen schauten die erblassenden Sterne aus wolkenlosem Himmel. Mich vom Fenster wendend, sah ich im Schein der Lampe ein kleines Kinderbild von mir aus Rées Besitze liegen. Auf dem Papierstück, das drum gefaltet war, stand: »barmherzig sein, nicht suchen«.

Es konnte nicht gut anders ausfallen; als dass das Entschwinden Paul Rées meinem Mann normalerweise wohltat, wie zart er auch darüber schwieg. Und es konnte auch nicht anders ausfallen, als dass, über Jahre hinweg, auf mir der Gram liegen blieb um etwas, wovon ich wusste, dass es nie hätte geschehen dürfen. Wenn ich morgens unter einem Druck erwachte, hatte ein Traum daran gearbeitet, es ungeschehen zu machen. Einer der unheimlichsten war dieser: Ich befand mich in Gesellschaft unserer Freunde, die mir froh entgegenriefen, Paul Rée sei unter ihnen. Da musterte ich sie, und als ich ihn nicht herausfand, wandte ich mich zum Garderobenraum, wo sie ihre Mäntel hingehängt hatten. Mein Blick fiel auf einen fremden Dickwanst, der hinter den Mänteln ruhig, mit zusammengelegten Händen, dasaß. Kaum noch erkennbar war sein Gesicht vor überquellendem Fett, das die Augen fast zudrückte und wie eine fleischerne Totenmaske über die Züge gelegt war. »Nicht wahr«, sagte er zufrieden, » so findet mich niemand.«

Paul Rée vollendete sein begonnenes medizinisches Studium; später zog er sich nach Celerina im Oberengadin zurück, wo er sich armer Bevölkerung als Arzt zur Verfügung stellte.

In den Bergen um Celerina verunglückte Paul Rée tödlich durch Absturz.

Unter Menschen

Um zusammengefasst zu halten, was Russland mir früher und später gewesen ist, überschlug ich zunächst die Jahre dazwischen, die mich in Verkehr mit anderer Länder Menschen brachten. Teilweise hat es aber auch den Grund, dass die Vielfältigkeit persönlichen Verkehrs und individueller Eindrücke von den Einzelnen die Erzähllust behindert. Man fühlt sich jeden Augenblick vor die Wahl gestellt: so tief und weit auszugreifen, dass Wesentlicheres mitzuberühren ist, als am Platz wäre – oder aber im Flüchtigern der Gefahr zu verfallen, welche aus übereilten Betonungen, zufälligen Prägungen in jenes »Geschwätz über Menschen« geraten lässt, aus dem unsere weitaus meiste Urteilerei besteht. Sofern es sich um jemanden handelt, dem man wahrhaft näher trat, beschränkt sich Berichterstattung ohnehin von selbst. Denn was bedeutet Menschennähe überhaupt? Eine Zusammenkunft, die anderswohin reicht, als wir gewusst haben: eines der kostbaren Stelldicheine, die nicht mehr ganz innerhalb des exakt Feststellbaren gelegen sind. Was wirklich davon berichtbar bleibt, wird dies schon teilweise nur mittels jener indirekten Äußerungsweise, in der poetische Elemente mittätig werden: Es wäre im Grunde des Wesens bereits, weil *erlebt*, auch schon *gedichtet*.

Darum bleibt hier das etwa erste Dutzend Jahre nach meinen Mädchentagen ohne viel Redseligkeit, obschon es mich besonders lebhaft an Menschen vorüberführte. *Viele* waren es, die an mir vorüberkamen, weil die damalige Zeit es so wollte; so eröffnete sich mir der Blick für manche ihrer Geschehnisse und Gestalten, während meine Vorliebe für Zurückgezogenheit sich sonst nur vom Einzelnen zum Einzelnen, wie von Zwiegespräch zu Zwiegespräch, bewegte. Nachdem wir zunächst die Junggesellenwohnung meines Mannes in Tempelhof-Berlin beibehalten, bezogen wir später dann dort ein mitten im Garten unter Ulmen gelegenes Haus, das, im Innenbau wunderschön intendiert, in Krach geraten und mit sich nicht zu Strich gekommen war, weshalb es mietweise ganz billig abgegeben wurde. Wir bewohnten fast nur das Hochparterre, so große Räume, dass sie mich an Zuhause und meine, Tanzschule erinnerten; riesige Bibliothek; zwei Zimmer wandgetäfelt nach einer breiten Terrasse hinaus, überdies mit tief eingebauten Wandschränken, sodass wir unser geringes Mobiliar nur um ganz wenige Stücke vervollständigen mussten. So hausten wir am Rande der Südstadt, mit der nur ein Kremser – winters Kremser-Schlitten – die Tempelhofer für einen Groschen mit Berlin verband; aber an solchen »Rändern« hausten in jenen Jahren auch die meisten von denen, die wir zunächst kennenlernten: unter den ersten Gerhart Hauptmann in Erkner, mit seiner Frau Marie und drei Söhnlein, Ivo, Ecke und Klaus; ebenda Arne Garborg und die reizende weizenblonde Hulda Garborg. In Friedrichshagen saßen Bruno Wille, Wilhelm Bölsche und die beiden Brüder Hart, bald einen ganzen Menschenschweif hinter sich dorthin nachziehend – die Ola Hansson-Marholm, August Strindberg und andere, mit denen man sich dann auch gelegentlich im Berliner »Schwarzen Ferkel« traf. Ich besinne mich noch auf das erste Zusammensein bei uns, auf der umblühten Terrasse und im Esszimmer dahinter, sehe Max Halbe, noch sehr jugendlich schlank neben seiner kleinen Braut, die wie eine Psyche ausschaute, Arno Holz, Walter Leistikow, John Henry Mackay, Richard Dehmel, der sich am eigenen Namen noch ärgerte, und sonstige. »Vor Sonnenaufgang« hatte alle gesinnungsmäßig zusammengetan; im unaufhaltsam durchbrechenden Naturalismus hatte Gerhart Hauptmanns Erstling, mitten in der entfesselten Empörung, auch schon etwas von dem gebracht, womit die neue Richtung siegen sollte: den sparsamen lyrischen Einschlag, trotz des noch lehrhaften Charakters des Dramas und der den braven Bürger provozierenden Krassheiten.

Während in meinen Mädchentagen gerade die bohèmegewohntern literarischen Zirkel von Paul Rée nicht ohne Absicht gemieden worden waren und wir nahezu völlig unter Wissenschaftlern verkehrten, wandte sich's jetzt um. Mich hatte Literatur als solche noch nicht sonderlich interessiert (– die Russen in anderm als literarischem Sinn –), ich war »ungebildet« in ihr, auch in der vorangegangenen Periode der Schönfärberei, gegen die nun dieser frische Krieg losbrach. Aber was hier am stärksten berührte, war das Menschliche: Es war der frohe Auftrieb, die bewegte Jugend und Zuversicht, der es nichts verschlug, dass die trübseligsten und düstersten Themen sich herausnahmen, den neuen Geist zu predigen. Auch die Alten riss es hin, wie man es von Fontane weiß; auch Fritz Mauthner kapitulierte, mit dem ich oft sprach, seit wir von Tempelhof nach Schmargendorf gezogen waren, von wo ein nicht langer Waldweg zu seinem Grunewaldhaus lief. Henrik Ibsens Ruhm in Deutschland half nicht wenig mit; mich hatte mein Mann seine noch unübersetzten Werke schon aus dem Norwegischen – im Vorlesen verdeutschend – kennen gelehrt. Die beiden »Freien Bühnen« kamen auf, die eine setzte sich durch, Brahm setzte sich mit Ibsen und Hauptmann an die Spitze des immer erfolgreichern Kampfes. Maximilian Hardens – des Mitbegründers der »Freien Bühne« – langjährige Befreundung mit mir (sie währte bis in den Weltkrieg) stammte noch von dorther. Neben Gerhart wurde Dr. Carl Hauptmann, bis dahin philosophischer Anwärter, warm fürs Dramatisieren; Otto Hartleben mit seinem herzensguten Moppchen tat tüchtig mit; junge Kräfte wandten sich von ihren wissenschaftlichen Ehrgeizen ins Literarische, Politische; vieler Stunden gemeinsamer Übereinkünfte oder Debatten erinnere ich mich aus Abenden mit Eugen Kühnemann, der damals noch nicht willig schien, in die Hochschullaufbahn zu münden. Unter den mir Nahestehenden gewann für mich die stärkste menschliche Bedeutsamkeit Georg Ledebour: Diese Zeilen grüßen ihn.

Zu der Zeit hatten wir in Schmargendorf, hart am Waldrand, schon die zweite Wohnung inne, dann eine so drollig kleine, dass sie sich lange ohne Aufwartung bewältigen ließ; dann ging ich – 1894 – nach Paris, wo gleichzeitig mit dem deutschen der nämliche literarische Umschwung sich vollzog. Es war um die Zeit von Carnots Ermordung, man nahm allerseits am Politischen teil, und ich durfte in der Kammer Millerand und Jaurès persönlich hören. Der »Freien Bühne« entsprechend kam Antoines »Théâtre libre« hoch und Lugné-Poes »Œuvre«; für Hauptmanns »Hannele«, in Berlin durch Schlenthers spätere Gattin Paula Conrad kreiert, gewann Antoine ein armes, blasses kleines Mädchen von der Straße zu stürmischem Erfolg (dennoch störte die Sprache die Hauptmann-Poesie, wenn Hannele etwa für deutschen Fliederduft zu sagen hat: »je sens le parfum de lilas«). Die ergreifendste Hannele-Gestalt sah ich später in Russland: ergreifend, weil gehalten durch naiv-byzantinische Stilisierung von Himmel und Heiland.

In Paris: dieselbe lebhafte Gemeinschaftlichkeit des literarischen Verkehrs, der Interessen, denen nur die ältere Generation noch abwartend entgegenstand. In der neuen Verlagsgründung, die Albert Langen mit dem Dänen Willy Grétor unternahm, lernte ich Knut Hamsun kennen, der damals aussah wie ein griechischer Gott; die skandinavische Kolonie war stark vertreten, noch ehe Albert Langen durch Einheiratung in die Björnsonfamilie selbst dazugehörte. Anfangs wohnte ich mit einer mir befreundeten Dänin, Therese Krüger, zusammen. Mit besonders lebhafter Erinnerung gedenke ich Herman Bangs, der in Saint-Germain wohnte und, obwohl dauernd kränklich, von innen sprühen konnte; noch lebt mir fast im Wortlaut ein Gespräch mit ihm, bei dem er erschauernd schilderte, wie beängstigend ihm dichterischer Arbeitsanfang zusetze: wie er noch zwischendurch ans Fenster stürze, ob nicht draußen, hilfreich, irgendeine Abhaltung zu finden sei. Förmlich in die Augen sprang dabei die Unabweislichkeit, mit der am künstlerischen Prozess sich Tiefstgelegenes, schon in Unbewusstheit Gedrängtes, wieder löst zu einer Verwandlung, auf der die Angst des Übergangs lastet. Wiewohl ich von Herman Bangs chronischer Rückenerkrankung wusste, konnte ich ihn hinterher nie sehen ohne die unwillkürliche Einbildung, er sei auch physisch solche Übergangsgestalt aus Geängstetem in produktive Erlösung. Wer es spürt, wie *erinnerungsnah* Bücher von ihm (wie »Das weiße Haus« und »Das graue Haus«) aufgebaut sind, der ahnt auch die ihre Entstehung begleitenden Schrecken. –

Ein ganz winziger Genosse begleitete mich überall hin: ein pechschwarzes Pudelchen – ein noch kindlicher »Toutou«, mir ist entfallen,

von woher es mir kam. Wenn ich in später Nacht in mein Zimmer heimkehrte, erhob es sich kerzengerade aus seinem Körbchen, drin es schlief,
und schaute mich mit durchdringendem Misstrauen daraufhin an, wo
ich mich derweile ohne es umgetrieben. Tags bereitete es mir Ungele-
genheiten durch seine Liebhaberei für »die Äpfel, die nicht weit vom
Pferde fallen« (diese prächtige Zitat-Variante stammt von einer leider
»ungedruckten« Schriftstellerin). Mein Pudelchen »Toutou« rückte dann
auf die Straße aus, auf der es noch, statt endloser Autos, wahrhaft blen-
dende Equipagen gab, und rannte mir – seinen viel zu großen Apfel im
gewaltig aufgerissenen viel zu kleinen Mäulchen – wie ein schwarzer
Floh über die Riesenplätze und Avenuen, um ihn, in irgendeiner Ecke
geschützt, zu verzehren; ich ihm nach!, aber nicht nur ich, sondern
etwelche Passanten nicht selten auch, die sich mit dem ungehemmten
Ausruf: »O lalà, le joli Toutou« auf ihn und, wie er zweifellos befürchte-
te, auf seine Beute stürzten. –

Fast am meisten bin ich in Paris mit Frank Wedekind zusammen gewesen. Späterhin. Denn zunächst, nachdem wir uns bei der ungarischen
Gräfin Nemethy kennengelernt und erst mit den andern vor Morgen-
grauen im Zwiebelsuppen-Restaurant gegenüber »Les Halles« unsere
eifrigen Gespräche geendet, kam es hinterher zwischen uns zu einem
Wedekindschen Missverständnis, das er mit rührender Offenheit, ohne
geringste Selbstbeschönigung, andern weitererzählte (und das ich gelegentlich als Novellenfüllung literarisch ebenfalls verarbeitet habe). Am
sichersten übrigens traf man ihn in den Cafés des Quartier Latin, wo er
nachts auf die klebrigen Marmortischchen vor der Tür Verse kritzelte –
Vorboten der spätern »Galgenlieder« –, wie etwa das Klagelied »Ich hab
meine Tante geschlachtet, meine Tante war alt und schwach – ihr aber,
blutrünstige Richter, stellt meiner Jugend nach.« Wedekind hatte tatsächlich wahre Schlächterhände, aber noch mehr ebenso tatsächlich zarte, ja
überzarte Eigenschaften. Damals so ziemlich ohne Unterhalt und Unter-
schlupf, saß er zwischen den (damals nicht mehr so genannten) Grisett-
chen, nicht ohne Hoffnung, dass eine von ihnen – bei Schluss des Cafés
und nachdem sie ihr Beutelchen genügend gefüllt – ihn gutmütig mit
nach Hause nähme, zu Obdach, Morgenfrühstück und einem bisschen
Fürsorge. Doch auch anderswo war Frank Wedekind zu treffen, z. B. da,
wohin er mich nicht ohne Stolz und zu meiner großen Freude mitnahm
und wo er ganze Abende verbrachte: in dem ärmlichen Stübchen im
ärmsten Paris, bei einer Sechzigerin, Georg Herweghs Witwe, die an
Wassersucht litt und der er das sorgfältig gewählte Nachtmahl mitbrach-
te.

Wenn man in Paris darauf verfiel, die Quartier-Latin- oder Montmart-re-Nachtlokale aufzusuchen, gewöhnlich mit einem oder zweien Bekannten von der Presse, so erklärt sich das namentlich daraus, dass die Dirnchen durch zweierlei interessant geblieben waren: Einmal durch ihre Unbefangenheit und Freimütigkeit, die ihren Beruf für sie nicht nur ins Gestattete rückte, sondern allem Menschlichen verband, sodass selbstverachtende Scham, lichtscheue Heimlichkeit draus ausschied; sodann aber zeichnete die Mehrzahl von ihnen jene dem ganzen Volk eigene, bis auf den Boden durchgesickerte alte Kulturnähe aus – in Takt und Benehmen –, wie das auch die Gespräche mit zufällig begegnenden Leuten »niederster Schichten« in diesem Lande erlebenswert macht. Dasselbe ist es auch in den »obern« Schichten: Nirgends kann die Frau gewisser sein, auf zarte Höflichkeit zu stoßen, befände sie sich auch nachts unterwegs in Ungelegenheit und dem fremdesten Mannsbild gegenüber; denn der Pariser würde sich wie ein Pudel schämen, einer Situation nicht kavaliermäßig gewachsen zu sein oder sie gar misszuverstehn. Neben diesem Eindruck behauptete sich aber nicht minder der, dass man es dabei bewenden lassen solle; dass zu einer wesentlichern Kenntnisnahme weniges verlocke; dass hier alt und sicher gewordene Kulturgebärde gleichsam schon zu viel des Innern nach außen gestülpt habe, um dessen unausgegebenen Fond noch zu wahren. Genau der entgegengesetzte Eindruck für mich wie in Russland. Paris war nach Berlin die erste Weltstadt im Ausland, die ich auf langehin bewohnte, und jede Erfahrung dort hob sich mir sehr präzise vom Bisherigen ab: Im unaussprechlichen Zauber seiner Altersreife erschien es mir wie eine immer von Neuem geschmückte Geliebte, nach allem Jugendglanz noch umstanden von den Kostbarkeiten, die weder Rost noch Motten fressen. –

Bei meinen Aufenthalten im Louvre machte ich unterwegs eine kleine belanglose Straßenbekanntschaft, von der mich's zu erzählen antreibt. Es war eine betagte Elsässerin namens Madame Zwilling, die ihren tabeskranken Sohn als Blumenhändlerin ernährte. Eines Abends, beim Besuch im Stübchen der beiden, fand ich sie ohnmächtig heimgebracht von der Straße, inmitten der großen Körbe frisch aus den »halles« geholter Frühlingsblumen, und beschloss, diese schnell für sie zu verkaufen. Mit mir war Sophie Freiin von Bülow, die dem lebhaft zustimmte: Wir kostümierten uns geschwind in die elsässische Tracht der Frau Zwilling und hatten bis halb drei Uhr nachts vor den mir so bekannt gewordenen Quartier-Latin-Cafés die letzte Blume mit gutem Überschuss an den Mann gebracht. Auch hierbei machte ich die Erfahrung, wie tadellos die Mannsleute sich mit den ihnen überraschend neuen Zweien befassten, die durch ihren großen Wuchs (Sophie überragte mich noch) von den kleinen, zierlichen Französinnen abstachen und zu teilnahmsvoller Ausfrage angerufen wurden. Erst Tags darauf erfuhren wir durch Herren von der Presse, wie rein zufällig wir *nicht* im Untersuchungsgefängnis hatten schlafen müssen, mangels jeglichen Gewerbescheines. –

In der russischen Kolonie befreundete ich mich mit einem jungen Arzt, Emigranten, der, bei der Ermordung Alexanders II. mitverdächtigt, nach Sibirien verbracht worden war, vier Jahre Zwangsarbeit erduldet hatte, schließlich dann doch nach Paris entkommen war. Ssawélij, von baumstarker Gesundheit (mit seinem blitzenden Gebiss vermochte er den Wänden die festesten Nägel zu entreißen), brachte mich mit dem gesamten Russenkreis zusammen. Als nach einem Halbjahr die Hochsommersonne uns arg zuzusetzen begann, retteten Ssawélij und ich uns in billigem Extraferienzug, in drangvoller Enge, in die Schweiz; erstiegen hinter Zürich ein Stücklein Gebirge und ließen uns in einer Almhütte nieder, wo wir von Milch, Käse, Brot und Beeren lebten. Nur wenige Male dazwischen wiederholten wir Auf- und Abstieg nach Zürich, um, jeder mit sorglich vorbezahlten Doppel-Portionen, irgendwo an einer Hoteltafel unsern Luxushunger zu stillen (wobei ich aus der Heimat auf Wilhelm Bölsche stieß, wie in Paris auf Hartleben und Moppchen). In meiner Erinnerung spielt in dem Almidyll aber eine winzige Episode die Hauptrolle: nämlich, wie wir barfuß – denn so gingen wir oben stets über die sanften Matten – an einem Abhang unvermutet in Wiesen mit Kriechbrombeeren gerieten. Es war nicht mehr sehr hell; wir waren ahnungslos, nach welcher Richtung der kürzeste Ausweg läge, und jeder Schritt wie jedes Stehenbleiben entrissen uns heulende Schreie. Mit stürzenden Tränen kamen wir auf den Paradiesesgrund unserer sanften Matten zurück.

In den Minuten mitten im Brombeergestrüpp kroch etwas in mir hoch wie eine uralte Vorstellung – oder Erinnerung? –: als hätte ich dies doch bereits erfahren, dass man, dem Leben grausig preisgegeben, aus Urwonnen stürze. Ein plötzlich wieder gewusster Augenblick –. Während wir uns lachend das Nasse aus dem Gesicht wischten und auch das Blut von den Füßen, entschwand dies wieder unter Ssawélijs muntern Worten: »Auch an uns wär's, die Brombeeren um Entschuldigung anzugehn – nicht nur umgekehrt: dafür dass wir sie mit Füßen traten, statt sie mit den Lippen zu küssen.« Etwas in mir setzte getrost fort: »Ja. Ist nicht *alles* Ärgste der Welt eben *dieses* Missverständnis?« – Lachen und Wüten vertrieben sich gegenseitig zu neuem Wagemut, zu allen Brombeerschicksalen.

Nach wenigen Wochen waren wir wieder im Strudel der einzigschönen Stadt und ließen unsere Bräune bestaunen, die damals noch nicht Modesache war. Von da bis in den Spätherbst kam ich noch an vielen neuen Menschen und Eindrücken vorbei und mochte auch keinen davon missen; aber dann kam die Stunde, da etwas oder jemand mir, in irgendeiner Nacht, zuzuwinken scheint – und ich fort muss. Nie hab ich verständlich ergründet, warum und wann das jedes Mal geschieht – ob ich auch mit noch so offenen Sinnen und bereiter Seele mich der Umgebung freute. Es rückt etwas uneingeladen an deren Stelle und tut ungeduldig. Auf die Nacht meiner Heimkehr damals nach Deutschland würde ich mich kaum mehr deutlich genug zur Wiedergabe besinnen, wenn nicht, vor kurzer Zeit erst, ein an sich belangloser Brief darüber (geschrieben in Schmargendorf am 22. Oktober 1894) von einer damaligen, mir befreundeten Schriftstellerin aufgehoben und mir zu Händen gekommen wäre:

»Es sind schon drei Wochen her und mehr, dass ich von Paris ausgerückt bin – mir selbst und allen unerwartet, heimlich und ohne Lebewohl. Und so ungemeldet bin ich auch angekommen, ebenso tief in der Nacht. Ich ließ mein Gepäck am Bahnhof, fuhr hinaus und ging den stillen Weg über die dunkeln Felder ins Dorf. Dieser Gang war schön und sonderbar; ich spürte den Herbst im Blättersinken und im stürmischen Wind, ohne was zu sehen, und es gefiel mir; in Paris war noch »Sommer« gewesen. Im Dorf schlief alles, nur bei meinem Mann brannte die scharfe Lampe, die er zur Benutzung der Bücher auf den hochreichenden Regalen braucht. Ich konnte von der Straße aus seinen Kopf deutlich erkennen. In der Tür steckte, wie immer, der Drücker, ich trat sehr leise ein. Da schrie der Lotte-Hund im Zimmer gell auf – sie erkannte mich am Schritt –; übrigens ist sie inzwischen ein wahres Monstrum geworden von Fett und Quadratur, und nur wir finden sie so berückend wie je. – In dieser Nacht zu Hause gingen wir nicht schlafen; als es hell wurde, da machte ich Herdfeuer in der Küche, putzte die blakende Lampe und schlich mich in den Wald. Da hingen noch dicke Morgennebel in den Bäumen, und ein geflecktes Reh glitt lautlos durch die Föhren weiter. Ich zog Schuh und Strümpfe aus (was man in Paris nicht kann) und wurde sehr froh.« –

Die einzige Frau, die mir in jenen Jahren ganz vertraut nahestand, war Frieda Freiin von Bülow, die ich schon in Tempelhof kennengelernt hatte. 1908 ist sie mir durch ihren zu frühen Tod, noch als angehende Fünfzigerin, entrissen worden. Während meiner Pariser Zeit kam sie gerade von ihrem zweiten Aufenthalt in Deutsch-Ostafrika heim und machte Station bei mir, wo auch ihre Schwester sie erwartete, jene Sophie Bülow, mit der ich Madame Zwillings Blumen verkauft hatte. Andern Jahres kam sie mir auch nach Russland nach, zum Besuch meiner Mutter und meiner Geschwister, von denen mein Bruder Eugène sich ihr ganz tief befreundete. Von ihren eigenen Geschwistern waren drei gewaltsam umgekommen: zwei jüngere Brüder und die schon als Schriftstellerin bekannt gewordene Margarethe von Bülow, die beim Retten eines ertrinkenden Knaben unters Eis geriet. Frieda neigte von Natur her zu Schwermut, trotz einem männlich starken Willen und Lebenstrieb, der sie in ihrer Jugend zurzeit der Carl Petersschen Erfolge nach Ost-Afrika geführt hatte. Sie nannte selbst diese Mischung von Tatkraft und Mattigkeit gern ihren Anteil an altem, ermüdetem Geschlecht, das schließlich in der Sehnsucht nach Unterwerfung, Selbstaufgabe enden mag.

Auch in Wien – 1895 – verweilten wir gemeinsam mehrere Monate, als ich von Petersburg aus zum ersten Male wieder hinfuhr. Durch den Berliner Literaturkreis war uns der entsprechende Wiener bereits bekannt; mit Arthur Schnitzler hatte ich schon von Paris aus mehrfach gebriefwechselt; er stand mir auch jetzt vor den übrigen; später wurde ich von ihm nach anderswohin verstärkt abgelenkt. Um ihn, der damals seine entscheidenden »Liebelei«-Erfolge erlebte, standen Richard Beer-Hofmann, Hugo von Hofmannsthal – noch blutjung, in der Husarenuniform seiner Dienstzeit –, Felix Salten u. a., mit denen man sich – außer dem direkten Verkehr – fast allabendlich in den Cafés, etwa dem Grien-Steidl, traf und das geistige Wiener Leben in seinen charakteristischesten Äußerungsweisen kennenlernte. Ich bewohnte am Stefansdom, in einem sehr guten großen Hotel, zwei umso winzigere Stübchen im Nebenbau oben, die allerliebst hergerichtet waren; durch die darin verbrachten Plauderstunden sind diese Stübchen nebst mir selbst in Peter Altenbergs Erstlingsbuch »Wie ich es sehe« hineingeraten. Wenn ich die Wiener Atmosphäre im Vergleich zu der anderer Großstädte schildern sollte, so erschien sie mir damals am meisten gekennzeichnet durch ein Zusammengehen von geistigem und erotischem Leben: was anderwärts etwa als Lebemannstypus sich vom Berufs- und Geistesmenschen scheidet, das fand hier eine Anmut, die das »süße Mädel«, sogar das *bloß* süße Mädel, in erhöhte Erotik hineinhob und wiederum sogar die ernsteste Drangabe an Geistesberuf und Berufung noch in ein Verhalten löste, das dem nur zweckbezogenen Ehrgeiz etwas von seiner Schärfe nahm. Neben der Konkurrenz von Liebe und Ehrgeiz blieb dadurch Spielraum für deren Austragung in Männerbefreundung untereinander, die dadurch eine besondere und, wie mir auffiel, ganz erlesene Form gewann. Da hinein gehörte auch Arthur Schnitzler in hohem Grade: Vielleicht gehörte dies zum Hellsten in seiner von einer leichten Schwermut beschatteten Existenzweise. Vielleicht auch würde aber gerade er sich seelisch zwiespaltfreier vollendet haben, hätte die geistige Anmut ihn – sei es nach Liebe oder Ehrgeiz hin – dämonisch-einseitiger gebannt. Peter Altenberg stand ein wenig abseits – wenn auch nicht in der Befreundung. Wenn man mit ihm war, dachte man dabei weder an Mann noch Weib, sondern an eines dritten Reiches Wesen. Das über ihn bekannte Wort: »mon verre est petit, mais je bois dans mon verre«, urteilt präzise richtig, wenn man das ganze Schwergewicht nicht auf »petit«, sondern auf »mon« legt: Denn das Neue und Reizvolle in Peter Altenbergs kleinen Gestaltungen beruht auf dem Rätselhaften, wie er gleichsam beide Geschlechter am innern Erwachsensein verhindert, indem er ihr Infantilbleiben dichterisch zu einer Spezialität verarbeitet, die sich auch in seiner personellsten Besonderheit voll ausdrückte.

Auch später, sobald ich mich in Wien aufhielt, durfte ich jedes Mal, zuerst von Fritz Mauthner hingebracht, bei Marie von Ebner-Eschenbach verweilen; das letzte Mal nach 1913, wenige Jahre vor ihrem Tode, den mir ihre Nichte, Gräfin Kinsky, dann nach Hause berichtete. Unvergesslich bleiben mir die Stunden bei ihr – die Stille und, wie soll ich Bezeichnung dafür finden: die *Wesenhaftigkeit*, die von ihr ausging. Beinahe wirkte infolgedessen ihre äußere Erscheinung, als kauere sie sich absichtsvoll so klein in sich zusammen, als schauten ihre grauen Augen, die unendlich wissenden Augen, so tief von unten herauf, um niemandem auffällig zu machen, was da alles vor ihm saß: als bliebe das besser unverraten. *Das*, was sich doch so innig-unablässig in Ton, Wort, Blick und Gebärde verriet –. Man nahm von ihr gleichsam Geheimnis und Offenbarung mit – und es bewahrte sich in dieser zusammengehaltenen Wärme heimlicher Gegenwart. –

Wien zwingt durch die Herrlichkeit seiner Umgebungen ins ländlich Freie, und dorthin verlegt sich deshalb auch fortgesetzt der gesellige und freundschaftliche Verkehr. Noch im Sommer des gleichen Jahres 1895 traf ich mich mit den Freunden im Salzkammergut und in Innsbruck. Für mich wurde stets alles Erlebte erst wahrhaft zurande gebracht, wenn Wälder, Weiten, Sonne Begleiter dabei gewesen – oder gar Berge, zwischen denen ich bislang noch so wenig gewesen war, abgerechnet ein paar Kindheitsreisen mit meinen Eltern durch die Schweiz. Im Winter darauf war ich nochmals in Wien und im Sommer des andern Jahres zum ersten Mal selbst auf Kraxeleien im österreichischen Gebirge. Besonders lebhaft entsinne ich mich einer langen Tour von Wien aus, die mich und einen Freund zu Fuß durch Kärnten über die Hohen Tauern nach Venedig hinabführte; bei diesen langsamen, im Schönsten ruhig verweilenden Fußreisen grub sich mir noch ein kurzer gewaltiger Eindruck in die Erinnerung: Wir hatten vor Dunkelheit am Rotgüldengletscher anzulangen, verzögerten uns aber sehr, weil uns unterhalb davon ein brünstiger Bulle gemeldet wurde, zu dessen Bezwingung schließlich eine ganze Anzahl von aufgeregten Almbewohnern, aufs Wundersamste bewaffnet, mit uns zogen. Ein paar Minuten lang sah man ihn denn auch: auf einem gegenüberliegenden Bergstück, durch tiefe Schlucht von uns getrennt, hoch aufgerichtet, im Profil: ein Bild der Macht und Besessenheit, »gottgleich« im alten Sinn, und durch die ungefährdete Lage, die so beschauliche Betrachtung ermöglichte, von ungeheuer einprägsamer Wirkung. Mir wenigstens ging sie noch nach, als wir, nun schon im vollen Dunkel und allein, auf dem Rotgüldengletscher alles Gestein suchend abklopften und anriefen, ob es nicht irgendwo die darunter geduckte Almhütte berge wie im Märchen. –

Von landschaftlichen Eindrücken erschien mir am berückendsten, was ich in rascher Aufeinanderfolge von *drei Frühlingen* sah, als ich mal von Italien durch Deutschland in den Norden fuhr. Nie war mir der Süden triumphierender in die Sinne gedrungen, als es ihm da, trotz des Winters, der wie ein Mai gewesen, noch gelang, Frühling zu werden, ohne sich einfach mit dem Sommer zu verwechseln: Was den Anschein gab eines über alle Sichtbarkeit hinaus schlechthin Unerschöpflichen, das jede Jahreszeit nach Belieben noch hinter sich hätte, wenn sie bloß wolle, und dass, *wenn* menschliche Aufnahmefähigkeit nur nuancefähiger und tiefreichender wäre, das Unermessliche im Irdischesten unserer warte. –
So gesättigt wurde ich nun auch dem mitteleuropäischen Klima besser gerecht, an dessen Phlegma man bisweilen Ärgernis nimmt, wenn es immer wieder mal von Neuem anheben muss, um sich Regen und Graupeln aus den Augen zu wischen und die knospenden Kätzchen an den Baumzweigen zur Fortsetzung zu ermuntern; mit Wonne wurde ich der Veilchen froh und des im besten Sinn ausführlich »Sentimentalen«: Das herrlich gestillte Herz war dafür geduldig geworden und umso tiefer entzückt. – Vom dritten damals erlebten Sommerwerden, dem nordischen von Kindheit an geliebten, kann ich am wenigsten sagen. So spät erwartet und dann so vollkommen in seiner Kürze entfaltet, bekundet es sich am unwiderlegbarsten an seiner Helle und Unaufhörlichkeit. Wenn man tief nachts des Kuckucks Ruf vernimmt oder die Lieder heimkehrender Feldarbeiter, dann fällt einem nicht ein: »Alles eile, um im kurzen Sommerlichen was fertig zu bringen«, sondern man verspürt ein Aufge-

hobensein von Zeit und Wandel hinter dem Zwist von Nacht oder Mittag, von Früh oder Spät. –

Zu Hause gewann mich das Einsamkeitsverlangen bald wieder ganz, zu jeder Jahreszeit, auch galt es, fleißig zu sein für Tages-Aufsätze, wie vormals auch für Theaterkritik. Höchstens führte mein Wandern mich gelegentlich weit quer über die Felder, wo, verschneit oder im lichten Laubgrün Lichterfeldes, Frieda Bülow im Hause ihrer Verwandten, der Freifrau Anna Münchhausen-Keudell, wohnte, in zwei Stuben voll des ehrwürdig-schönsten Erbhausrates und auch voller ostafrikanischer Exotik der Gegenwart. Im Jahresanfang von 1896 nahmen wir uns vor, München einige Zeit zu widmen: und dort begegnete mir die zweite Frau, der ich ganz nahe treten sollte und für immer nahe geblieben bin (wir sind uns auch dem Alter nach ziemlich nahe) von 1896 bis zu unserm beiderseitigen Tode.

Helene von Klot-Heydenfeldt war Baltin aus Riga und hielt sich mit Mutter und Schwester vorübergehend in München auf; sie hatte, nach Lesen von Tolstojs »Kreutzersonate«, ein gutes Buch, »Eine Frau«, geschrieben, besaß viele deutsche Beziehungen, und ein Jahr darauf vermählte sie sich mit dem Architekten Otto Klingenberg; als ich später, viel später, von Göttingen aus, etwelche Wintermonate in Berlin zubrachte, wurde Helene Klingenbergs Haus mein Heim. Helene und Frieda unterschieden sich voneinander wie ein brauner Junge von einer blonden Jungfrau. (Noch mehr sind der friesische Mann und die Kinder Helenens ins Blondeste geraten.) Und wenn Friedas Tatendurst sie ins Fernste trieb, so war Helenens Schicksal – sie wünschte sich zur Grabschrift die biblischen Worte: »Das Los ist mir gefallen aufs Liebliche« – wie innerlichst vorbestimmt in der Allgewalt der Liebe zu Frau- und Mutter-sein. Mit Frieda lebte ich in fruchtbaren Debatten infolge unserer Verschiedenheit, die ich jedoch dankbarer vertrug als sie, die uns unabdingbar gleich haben wollte. Mit Helene verband mich sicherlich irgendeine verborgen-tiefe Verwandtschaft, was zwar nicht hinderte, dass ich ebenfalls ganz andern Weges schritt als sie: Es machte uns nichts, weil diese liebesstarke Natur mich restlos tolerierte, wie ich war, auch wo ich ein Unhold war. –

In München stand man nicht in so breiter Allgemeinsamkeit wie in Paris oder Wien etwa, – wie die Breite und Schönheit seiner Straßen auch leerer dalag, als riefen sie, man möge sich auf ihnen sammeln. Hier fand man sich ja eben nicht im »Münchnerischen« der Eingeborenen, sondern im Gemeinsamen aller Nationalitäten Deutschlands ringsum; zu Geselligkeit kam es in einzelnen literarischen Familien und Schwabinger Winkeln. Unter den zugezogenen Bekannten – auch Max Halbe, Frank Wedekind, der Langen-Verlag, später Björnsons – sagte mir ein Landsmann von Helene, den sie aber nicht kannte, am meisten: der damals schon erblindende Graf Eduard Keyserling; und bei erneutem Besuch von München, Jahre hinterher, betrübte es mich sehr, ihn nicht mehr am Leben zu finden. Andere, wie Ernst von Wolzogen, Michael Georg Conrad, hab ich nur ganz flüchtig gesprochen – von den Jungen am öftesten Jakob Wassermann, dessen vortreffliches Werk »Die Juden von Zirndorf« ihn bereits in allgemeine Beachtung stellte. Befreundet hab ich mich insbesondere mit August Endell, der, Kunstgewerbe und Architekt, nachmaliger Direktor der Breslauer Kunstakademie, mir bis zuletzt tief verbunden blieb. Dass diesem jungen, kränklichen, damals einsam und bitter Ringenden dieses Gedenken schon ein Nachruf sein muss! Es ist eine Erinnerung an unvergessliche Nähe und unvergessliche Werte.

Anlässlich irgendeiner gemeinsamen Theaterverabredung brachte Jakob Wassermann an unsere Plätze einen Freund, den er wünschte vorzustellen: Es war René Maria Rilke.

Mit Rainer

In den sogenannten »Fürstenhäusern« der Schellingstraße in München, wo ich mit Frieda von Bülow zu Anfang 1897 abgestiegen war, hatte ich während einer Weile Gedichte anonym zugesandt bekommen. An der Handschrift des ersten Briefes nach der Vorstellung durch Jakob Wassermann – an einem Theaterabend im Frühling – erkannte ich den Verfasser. Nun las er mir noch andere Dichtungen vor, darunter »Christus-Visionen«; nach Äußerungen in jenem ersten Brief scheinen sie mir sehr negativ gehalten gewesen zu sein. Obwohl einiges daraus in der »Gesellschaft« schon hatte veröffentlicht werden sollen und auch andern zu Händen kam, konnten wir ihrer in spätern Jahren nicht mehr habhaft werden, trotz Bemühungen auch des Insel-Verlages um sie, sodass sie wohl als verloren angesehen werden müssen.

Nun währte es gar nicht mehr lange, bis René Maria Rilke zum Rainer geworden war. Er und ich begaben uns auf die Suche nach etwas Gebirgsnahem draußen; wechselten, hinausziehend, in Wolfratshausen auch noch mal unser Häuschen; ins erste Häuslein zog noch Frieda mit hinaus; beim zweiten, einem in den Berg gebauten Bauernheim, überließ man uns die Stätte überm Kuhstall; auf der Fotografie, die später davon gemacht wurde, sollte die Kuh mit konterfeit werden – sie schaute nicht aus dem Stallfenster, doch steht die alte Bäuerin davor; und unmittelbar über dem Dach geht sichtbarlich der Weg in die Landschaft weiter; darüber wehte in grobem Leinen, handgroß mit »Loufried« schwarzgemalt, unsere Flagge, von August Endell verfertigt, der sich mit Rainer bald freundschaftlich verband; er half uns auch, die drei ineinandergehenden Kammern durch schöne Decken, Kissen und Geräte anheimelnd zu machen. Gegen den Herbst kam für eine Weile mein Mann nach, nebst dem Lotte-Hund; Jakob Wassermann besuchte uns bisweilen, auch andere; bereits im ersten Häuschen ein zu mir von St. Petersburg hergereister Russe (zwar unguten Andenkens), mit dem ich russische Studien trieb.

Der blutjunge Rainer, obwohl er schon verblüffend viel geschrieben und veröffentlicht hatte – Gedichte, Geschichten, auch die »Wegwarten«-Zeitschrift herausgegeben –, wirkte in seinem Wesen doch nicht vorwiegend als der zukunftsvoll große Dichter, der er werden sollte, sondern ganz von seiner *menschlichen* Sonderart aus. Und dies, obschon er bereits in seinen Anfängen, seit den kindlichsten von ehemals geradezu schon, die dichterische Aufgabe als die seiner unwidersprechlichen Berufung vorweggefühlt hatte und nie irre an ihr ward. Doch eben weil er von dieser Traumsicherheit glühend war, überschätzte sich ihm das schon Geleistete keineswegs; es bildete nur den Auftrieb zu erneuten Äußerungsversuchen, deren technische Bemühung, deren Ringen mit dem Wort sich ihm fast selbstverständlich noch im Gefühlsüberschuss verfing – dem noch nicht Vollendbaren musste »Sentimentalität« aushelfen. Dies »Sentimentale« grenzte sich ab gegen sein Wesen hin: es blieb – möchte man sagen – innerhalb der technischen Notstände. Denn darüber hinaus kam es doch aus eben der ungeheuren Wesenssicherheit, *sich* dichterisch *leisten* zu können. Wenn auch z. B. einmal der ihm befreundete Ernst von Wolzogen ihn brieflich scherzend anredete: »Reiner Rainer, fleckenlose Maria«, so lag dennoch in Rainers innerer Situation keine weiblich-kindliche Erwartung, sondern schon seine Art Mannhaftigkeit: eine ihm entsprechende unantastbar zarte Herrenhaftigkeit. Dem widersprach nicht einmal seine eher bange Haltung gegenüber Beeinflussendem oder Bedrohlichem, also Fremdem: das, empfand er, galt weniger ihm als dem, wofür er jederzeit zum Hüter bestellt war und was er sich anvertraut wusste. Dies verlieh ihm eine Ungeteiltheit von Geist und Sinnen, ein Ineinanderschwingen von beidem: Der Mensch ging noch unverkürzt und unbesorgt in den Künstler und der Künstler im Menschlichen auf. Gleichviel, wo es ihn ergriff – es war *eine* Ergriffenheit, die sich zu zerspalten noch gar nicht verstand und die keine Zweifel, kein Zaudern und Gegenurteilen in sich kannte außerhalb der noch unruhigen Entwicklung seiner poetischen Bewältigungen. Was man mit dem Wort »männliche Anmut« bezeichnet, war deshalb in hohem Grade Rainer damals zu eigen, in aller Zartheit unkompliziert, und unverwüstlich im Zusammenklang aller Wesensäußerungen; er konnte damals noch lachen, konnte sich noch vom Leben harm- und arglos in dessen Freude aufgenommen wissen.

Gedenkt man von da aus des spätern, des schon zielnahen, in seiner Kunst sich vollendenden Dichters, so wird es überaus klar, warum ihn dies die Harmonie der Persönlichkeit kosten musste. Ohne Zweifel steckt ja, zutiefst gesehen, in *allem* Kunstvorgang ein Stück solcher Gefahr, solcher Nebenbuhlerschaft zum Leben: für Rainer noch unberechenbar gefährlicher, weil seine Veranlagung darauf gerichtet war, lyrisch das fast Unaussprechbare zu bewältigen, dereinst einmal dem »Unsäglichen« das Wort zu bereiten mit der Gewalt seiner Lyrik. Dadurch konnte es später in seinem Fall geschehen, dass die lebensvolle Selbstentfaltung einerseits und die Entfaltung der künstlerischen Genialität anderseits sich nicht gegenseitig förderten, sondern beinahe wider einander wuchsen, – dass also die Ansprüche von Kunst und Vollmenschentum in dem gleichen Maße in Streit gerieten, als die Kunstleistung in ihre ungeheure, ausschließende Werkwirklichkeit aufging. Diese tragische Wendung bereitete sich immer unabänderlicher darin vor.

Es vergingen Jahre, ehe sie vollends deutlich wurde. Was »Werk« werden wollte, sammelte sich zu steigender Fülle und Klarheit; die Wochen oder Monate zwischen den Entzückungen aber entleerten sich zu einem Warten mit leidendem Gewissen. Es war damals, dass mir um Rainer angst wurde: mir schien, *jede* Art von Arbeit oder anspruchslos geleisteter Tätigkeit sei besser als das leere Erwarten unter vergeblichen Selbstvorwürfen (ihn selbst ängstete dies daran am meisten). Wir nannten diese Erwägungen schließlich scherzweise »den Entschluss zum Postschaffnerwerden«. Dann entschlugen wir uns auch wieder aller Sorgen, für Jahre, denn was, wie Drohung und Krankheit, als Rainers Schicksal manchmal heraufdämmerte, brachte gleichzeitig Herrlichkeiten des Erlebens, die zu unerhörten Hoffnungen aufriefen.

Hatten wir uns unter Menschen kennengelernt, so war darüber längst ein zweisames Ineinanderleben geworden, bei dem uns alles gemeinsam war. Rainer teilte ganz unsere sehr bescheidene Existenz am Schmargendorfer Waldrande bei Berlin, wo in wenigen Minuten der Wald in die Richtung von Paulsborn führte, vorbei an zutraulichen Rehen, die uns in die Manteltaschen schnupperten, während wir uns barfuß ergingen –

was mein Mann uns gelehrt hatte. In der kleinen Wohnung, wo die Küche den einzigen wohnzimmerlichen Raum außer meines Mannes Bibliothek darstellte, assistierte Rainer mir nicht selten beim Kochen, insbesondere wenn es sein Leibgericht, russische Topfgrütze, oder auch Borschtsch gab; er verlor alles Verwöhnerische, das ihn früher an geringsten Beschränkungen hatte leiden und seinen geringen Monatswechsel beklagen lassen; in seinem blauen Russenhemd mit rotem Achselschluss half er mir Holz zerkleinern oder Geschirr trocknen, während wir dabei ungestört bei unsern verschiedenen Studien blieben. Sie betrafen vielerlei; am eifrigsten aber betrieb er – der seit Langem tief in russischer Literatur gelebt – russische Sprache und Landeskunde, seitdem wir ernstlich unsere große Reise vorhatten. Eine Zeit lang hing sie mit einem Plan meines Mannes zusammen, eine Reise nach Transkaukasien und ins Persische zu unternehmen, woraus nichts wurde. Wir gingen nun, gegen Ostern 1899, zu dritt nach Petersburg zu den Meinigen und nach Moskau; erst um ein Jahr später durchreisten Rainer und ich Russland ausführlicher.

Obgleich wir nicht zuallererst Tula und Tolstoj aufsuchten, bildete doch seine Gestalt gewissermaßen das Eingangstor zu Russland für uns. Denn wenn's auch bereits früher Dostojewskij gewesen war, der Rainer die Tiefen menschlicher Seele an Russen erschlossen, so wurde es doch Tolstoj, der ihm gleichsam den Russen als solchen verkörperte – infolge der Gewalt seiner dichterischen Eindringlichkeit in allen Schilderungen. Dieser zweite Besuch bei Tolstoj, im Mai 1900, fand nicht in seinem Moskauer Winterhaus statt wie der auf der ersten Reise, sondern in dem 17 Werst von Tula gelegenen Gut Jásnaja Poljána. Ganz konnte man ihn auch wohl nur auf dem Lande erleben, nicht in Stadt und Zimmer – mochte sich dieses noch so bäuerlich abheben von den übrigen Gemächern des gräflichen Haushalts, oder mochte es den Hausherrn noch so unbefangen in selbst geflicktem Kittel oder bei Handwerksarbeit zeigen oder an der Familientafel bei Grütze und Kohlsuppe im Gegensatz zu den leckern Gerichten der Tischgenossen.

So war diesmal, bezeichnenderweise, der stärkste Eindruck, den wir empfingen, der von einer kurzen *Wanderung* zu dritt. Nach einer Frage an Rainer: »Womit befassen Sie sich?« und dessen etwas schüchterner Antwort: »Mit Lyrik«, war eine temperamentvolle Entwürdigung jeglicher Lyrik auf ihn niedergeprasselt, – ihr aber volle Aufmerksamkeit zuzukehren, hinderte uns beim Ausgang vom Gutshof ein fesselnder Anblick. Denn ein Pilger von fern, schon greise, war herangekommen, wurde nicht müde, den andern Alten unter stets erneuten Verbeugungen und Grüßen zu ehren. Er bettelte nicht, er grüßte nur, wie die vielen, die oft von weit her kamen zu dem gleichen Zweck: ihre Kirchen oder Heiligtümer wiederzusehen. So mussten wir, indes Tolstoj achtlos weiterschritt, die Ohren nach beiden Seiten spitzen aber unsere Augen blieben umso konzentrierter beschäftigt: Jede Bewegung, Kopfwendung, jedes geringste Innehalten in der brüsken Gangart vermittelte uns »Tolstój«. Die frühsommerlichen Wiesen quollen über von Blumen, wie man sie selten so hochgewachsen und tief gefärbt trifft außer auf russischer Erde; auch noch innerhalb des Waldschattens deckten unwahrscheinlich große Vergissmeinnicht den etwas moorigen Boden. Und stark betont wie diese Blumenfarben selber blieb mir eindringlich in Erinnerung, wie Tolstoj, inmitten lebhaften und lehrhaften Sprechens, sich förmlich jählings bückte, mit hohler Hand – etwa so, wie man nach Schmetterlingen haschen würde – büschelweise die Vergissmeinnicht einfing, sie heftig, als müsse er sie sich total einverleiben, ans Gesicht presste und sie dann lässig aus der Hand fallen ließ. Noch immer tönten, verschwommen hörbar, von fernher die verehrenden, begrüßenden Worte des Bauern; aus ihrem Nicht-enden-mögen klang es gleich einem: »– dass ich Dich noch gesehen –!« Und ich lieh ihnen aus unserm Gefühl die gleichen dankenden Worte, das gleiche Begrüßen: »– dass wir Dich noch gesehen –.«

Vielleicht trug diese Stunde etwas dazu bei, Rainers Übertreibung zu veranlassen, die jedem begegnenden Bäuerlein erwartungsvoll entgegensah wie einer möglichen Vereinigung von Simplizität und Tiefsinn. Aber mitunter erhielt er recht. So einmal bei Besichtigung der Moskauer Tretjakówschen Gemäldegalerie, die wir zugleich mit ein paar Bauern unternahmen. Vor einem großen Bild »Weidendes Vieh« äußerte der eine unzufrieden: »Kühe! Kennen wir! Was die uns schon angehen?« Der andere verwies es ihm mit beinah verschmitztem Gesicht: »Diese da sind gemalt, weil sie Dich was angehn –. Weil Du sie lieben musst, siehst Du, *darum* sind sie gemalt. Du musst sie lieben, obgleich sie Dich nichts angehn, – siehst Du.« Über seine eigene Erklärung vielleicht selber verdutzt, hatte das Bäuerlein sich drauf mit einem fragenden Blick dem neben ihm stehenden Rainer zugewendet. Und das wirkliche Erlebnis war hier Rainer: wie er auf den Bauern starrte, wie es aus ihm herausbrach in seinem mangelhaften Russisch – hingerissen: »*Du weißt es* –.«

Und endlich waren wir eingekehrt dort, wo es Rainer scheinen musste, als begegne ihm fort und fort, was ihn voller Sehnsucht hergetrieben hatte: in den Menschen und Landschaften der Wolga – stromaufwärts, vom Süden an bis in den Norden, wo wir hinter Jaroslávl landeten. Hier durften wir, für einen Augenblick, heimisch werden in der russischen Isbá (Bauernhütte). Immer wieder dem Wolgadampfer entsteigend, irgendwo tief im Lande, fanden wir sie – noch neu und harzduftend in ihrem ungeschälten Birkengebälk; denn ein junges Paar, das sie sich erbaut, zwischen den schon braunverwitterten, rauchgeschwärzten errichtet, war dann noch in Dienst gegangen um Bargeld. Umlaufende Bank, ein Samowar, breiter, frisch für uns gefüllter Heusack am Boden machten den Innenraum fertig; im leeren Stallraum daneben eine zweite Strohschütte, obzwar die Nachbarbäuerin treuherzig zu bedenken gab, dass die erste ausreichend breit geraten sei. – Sind wir nur einige Mal dem Wolgadampfer entstiegen? Waren wir nicht zu Gast bei solchen Bauern, und war nicht sogar der Bauerndichter Droschin in seiner Hütte unser Gastherr? Gäbe es nicht ganze Bücher zu füllen mit dem, worin wir ganz aufgingen in gespanntestem Interesse? Waren es nicht viele Jahre, so hingebracht? Waren es wirklich nur Tage, Wochen, kaum Monate? Aber alles war immer wieder gesammelt im Bilde *einer* Stunde und *einer* Isbá: immer wieder geschah *uns*, was da geschah, wenn wir in aller Morgenfrühe schon auf der Schwelle saßen, den dampfenden Samowar vor uns am Boden, und heiter den Hühnern zusahen, die so neugierig von den nachbarlichen Blockhütten zu Besuch antrabten, als kämen sie, ihre Eier zum Tee persönlich anzubieten.

Die »Isbá unterwegs« versinnbildlicht in der Tat etwas von dem, was für Rainer »Russland« hieß und verhieß. Eine dieser Blockhütten aus Birkenstämmen, giebelgeschnitzt oder in starken, ungebrochenen Bauernfarben, die es den Wintern und Sommern überließen, sie ins Dunkle oder Helle zu verwittern: Eine »Stelle« bedeutete sie, eine »Raststelle«, für ein Atemholen lang – wie er es ersehnt, ehe die Wanderung begann, und wie er's brauchte, um *das Seine* leisten zu können. Hier hauste Volk, dessen Geschichte Drangsal *und* Elend gewesen, dessen Grundnatur dennoch Ergebung und Zuversicht ineinanderzuhalten verstand: wie auch Rainer selbst von Grund aus in sich ein Anbefohlensein spürte, das jedes vergewaltigende Geschehen noch sicher mitumgriff. Dies Schicksalhafte hieß diesem Volke »Gott«: keine hochthronende Macht, die seine Lasten aufhob, nur eine Obhut der Nähe, die bis an diese Herznähe keine letzte Zerstörung heranlässt – der russische Gott Ljeskóws, der »in der linken Achselhöhle wohnhaft« ist. Rainer übernahm ihn, diesen Gott, weder Historischem noch auch Kirchlichem seiner neuen Umgebung; er bog in Russlands Geschichte und Gotteslehre seine eigensten Nöte und Andachten ineinander, bis es in Notschrei und Lobpreis sich ihm als ein Stammeln entriss, das Wort ward wie noch nie – das *Gebet* ward.

Man darf sich nicht dadurch täuschen lassen, dass in den Büchern des »Stundenbuchs« es nicht widerspruchslos ein und derselbe Gott ist, den er dem Russen entnimmt: namentlich dass neben der Einstellung in die fromm vertrauende Gotteshut es unvermittelt auch *die* gibt, worin der Mensch umgekehrt zum Gottschöpferischen, Gott-erschaffenden zu werden scheint, der den Gott in *seine* Obhut zu nehmen hat. Hier entzweit nicht Überheblichkeit seine Andacht: Vielmehr ist diese so groß, dass alle Gefühle, vom Erschauern der Demut bis zur zartesten Zärtlichkeit, sich um die gleiche Frömmigkeit sammeln, am innigsten in dem unerhört süßen Gedicht:

> »– Du bist aus dem Nest gefallen,
> bist ein junger Vogel mit gelben Krallen
> und großen Augen und tust mir leid.
> (Meine Hand ist Dir viel zu breit.)
> Und ich heb mit dem Finger vom Quell einen Tropfen
> und lausche, ob Du ihn lechzend langst,
> und ich fühle Dein Herz und meines klopfen
> und beide aus Angst.«

und dicht dabei:

> »Wir bauen an Dir mit zitternden Händen
> und wir türmen Atom auf Atom.
> Aber wer kann Dich vollenden,
> Du Dom.«

Noch nichts an alledem ist innerer Widerspruch; nichts ist Grenze frommer Andacht, nichts dichtet in ihm, was nicht in ihren Kreis sich sammelte: »Gott« erschuf sich seiner Dichtung unter Andrang *aller* menschlichsten Gefühle, indem diese, furchtlos vertrauend, den Gott selber an sich geschehen ließen als ihren Einklang und unerfassliche Ordnung.

Denn in *Andacht* und *Gebet* schlägt ja alles an, was bis an den Rand bewusster Gefühlsvorstellungen in uns wogt: Was dadurch innerste Sammlung, Herzeinkehr wird; was alle Ekstasen (mögen sie auch von weither, wie Geschlecht oder Geltung, herrühren) in einem unbekannten Zentrum bindet. Denn was liegt, auch beim »gläubigen« Menschen, dem Namen Gottes zugrunde? Das Anrühren dessen, was uns eben noch vom Bewusstsein her erreichbar ist und doch schon unsern bewussten Motivierungen entzogen – uns schon nicht mehr als »wir« erscheint; obwohl *wir* ja darein ausfließen und drum gern der Versuchung erliegen, es im Gesammeltesten eigenen Wesens zu *benennen*, zu objektivieren.

Aber »Gebet« – als Vollzug empfundener Andacht – setzt selbst bereits Höhegrade innerer Not, inneren Jubels, Preisgegebenheit oder Lobpreisung, voraus. Wenn es auf dieser Höhe *Dichtung* wird, unwillkürliche Kunstleistung, übermächtig im Ausdruck, geschieht bereits zutiefst etwas Paradoxales, indem Ursache und Wirkung sich umkehren: Indem das Sekundäre, die *Aussage*, nicht mehr in eins fällt mit dem Erlebnis selbst, sondern ihre Erleichterung und Entlastung – wenigstens um eine Spur – zu einem selbsttätigen Drang und Ziel werden lässt.

Schon während der beginnenden Entstehung des Stundenbuchs, auf der ersten russischen Reise, wurden die Anfänge hierzu ergreifend deutlich; aber die zweite Reise brachte das innere Problem erst völlig zur Erscheinung, da erst dann Rainer sich dem Eindruck »Russland« bei unsern Fahrten und Begegnungen unbeeinträchtigt hingeben konnte. Er hat im Rückblick darauf es schmerzvoll beklagt, dass die Tiefe dieser Eindrücke verhältnismäßig ohne weitere »Gebete« geblieben sei; das kam jedoch gerade daher, dass er *sie betete*: Gebet und Erfüllung deckten sich noch wie *eine*, im Vollzug schon vorhandene Wirklichkeit; und was als Kunstleistung, angedeutet oder auch ganz, ausblieb, realisierte sich wie noch nie in Rainer selbst, im außerordentlichen Anblick, den sein Wesen in solchen Augenblicken bot – allerdings immer wieder der Erwartung und banger Suche nach dem *letzten* Ausdruck weichend, der den Ausdruck *selbstständig* bestätigen und befestigen sollte. Da war er denn zerrissen zwischen der Ungeduld, die den Eindrücken wie Sinnbildern entgegeneilte (die ihm in ihnen selbst schon Erfahrung von Vorhandenheit waren), der Sehnsucht, sich hineinzuknien in einen jeden ihrer, bis er sich in der dichterischen *Aussage* vollendete – und dem entgegengesetzten Drang, das in ihm bereits Schaffende nicht darüber zu versäumen. So befand er sich oft gleichzeitig wie gebannt auf dem ihm zukommenden Platz lauschender Stille *und* wie vor Fenstern eines Eilzugs rastlos vorübergerissen an Ort um Ort, an Landschaft um Landschaft, ohne Möglichkeit der Heimkehr zu ihnen. Noch nach Jahren sprach er, als von Uneinholbarem, von den Gedächtnislücken, die dadurch entstanden waren, verglich sie Analogem, was sich an frühestem Kindheitsmaterial begibt; leise, verhalten zitierte er dann:

»Mach, dass er seine Kindheit wieder weiß;
das Unbewusste und das Wunderbare

und seiner ahnungsvollen Anfangsjahre
unendlich dunkelreichen Sagenkreis.«

Damit war verbunden der insgeheime Aufruf, seine »Kindheit nochmals zu leisten«; der Wunsch, dass sie visionär aufdämmern möge, trotz
all dem, was ihn vor vielen Erinnerungen zurückschaudern ließ. Denn
über dies Schaudern hinaus, *vor* allem Zwiespalt, umfasste früheste
Kindheit doch seine ursprüngliche, aus sich selbst genährte Sicherheit.
Aus *ihr* erst müsste sich der große Wurf zum Werk befreien, das er zu
schaffen habe:

>»Ich glaube an alles noch nie Gesagte.
>Ich will meine frömmsten Gefühle befrein.
>
>Was noch keiner zu wollen wagte,
>wird mir einmal unwillkürlich sein.
>Ist das vermessen, mein Gott, vergib.
>
>Und ist das Hoffart, so lass mich hoffärtig sein
>für mein Gebet –«

Mag auch in *jedem* Fall eine Nebenbuhlerschaft von Mensch und Künstler an der Frage entstehen, wie beide ihre Kräfte darein teilen: Für Rainer
war das Objekt seiner Kunst Gott selber, d. h. dasjenige, was seine Haltung zu seiner innersten, eigenen Lebensgrundlage ausdrückte, das
Anonymste jenseits aller bewussten Ichgrenzen. Und das zu einer Zeit,
wo »religiöser Kunst« nicht mehr durch die Drastik allgemein geltender
Glaubensvorlagen die gültigen Bilder geliefert, ja vorgeschrieben sind.
Man darf es sogar so sagen: Rainers dichterische Größe wie auch seine
menschliche Tragik gehen auf den Umstand zurück, an einer *objektlos*
gewordenen Gott-Kreation sich haben ausstürzen zu müssen. Wo dem
Gläubigen der Produktionsdrang, Aussagedrang, auch noch so überwältigend wurde oder würde, da rührt er doch nicht an dies andere Allge-
waltige: den *Tatbestand* des Gott-Umfassten, der als solcher ja nicht erst
seiner bedarf. In Rainer änderte die Objektlosigkeit: zwar ebenso wenig
seine innerste Hingebung und Haltung, aber seine Aufgabe als Künstler,
als Gestaltender, konnte nicht umhin, in sein Letztes, Menschliches hin-
einzugreifen: wo sie zu misslingen drohte, da bedrohte sie auch dieses
selbst, dessen Objekt mit dem des Schaffens in eins fiel.

Es ist dies auch der Punkt, von dem aus man Rainers »Angst« als
Schicksal begreift: nicht als bloße Angsthaftigkeit der zarten Natur vor
Objektverlusten im Leben, oder als die aller echten Künstlernaturen in-

folge von unterbrochener Produktionskraft, die sich nicht befehligen lässt, sondern als jene *absolute* Angst vor dem Verschlucktwerden ins Nichts, worein auch das verfiel, was abgesehn von allem Unsern sich an uns und allem auswirkt. An der Bewältigung der Aufgabe »Gott« mussten sich so in ihm Menschentum und Dichtertum stoßen: das Menschentum als lebendige Unmittelbarkeit des empfangenden Seins, das Dichtertum als Aktion, dies Sein gestaltend zu beglaubigen. So hat Rainer, sowohl anfangs wie auch zwischendurch, seine künstlerische Gott-Aufgabe sich mitunter wie eine Verführung oder Anfechtung vorgestellt, die nach Höhen trachtet, welche notwendig ihn der tiefen, haltenden, alles untergründenden Bodenkraft entreißen mussten:

> »Weit war ich, wo die Engel sind,
> hoch, wo das Licht in Nichts zerrinnt –
> Gott aber dunkelt tief.

> Die Engel sind das letzte Wehn
> an seines Wipfels Saum;
> dass sie aus seinen Ästen gehn,
> ist ihnen wie ein Traum.
> Sie glauben dort dem Lichte mehr
> als Gottes schwarzer Kraft,
> es flüchtete sich Luzifer
> in ihre Nachbarschaft.

> Er ist der Fürst im Land des Lichts,
> und seine Stirne steht
> so steil am großen Glanz des Nichts,
> dass er, versengten Angesichts,
> nach Finsternissen fleht.«

(Ich zitiere aus den »Stundenbüchern« besonders deshalb, weil sie Frühes und Spätes enthalten, weshalb Rainer sie mündlich sogar gern »die undatierbaren« nannte, wie auch gleich ihnen den »Malte Laurids Brigge« sowie die »Elegien«.)

Diese Stellung des Luziferischen kennzeichnet den Ausgangspunkt für die *Laufbahn des Engels* in Rainers Dichtung. Eine große Angelegenheit! Stehen hier im Zitat die Engel noch unschuldig da, als winkten sie über sich weg nach Gott, so verringern sie ungewollt doch auch schon die Unmittelbarkeit zu ihm: wie ein Vorraum unübersehbar Flügelschlagender vor dem Allerheiligsten. Und dabei bleibt es nicht: Mehr und mehr hängt der Aufenthalt, auch im Engelbereich selber, schon von der Kraft der Produktion, von der Stunde ihrer Gnade ab. Das Ruhen im Gott wird zurückgestellt gegen die Audienz beim Engel. Und gegen das Ende vollendet diese Problematik sich so, dass Gott und Engel in Austausch miteinander treten.

Man vermag dieser Wendung an irgendeiner der Linien des Gesamtbildes gleichsam mit den Augen zu folgen, besonders klar an den Bedeutungen, in die sich Rainers Wort von der »Armut« wendet, die im »Stundenbuch« den Dritten Teil mitbenennt. Ursprünglich bedeutete »Armut« dem Menschen wie dem Dichter das Sichfreihalten für das Wesentliche, die Nichtabhaltung durch das Nebensächliche, eine Haltung des Reichtums und kostbaren Besitzes, den allein es gilt, denn

»Armut ist ein großer Glanz aus Innen.«

Bereits Rainers Bemühen um praktische Vereinfachung des Alltagsdaseins, um Entwöhnung von absorbierenden Ansprüchen, vergeudenden Zeitverlusten gehörte hierher. Zwischen den Stunden der Produktionskraft lauerte aber auch schon damals die Frage, ob man nicht mit einem Teil des *eigenen Wesens* unproduktiv sei, dem Trivialen und Abhaltenden überantwortet bleibe. Man vernimmt noch die flügelschlagenden Engel droben, deren Dasein das Lobsingen Gottes ist, steht aber als der Ärmere unter ihnen: nicht mehr fraglos umgriffen von Gottgegenwart, der allumgreifenden, vor der es kein Arm oder Reich an Gaben gibt, sondern nur die Kindschaft des Seins selber. Von dem, was Rainer Schauerlichstes zum Ausdruck brachte – die Schilderung der Armut der Ärmsten bei seinem ersten Pariser Aufenthalt –, ist *dies* die eigentliche Höllenfärbung, auch wo er rein materielles Elend schildert. Denn obschon ihn in jenem Jahr auch die Furcht vor materieller Armut aufrieb, ward doch auch sie ihm reine Widerspiegelung jener seelischen in ihm, die ihn in Verzweiflung stieß. Sie wirkt noch in den Details (Briefe an mich, dann übergeführt in den Malte Laurids Brigge) mit der Größe gewaltiger Dichtung, weil darin der von Armut Gebrandmarkte in hoffnungsloser Angst zu dem Gott aufschrie, der solchen nicht lieben kann. Projiziert in den Andrang von Armut, Krankheit und Unrat, stellte Rainer darin keinen Miterleidenden, sondern sein Selbstleiden dar, das (Brief) angstvoll ins Wort ausbricht: »Ich möchte oft laut sagen, dass ich nicht einer von ihnen bin.« Seine Identifikation mit allem Missratenen und Verworfenen wird dem Gefühl so absolut, wie es wahrscheinlich nur im Nichtschaffenkönnen des Schaffenden zustande kommt, d. h. also selbst mit der Stärke eines Schaffensaktes. Als ich ihm, überwältigt von diesen Schilderungen, nach

Worpswede schrieb, wie sehr sie sein Nichtkönnen widerlegten, schrieb er zurück, wenn's so sei, so habe er eben gelernt, »Dinge zu machen aus Angst«, aus Todesangst.

Von diesem Punkt aus erfasst man die ganze Erlösung, die Rainer geschah durch seine Begegnung mit Rodin, der ihm als Künstler die Realität geschenkt hat, wie sie ist ohne Gefühlsverfälschung durchs Subjekt, der ihn an seinem eigenen Vorbild lehrte, die Fruchtbarkeit des Schaffens und Lebens in eins zu binden, und dessen einziges Gebot und Gesetz des »toujours travailler« ihn »Dinge machen« ließ nicht aus Angst, um sich darein zu bergen, sondern weit geöffneten Auges vor dem vorliegenden »modelé«. Indem Rainer daran lernte, in sachlicher Drangabe und mit Absehen von seinen jeweiligen Gefühlszuständen tätig zu sein, gelangte am Handwerklichen, technisch Gearbeiteten sozusagen auch der Alltag geduldig beschäftigt unter den einen Oberbefehl der Kunst. Längst war ja seine Sehnsucht ahnungsvoll auf dem Wege zu diesem Ziel: schon im Malerkreise von Worpswede, schon durch Clara Westhoff, die Schülerin Rodins, die, noch ehe sie Rainers Frau wurde und noch ehe Rainer Rodin persönlich kannte, ihn ihm begegnen ließ. Noch allerdings konnte, nach seiner Pariser Übersiedlung, seine Angst sich nochmals bis zum äußersten steigern: bis ihm die Erfüllung zuteil ward: total zu Rodin ziehen zu dürfen, ihm ganz zuzugehören, nur äußerlich betrachtet sein Privatsekretär, in Wirklichkeit ein Freund zu Freund in einem Nehmen und Sichgeben ohne Grenzen: Rodin schenkte ihm im Grunde erst die gesamte Objektwelt.

Und nicht nur die Objektwelt: auch noch die Meisterung von Ausgeburten der Fantastik, von Grauenhaftem, Ekelhaftem, Höllenhaftem aller Verzerrungen. Woran ehedem seine krankmachende Übersensitivität erlegen war in Angst, dazu gewann er selbst noch in dieser Angst künstlerischen Abstand, indem die aufgestaute Zuständlichkeit Raum erhielt zur nämlichen Befreiung wie durchs angstlose Schaffen. Wieso er auch das an Rodins Hand und Zucht erlernen konnte? Weil, wie man ja nicht übersehen darf, für Rainer bereits die grundsätzliche Zurückhaltung dem rein real Betrachteten gegenüber eine ungeheure Anstrengung seelischer Natur bedeutete, die alles nur auf das betreffende Ding, nichts auf ihn beziehen durfte. Das gestaute, gleichsam gefühllos erhaltene Gefühl hätte sich da vielleicht schon hundertmal – sozusagen – *rächen* mögen durch entwertende Verzerrungen, seinen altgewohnten Überschwang negativ dran loslassend: vom Moment an, wo es künstlerisch so zu tun, vermochte, erschloss es sich damit ein neues Gebiet der Lust. Eines Lustzustandes, der beim ersten Gelingen – bei den in dieser Hinsicht unsagbar interessanten Gestaltungen und Übertreibungen des Pariser Elends – noch halb unbewusst blieb. (Es ist jedoch nicht zu leugnen, dass dieser Zuschuss an Gestaltungsfreiheit ihn auch einem Gefahrpunkt noch mehr näherte: sich in Stunden eigener Entwertung und Enttäuschung in solche »Rache am Objekt« selber einzubegreifen.) In einem späten Brief (1914) nennt Rainer den Künstler den, der nicht drauf angewiesen bleibe, »Unbewältigtes *in sich* aufzulösen, sondern ganz eigentlich *dazu da (sei)*, es in Erfundenem und Gefühltem aufzubrauchen, in Dingen, Tieren –, warum nicht? – wenn es sein muss in Ungeheuern«. Man füge hinzu: auch an der eigenen »Ungeheuerlichkeit«.

Man empfindet unmittelbar, wie antipodisch Rainers Urveranlagung – denn nur sie schuf sein Gott-Sinnbild – zu Rodin blieb, ungeachtet aller Hingabe.

Fast selbstverständlich, dass auch ihr persönliches Verhältnis nicht dauernd beharren konnte, ob auch nur ein halb zufälliges Missverständnis die Änderung daran zu verschulden schien. Für Rodin löste seine eminente Gesundheit und Mannheit das Problem, wie an allererster Stelle dem Kunstziel und dennoch auch unbefangener Freude und Entspannung zu leben sei, ja wie diese umso einheitlicher wiederum der Kunst zugutekämen. Für Rainer setzte, sollte er zu Rodins Einstellung gelangen, die schöpferische Aktion eine passive Hingebung, einen so absoluten Aufblick zum führenden Meister voraus, dass die ungeheure Korrektur des Gefühlsüberschwanges in zuchtvolle Kühle ihm gerade durch solchen heilenden Selbstwiderspruch gelang.

Dies ging sogar weit genug, um Einfluss zu gewinnen auf Rainers dichterische Gestaltungen seines Gott-Sinnbildes im »Stundenbuch«: Dessen Fortsetzung am südlichen Meer von Viareggio, wohin er aus den Pariser Schrecken geflüchtet war, zeigt die Spur dieser versuchten Wandlung. Die dunkle Bodenkraft des Gottes, die noch den Keimling schützend birgt, erhebt sich sozusagen zu gigantischer Bergeswucht, darin der Mensch, im Erzgeäder erstickend, steckt – – beinahe in Wiederholung von Rainers altem Kindheits-Fiebertraum, da ihn ein steinern Überwältigendes zermalmt. Dennoch der betende Aufruf, Anruf zum Gott:

> »Bist *du* es aber: Mach dich schwer, brich ein:
>   dass deine ganze Hand an mir geschehe
>   und ich an dir mit meinem ganzen Schrein.«

Gottes Antlitz gewinnt Strenge wie die des Engels, wie die des Meisters, dessen Forderung auf *Leistung* steht. Und weiter wandelt sich das

Bild: die Bergeswucht drängt, an Angst und Leistung des Menschenkindes, *Frucht* aus sich heraus, wie in Geburtswehen ein Kind. Damit ist Schmerz auch Tod, sofern er dadurch erfolgt – sanktioniert, jedenfalls der zufälligen Banalität entzogen. Rainers schon frühes Verlangen erfüllt sich:

>»O Herr, gib jedem seinen eignen Tod.«

Der *Tod* wird schöpferische Frucht, wird der eigentliche Auftrag. Aber unwillkürlich sammelte sich ihm das in den Sinn des Künstlertums: Aufbrauch des Lebens *am Kunstwerk*.

Infolge dieser Bindung an die Leistung wurde Rainer von gesteigerten Todesängsten verfolgt – insbesondere in Stunden oder Zeiten zaudernder Produktivität –, von Ängsten vor der banalen Zerstörung durch irgendwelche Todesverursachungen. Der »eigene« Tod, wie er ihn ersehnte, erhielt eine Art von Trostakzent erst durch den Umstand, dass man noch immerhin mit drin steckt als Selbst. Der »Leistung« verhaftet, fand Rainer, trotz aller Bemühung darum, nicht den Blickpunkt, der Tod und Leben ineinander geschlossen zeigt: während doch eben dies seinem Grundwesen allein entsprach – nämlich jene »totale Armut« zu leisten, die sich ganz anheimgibt, sich restlos aufgibt, weil reich in ihrem Aufgenommensein in alles.

Innerhalb seines Künstlertums kam Rainer dagegen durch Rodin zu unverlierbarer Vollendung seines Könnens. Wer die »Neuen Gedichte« kennt, die auch das »Buch der Bilder« weit hinter sich lassen, gar nicht zu reden von der frühen Lyrik, erfuhr das wohl unmittelbar. Aber nicht nur seine Lyrik kam zur technischen Meisterschaft durch das Abrücken vom Übersensitiven und Zuständlichen: Rainers großes Prosawerk, der »Malte Laurids Brigge«, verdankt indirekt der Rodin-Zeit seine Entstehung. Denn obgleich er immer als eine seiner subjektivsten Auslassungen eingeschätzt wird, geschieht dies doch zu Unrecht: Kam Rainer doch am Gegenstand, der er selber war, zu objektiverer Haltung eben gegenüber sich selbst, als ihm je zuvor möglich gewesen wäre. Malte ist nicht ein Porträt, sondern die Verwendung eines Selbstbildnisses gerade zum Zweck einer Selbstunterscheidung davon. Auch wo im Malte Autobiografisches direkt verwendet ist (dies nur nicht in Maltes Kindheit), geschieht es, um sich damit gestaltend zugleich selber von Maltes Untergang zurückzuhalten zu lernen. In einem 1911 aus Schloss Duino darauf rückblickenden Brief (von mir schon im R. M. Rilke-Buch zitiert) lautet eine Stelle:

»Vielleicht musste dieses Buch geschrieben sein, wie man eine Mine anzündet; vielleicht hätt ich ganz weit weg springen müssen davon im Moment, da es fertig war. Aber dazu häng ich wohl noch zu sehr am Eigentum und kann das maßlose Armsein nicht leisten, so sehr es auch wahrscheinlich meine entscheidende Aufgabe ist. Ich habe den Ehrgeiz gehabt, mein ganzes Kapital in eine verlorene Sache zu stecken, andererseits aber konnten seine Werte nur in diesem Verlust sichtbar werden und darum, erinner ich, erschien mir die längste Zeit der Malte Laurids nicht sosehr als ein Untergang, vielmehr als eine eigentümlich dunkle Himmelfahrt in eine vernachlässigte abgelegene Stelle des Himmels.«

Man kann sich nicht ohne Ergriffenheit vergegenwärtigen, mit welchem Mut bekennerischer Sachlichkeit Rainer hieran arbeitete; als riefe er seinen lyrischen Überschwang an, sich zu entflügeln und Boden zu halten: Und eben darum schildert er da, wo er es sich zubilligt, mit reiner Freude, mit einer gleichsam neuen Freude (wie er es mir in Paris noch während der Arbeit mit fast kindlicher Genugtuung erzählte). Als enthielte der Verfasser selber ein wenig vom » *nichtwiderliebenden* Gott« dieses Buch dem Malte gegenüber, aber nur, insofern er damit besser um Gott weiß und – fromm-drastisch verbildlicht – um dessen geheime Absichten mit uns. Nicht aufs Geliebtwerden kommt es seitdem an, sondern auf das eigene absolute Hingegebensein; die Heimkehr des verlorenen Sohnes erweist sich als Missverständnis einer Religiosität, die das Ihre sucht, anstatt durch Absehn von sich, durch Aufblick, aller Fülle unbeabsichtigt teilhaftig zu sein. Hiermit stehen die Ärmsten als die Reichsten, die gering Gewerteten als Gesegnete und Heiliggesprochene wieder da.

Darum hat, vor dem späten Durchbruch der Elegien und der Orpheusgesänge, Rainer nichts so stark produktiv angeregt als die Schilderung solcher *Arm-Reichsten*: Schicksal, eminenter als es künstlerische Werke zu sein vermögen: etwa bereits weibliche Liebesschicksale, die, wie tragisch verletzend sie auch gewesen sein mochten, doch damit zur letzten Selbstvergessenheit als zum wahren Selbstbesitz führen; noch in der Ersten Elegie nennt er sie:»Jene, du neidest sie fast, Verlassenen, die du so viel liebender fandst als die Gestillten.« (Hierzu die »Sonette aus dem Portugiesischen«, die »24 Sonette der Louise Labé«, die »Briefe der Nonne« usw.)

In den Jahren des Werdens der Elegien, wo Rainer mir Fragmentstückchen zukommen ließ, formten sich ihm ähnlich Worte, die neben den Liebenden den Tatmenschen begeisterter priesen als den Sänger des

Kunstschaffenden. So aus der werdenden Sechsten Elegie der mit
»Fragment« überschriebene Vierzeiler:

> »Wie hinstürmte der Held durch Aufenthalte der Liebe,
> jeder hob ihn hinaus, jeder ihn meinende Herzschlag, –
> abgewendet, schon schon, stand er am Ende der Lächeln:
> anders.«

Aus der Zeit, da Rainer nach Abschluss des Malte-Werkes den Entschluss fasste, nun nichts mehr zu schreiben, gewissermaßen das Werk-
hafte in die Wirklichkeit einer Lebenshaltung überzuführen, erinnere ich
mich, wörtlich fast, eines Gesprächs zwischen uns an einem Sommer-
nachmittag in unserm Garten. Die Rede war darauf gekommen, wie oft
der Typus jener Liebenden seine Liebesgewalt Täuschungen entnimmt
und die schöpferische Herzenskraft nur umso mächtiger und fruchtbarer
erscheinen muss, je weniger legitimiert sie durch ihr Objekt erscheint. Da
brach es aus Rainer wie Verzweiflung: ja, schaffen und schaffen dürfen
als Ausbruch des Schöpferischen *in einem selbst* und, wie solche Liebenden es tun, sich damit das höchste Werk des Menschentums beweisen!
Was aber der Künstler schaffe, sei doch ein Hinweis auf Seiendes über
personale Objekte hinaus, und eben daraus entnehme er doch seinen
Schaffenstrieb. In jeder Minute, wo dieser ihn im Stich lasse, wohin ent-
fiele er – er selber – damit! Denn das, *was da sei*, wisse alsdann nicht von
ihm: Es brauche ihn ja auch nicht: Nur er brauche es, um von sich überhaupt zu wissen.

Auf dem Untergrund solcher Verzweiflung verdeutlichte sich mit einem Schauer der Gewissheit, bis zu welchem Grade das Letzte, Urei-
gentliche des Menschen Rainer, auch bei vollkommenstem Gelingen, ihn
über das Kunstwerk, das Dichterwort noch hinweg nach Erlebnis, nach
Lebensoffenbarung greifen ließ und erst dies als Ruhepunkt, als Frieden
empfinden. Davon hing alles für ihn ab bis zur nächsten Schaffensstun-
de. Von daher beim spontanen Durchbruch der Elegien sein Jubel: »sie
sind – sie sind!« – nicht als Werk nur, sondern als die unfassliche Existenz selbst, worin Leistung, die er schuf, und Wesenheit, die ihn darin
gnadenvoll umgriff, nunmehr eins waren. Das ungewollt strenge Antlitz
des *Engels*, das auf ihn fordernd niedersah, ward damit wieder zum ant-
litzlosen Gott, darein das Menschenkind eingeht wie in das Gesicht allen
Lebens. Innerhalb des produktiven Augenblickes ist beides das Nämliche noch, gleiche unzertrennbare Wirklichkeit; was zum Engel aufschrie,
dem nicht obliegt zu erhören, der nichts kann, als seine Herrlichkeit und
Schrecklichkeit, uns überwältigend, darzutun, wird gleichzeitig zum

Ausruhen an Gott, dessen Sein in der Unmöglichkeit gegründet ist, *nicht zu erhören.*

Was es Rainer, schon von Jugend an, ungemein erschwerte, produktive Stunden im Vertrauen auf deren Wiederkehr abzuwarten, war seine körperliche Anfälligkeit: der Umstand, dass sein *Leib* von solchem Warten nicht etwa nur aufgerieben wurde, sondern es hysterisch beantwortete. D. h. dass anstelle der zögernden künstlerischen Bereitschaft zur Aktion allerhand leibliche Überempfindlichkeiten, Aufgeregtheiten aktiv wurden, Schmerzen, ja Anfälle veranlassend, den gesamten Körper in Mitleidenschaft ziehend. Rainer nannte es, manchmal scherzend, aber meistens in verzweifeltem Gram darüber, seine »Produktivität am falschen Platz« oder den Leib einen »Affen des Geistes«. Und von dorther schlich es für ihn auch bis hinein in rein seelische Zusammenhänge: so wenn er zu haltunfähigen Weggerissenheiten kam, deren Überlebendigkeiten ihn vergessen machen sollten, dass er glühend seinem *wirklichen* Leben nachhing, und hinterher oder schon währenddessen ihm als »Nachäffung« spürbar wurden. Am schmerzlichsten aber da, wo es sich um echte Geschenke des Schicksals an ihn handelte, wo Entgegenkommen, Güte, Verehrung, Freundschaft ihn umstanden, wie sie ihm bis zuletzt ja in so reicher Schönheit und Größe zuteilgeworden. Da beklagte er am bittersten, dass er, der wahre Rainer, auch dies immer wieder bloß als Betäubung, Ablenkung begehrte und aufnahm, als eine Art von Selbstbetrug zu Genuss und Verbrauch, anstatt zu seliger Teilnehmerschaft seines eigensten produktiven Wesens.

Für meinen Eindruck gehören auch noch Rainers zeitweilige Beschäftigungen mit Dingen des Okkulten und des Mediumistischen hierzu, Übersinnlichkeitsbedeutungen von Träumen, Beeinflussungen durch Gestorbene, die er dann gewissermaßen zu Bildern einer Wesens- und Wissensfülle erhob, mit der seine vergebliche Sehnsucht ihn zu identifizieren strebte. In guten Zeiten dachte er mit schroffer Ablehnung, sogar mit Ingrimm davon.

Am erschütterndsten ist es mir gewesen, dass auch noch da, wo er Jüngern – auch im wörtlichen Sinn »Jüngern« – zum Führer und Freund ward, von diesem ihn folternden Nachahmen seiner selbst eine Spur sich eindrängte. Er *erschien* dann ja nicht bloß als Führer oder Helfer – er *war* es; doch zugleich empfand er unerbittlich in diesem Tun eine Projektion dessen, was er umsonst in sich selbst zu sein ersehnte. Aus solcher Sehnsuchtsqual bezog dies erst die Eindringlichkeit; – wie auch seine alte Vorstellung, am liebsten als »Landarzt« unter Kranken und Armen sich zu betätigen, ihre Betonung davon empfing, an Heilandstaten sich *seine* Heilung zu veranschaulichen, vorwegzunehmen, um sie zu glauben.

Dieses ganze Gestelltsein zwischen die alleinig heilig-erfasste Gnade des Schaffens und den sie gleichsam nachahmenden, »nachäffenden« Zwang, sie als vorhanden zu projizieren, stellt recht eigentlich Rainers Verhängnis dar. Es ist nicht zu verwechseln mit dem vergleichsweise Harmlosen, womit Menschen großen ethischen Ernstes oder redlicher moralischer Fortschrittsbemühungen sich in schwächern Stunden einer erleichternden Scheinbarkeit überlassen, die sie hinterdrein an sich tadeln; bei ihnen bleibt all das auf derselben Wesenslinie der Verschlechterung oder Verbesserung ihres Seeleninventars. Es enthält bei Rainer etwas so Erbarmungsloses an Ernst, dass es die Ebene des Ethischen noch übersteigt – es sei denn, dass deren Gebote und Verbote sich an einer Prädestinationslehre überstiegen. Denn geradezu das Furchtbarste an dem Unvermeidlichen von Rainers Schicksal war, dass es ihm damit nicht einmal die Überredung zur *Reue* ermöglichte. Was ihn hochriss in Produktion oder was ihn bergend hineinnahm in seine stillsten Tiefen, war nicht minder schicksalhaft zwingend, als was ihn in falsche Aktivität verstreute oder ins Nichts passiver Erschlaffung. Von diesem Umstand her suchte er schon früh eine vergebliche Rettung in der Annahme, er sei, wie er sei, »vorgeburtlich« bestimmt: von immerdar in all den Schäden geprägt, die ihn trotz seines heftigen Missfallens immer wieder ohne Weiteres umwerteten. Am konzentriertesten heftete sich das an seine Mutter. Die krassesten Worte dafür findet er für dies ihn nahezu lebenslang Quälende in einem Brief vom 15. April 1904, nach einem der in immer größern Zwischenräumen erfolgenden Wiedersehen mit ihr. Da schreibt er, inmitten des Briefes an mich:

»Meine Mutter kam nach Rom und ist noch hier. Ich sehe sie nur selten, aber – Du weißt es – jede Begegnung mit ihr ist eine Art Rückfall. Wenn ich diese verlorene, unwirkliche, mit nichts zusammenhängende Frau, die nicht alt werden kann, sehen muss, dann fühle ich, wie ich schon als Kind von ihr fortgestrebt habe und fürchte tief in mir, dass ich, nach Jahren Laufens und Gehens, immer noch nicht fern genug von ihr bin, dass ich innerlich irgendwo noch Bewegungen habe, die die andere Hälfte ihrer verkümmerten Gebärden sind, Stücke von Erinnerungen, die sie zerschlagen in sich herumträgt; dann graut mir vor ihrer zerstreuten Frömmigkeit, vor ihrem eigensinnigen Glauben, vor allem diesen Verzerrten und Entstellten, daran sie sich gehängt hat, selber leer wie ein Kleid, gespenstisch und schrecklich. Und dass ich doch ihr Kind bin; dass in dieser zu nichts gehörenden, verwaschenen Wand irgendeine kaum erkennbare Tapetentür mein Eingang in die Welt war – (wenn anders solcher Eingang überhaupt in die Welt führen kann ...)!«

So unermesslich persönlich das dasteht, so darf es dennoch nicht *absolut* persönlich verstanden werden, denn die Gewaltsamkeit der Übertreibung ist gerade das, was den Sinn des Urteils erst hervortreibt, nämlich: ins Überpersonelle, beinahe Mythische zu rücken, was Rainer von sich selber abzuschütteln begehrte. Nachdem wir einmal zu dritt zusammengesessen hatten, mehrere Jahre später in Paris, machte es ihn noch geradezu fassungslos, dass seine Mutter nicht vom ersten Anblick an Abscheu errege, dass sie mir lediglich reichlich sentimental erschienen sei. Sein Abscheu enthielt Verzweiflung durch den Zwang, *sich* in der Mutter ins höhnisch Verzerrte zu spiegeln: seine Andacht in Aberglauben und Frömmelei, seine produktive Beseeltheit in eiteln Gefühlsdusel; aller Protest der Mutter Wesen gegenüber malt nur ganz schwach, wogegen Rainer mit tödlichem Grauen in sich selber protestiert, wenn sein Wahrstes, Begnadetstes, wie eine gespenstische Gewandhülse, so tut, als sei sie er – urewiger Mutterschoß des Nichts. –

Wenn ich mir Menschen vorstelle, mit Rainers Dichtungen vor sich – nicht also Leute, die nur lässig davorstehn wie manche vor Gemälden an Museumswand –, dann durchschauert mich der Gedanke an das, *was* da zur Wirkung geworden ist: zur Wirkung nachschaffender Mit *Freude*. Der Gedanke, dass auch diese Miterlebendsten kaum umhin können, ein Leben zu preisen, dessen Nöte und Kämpfe doch auf dies Herrliche hinausführen: auf dies für sie herrlich Verlebendigte. Ja, *mehr* noch lässt sich davon behaupten: Der Künstler *selber* wird daran der Großmütige, alle durchlebte Not dafür Lobpreisende: Nichts ist gewisser, als dass Rainer in der Feier der Elegien die feierliche Bejahung seiner Verzweiflungen vollzog. Im Geheimnis der Konzeption gibt es kein »Nein« vor dem Zusammenhang des Furchtbaren mit dem Schönen. Was, undurchdringlich, sich da begibt, geschieht unter dem Zuruf der Stimme, die schon im »Stundenbuch« hörbar ward:

»Lass dir alles geschehn: Schönheit und Schrecken.«

Wer es geschehen sah, dem bleibt tief im Blut ein Wissen um das Unaufhebbare von Rainers letzter Einsamkeit, die ihm, auch noch auf den Bergesgipfeln, nur einen Augenblick lang schonend die Hand auf die Augen deckte, vor dem Abgrund verdeckte, in den er sprang. Wer es geschehen sah, musste es geschehen lassen. Machtlos und ehrfürchtig.

(Nachtrag, 1934)

April, *unser* Monat, Rainer – der Monat vor dem, der uns zusammenführte. Wie viel muss ich da Deiner denken, und das ist gar nicht zufällig. Enthält er doch alle vier Jahreszeiten, der April, mit seinen Stunden einer noch fast ehern winterlichen Schneeluft neben solchen glühender Strahlung und neben den herbstähnlichen Stürmen, die, statt mit entfärbtem Laube, mit zahllosen Knospenhülsen den feuchten Boden bedecken, – und hält in diesem Boden nicht Frühling sich auf zu jeglicher Stunde, den man weiß, noch ehe man ihn schaut? Von alledem her jene Stille und Selbstverständlichkeit, die uns aneinander schloss wie etwas, das immerdar gewesen.

War ich jahrelang Deine Frau, so deshalb, weil Du mir das *erstmalig Wirkliche* gewesen bist, Leib und Mensch ununterscheidbar eins, unbezweifelbarer Tatbestand des Lebens selbst. Wortwörtlich hätte ich Dir bekennen können, was Du gesagt hast als Dein Liebesbekenntnis:»Du allein bist wirklich.« Darin wurden wir Gatten, noch ehe wir Freunde geworden, und befreundet wurden wir kaum aus Wahl, sondern aus ebenso untergründig vollzogenen Vermählungen. Nicht zwei Hälften suchten sich in uns: Die überraschte Ganzheit erkannte sich erschauernd an unfasslicher Ganzheit. So waren wir denn Geschwister – doch wie aus Vorzeiten, bevor Inzest zum Sakrileg geworden.

Unsere Zusammengehörigkeit, bereit und gewillt – um Deinen Ausdruck zu gebrauchen – für aller Jahreszeiten Hell und Dunkel, hatte sich an unabänderlich obwaltenden Lebensumständen zu erproben, die sogar die dichterische Äußerung davon fast verboten. Aber ob wir das Recht hatten, damals Gedichtetes so zu zerstören, wie wir es getan? Es besaß, gegenüber Späterm, so sehr die Züge, das Antlitz Deiner Reinmenschlichkeit, *Nur*menschlichkeit die sich gleichsam noch nicht so endgültig durch dein vollendetes Dichtertum sanktioniert fand, dass es Dir der Erhaltung künstlerisch wert genug erschienen wäre. Aber in viel spätern Monaten, im Schmargendorfer»Waldfrieden«, als Du, in kürzester Zeit berauschten Zustandes, den»Cornet« aufschriebst, fiel Dir darin Ähnlichkeit mit Strophen von damals auf, die wir nicht mehr vergleichen konnten, die jedoch der technischen Meisterung des temperamentvoll Unwillkürlichen noch entbehrt haben mochten.

Mir selbst erging es nun seltsam, insofern ich Deiner frühen Lyrik, trotz ihrer Musikalität, kein Verständnis entgegenbrachte (von daher Dein tröstendes Wort: Du werdest es schon noch einmal so einfach sagen, dass ich es doch noch verstände). Erst eine einzige Ausnahme gab es – auch bei an mich gerichteter Lyrik – als Du *das Blatt* in mein Zimmer legtest.

Da war es wieder der Fall, dass ich, freilich sonder Vers und Rhythmus, wiederum Dir das gleiche hätte sagen können. Und raunte es denn nicht in uns Beiden *gemeinsam* vom Unfassbaren, das wir – bis in den Wurzelgrund der Leiblichkeit erlebt – »auf unserm Blute trugen«, – bis in die geringsten, bis in die geweihtesten Augenblicke unseres Daseins?

Auf meine Fürbitte hin hat diese Dichtung deshalb Raum gefunden im Jahre spätern »Stundenbuch«:

> Lösch mir die Augen aus: ich kann Dich sehn
> Wirf mir die Ohren zu: ich kann Dich hören
> Und ohne Fuß noch kann ich zu Dir gehn
> Und ohne Mund noch kann ich Dich beschwören.
>
> Brich mir die Arme ab: ich fasse Dich
> Mit meinem Herzen wie mit einer Hand
> Reiß mir das Herz aus: und mein Hirn wird schlagen
> und wirfst Du mir auch in das Hirn den Brand
> So will ich Dich auf meinem Blute tragen

Mich bekümmerte es, dass ich den Überschwang Deiner Lyrik in den meisten seiner Äußerungen nicht voll genug mitempfand; ja sogar, als ich für kurz von Wolfratshausen nach Hallein reisen musste, zur Erledigung früher getroffener Verabredung, missfiel mir die Überschwänglichkeit in Deinen tagtäglich mir folgenden Briefen mit den blassblauen Siegeln. Bis unbeabsichtigter Scherzzufall alles in Heiterkeit der Erinnerung für mich wandelte. Du hattest mahnen wollen an unser kleines Erdgeschossstübchen, wo Du, um dem Einblick Unberufener, von der Straße her, zu wehren, am Fenster den Holzladen zuzuschieben pflegtest, sodass nur der ausgesparte Holzstern darin uns ein bisschen Tageslicht gönnte. Als nun diese lyrische Postkarte zu mir hereingebracht wurde: tief tintengeschwärzt rundum, schriftlos, nur beredt durch das kleine ausgesparte Sternchen obenan – da stürzte man sich begeistert auf den vermeintlichen Abendstern am dunklen Firmament, ehrfürchtig angetan von einem so echten »René Maria«!

Und doch – wenn man die ganze erheiternde Wirklichkeit davon abgezogen haben würde, wäre kein geringeres Missverstehen dabei herausgekommen. Daran dachten wir, als ich Dir beim Heimkommen davon erzählte. Wir dachten an *unsere* Sterne, die weder dichterisch noch prosaisch auf uns niederblickten oder vor uns aufstiegen und deren Wirklichkeit – selig heiter wie packend ernst – an keiner Äußerung hätte Genüge finden können.

Mit schwärzesten Tintenstrichen hantierten wir damals nicht wenig; wir entwöhnten uns ihrer nur allmählich in jenem Sommer. Aus dem dadurch halb oder ganz Vernichteten blieb solch ein Halbes, sogar im vergilbenden Wolfratshauser Umschlag, jahrzehntelang noch übrig:

> Dann brachte mir Dein Brief den sanften Segen,
> ich wusste, dass es keine Ferne gibt:
> Aus allem Schönen gehst Du mir entgegen,
> mein Frühlingswind Du, Du mein Sommerregen,
> Du meine Juninacht mit tausend Wegen,
> auf denen kein Geweihter schritt vor mir:
> ich bin in Dir!

Die folgenden Jahre nanntest Du mit Recht »unsern Aufenthalt in Russland« – das wir noch gar nicht betreten hatten. Und im Rückblick darauf erscheint mir eben dieser Umstand als etwas Zauberhaftes daran. Denn er erst ermöglichte uns, in all das, was uns Russland hieß, uns in jeder Hinsicht zu vertiefen: auch in ganz exakte Studien und geduldige Vorbereitungen, über denen die – zeitlich noch nicht bestimmbare – Erwartung schwebte, alles zu persönlicher Anschauung zu bringen. Bereits war es so, als ob wir jegliches mit Händen fassten, leibhaftig; bereits drang etwas davon übermächtig in Deine Dichtung, aber nur erst als gleichsam noch unverantwortlich: – um die ersehnte Versinnbildlichung – wie ein Geschenk – unter russischem Himmel zu empfangen; körperliches Sinnbild dessen zu werden, was in Dir nach Entlastung innern Überschwanges schrie –; der Schrei nach »Gott« (um es in den kürzesten aller Namen zu fassen) – wie nach dem Ort, dem Bild-Raum, worein das Unermessliche noch im geringsten der Dinge Anwesenheit hat und wo es der Bedrängnis des Dichters zum Ausdruck wird in Hymne, in Gebet.

Anfangs in Russland bedurfte das Erleben noch kaum einer Ausdrucksweise: Es entlud sich an den Eindrücken selbst, und dies kam auch später immer wieder vor; es ergab sich aus solchen Fällen eine Art erlebter Mythe, oft an gar nicht außerordentlichen Begebnissen. Man hätte das uns Gemeinsame daran niemandem schildern können. Zum Beispiel, was es auf sich hatte mit jener Wiese am Dorf Krestá-Bogoródskoje in Abendbeleuchtung; oder mit dem zu seiner Nachtherde entlassenen Gaul, der einen strafenden Holzklotz am Fuße trug; oder mit dem Raum an der Hinterseite des Kreml, wo wir wie inmitten der Sprache der gewaltigsten der Glocken dasaßen, obschon sie nur stumm redeten, sie, die ja – in Russland – auch unbeweglich verharren, wenn der Klöppel in ihrem Gehäuse schwingt.

Augenblicke von so zu Zweien Aufgenommenem steigern nicht selten eine Empfindung, wie wenn von außerhalb ein Geschehen auf die Seele zuschreite – gleichsam objektiv geladen mit dem, was man sonst erst von sich aus empfänglich heranbringt. Dies verlieh den betreffenden Eindrücken eine Zuversichtlichkeit und Bestätigung ohnegleichen. Und es erfuhr keinen Abstrich dadurch, dass für mich am Empfangenen etwas anderes dahinterstand als bei Dir: die einfache Wiedersehensfreude, die beglückend vervollständigte, wozu meine frühe Übersiedlung ins Ausland mich nicht mehr in der russischen Heimat hatte kommen lassen. Bei Dir umfing der schöpferische Durchbruch, die Wendung in Dir als Dichter, gewissermaßen ebenfalls ein Frühestes, tief Erwartetes Deines gesamten Wesens, von dem das Spätere Dich nur abgedrängt, Dich Deines Urgegenstandes verlustig gemacht hat.

Viele Jahre später, bei ganz diesem entgegengesetzten Anlässen, wenn Du in zweifelnder Bangnis um aussetzende Produktion Dich befandest, erzähltest Du manchmal von Deinem Bestreben, an irgendwelche Dinge oder Anblicke was »Mythisches« zu hängen, was »Mystisches«, ähnlich einem Betäubungsversuch, um damit Schmerzen oder Befürchtungen zu entrinnen. Und dann dachtest Du jener gemeinsamen Ereignisse wie eingebüßter Wunder, die es doch gäbe! So unbefangen sicher gab es sie für uns, unmystisch, als aller Wirklichkeit Wirklichstes, dass es gar nicht umhin konnte, uns immer wieder dorthin heimzuführen. Dieselbe, Rainer, lag noch in Deinen frohen Worten, als wir während unserer wochenlangen Herauffahrt auf der Wolga einmal beinahe auf zwei verschiedene Dampferchen geraten wären und Du es so getrost aussprachst: »Auch noch auf voneinander getrenntesten Schiffen ginge es für uns desselbigen Weges stromaufwärts – weil unser dieselbe Quelle wartet.«

Denke ich daran, so möchte ich lebenslang Dir und mir davon weitererzählen, als erführe sich daran erst, erstmalig, was Poesie sei – nicht werkhaft, sondern leibhaft, und eben dieses sei des Lebens »Wunder«. Was als »Gebet« fast absichtslos in Dir emporstieg, musste dem Menschen neben Dir unvergessliches Offenbarwerden bleiben bis ans Ende seiner Tage. Es umgriff jegliches, womit Du in Berührung kamst; es blieb Körperliches, das bei Deiner Berührung aufschloss, was Göttliches an ihm sich vollzog; und dies kindliche Selbstvergessen, womit Du es so gläubig erfuhrst, gewährleistete ja jedem Tag, jeder Stunde die innigste Vollendung. Unsere Zeit blieb randvoll besetzt: von unablässiger Anstrengung, jedem Eindruck gerecht zu werden, oder, anders ausgedrückt: von unsagbar feierlicher Ferienzeit.

Wie fern lag uns ursprünglich die Unruhe, ob der Drang zu formen in Widerstreit geraten könnte mit dem Drang der hingegebenen Aufnahme des zu Formenden! Konnte es denn einen Betenden beunruhigen, ob seines Gebetes Händefalten noch vollkommener ausfallen müsste? Hält er nicht in beiden Händen, auch in der ungeschicktesten Gebärde, seinen Gott so gewiss wie sich selbst? Als Dir zum ersten Mal geschah, dass Dir »draußen« was entging, was zu Deinem Gottgebet mit gehörte und dem Du Dich ganz hattest widmen wollen, um es *total* zu erleben, – weil »drinnen« ein herrlicher Restbestand von Vorhergegangenem Dich noch zwang, ihn erst zu Ende zu formen, da verflog Deine Unruhe darüber schnell vor der wieder eingekehrten friedlichen Zuversicht. Bei nächsten Gelegenheiten kam Dir sogar ein sehr drolliger Einfall, über den wir noch öfter herzlich lachen mussten. Du erklärtest nämlich: Wenn der Liebe Gott Deiner Arbeit hätte zuschauen können, dann würde er's Dir keinesfalls so übel genommen haben, wie wir's kürzlich von Frau B. gehört, die sich auf ihrer Hochzeitsreise ungenügend von Herrn B. umworben gefunden habe – bis er die Gekränkte mit der Versicherung versöhnte, er ziehe sich nur bisweilen zurück, um seine heißen Liebesverse an sie zu verfassen.

Nun begab sich jedoch allmählich eine Veränderung, an der uns unser unschuldiges Lachen verging. Wir nahmen es erst für eine Störung leiblicher Natur, – aber ein Zusammenhang davon mit jenem Widerstreit zwischen hymnisch Erlebtem und Aussage, Formung des Hymnischen, verdeutlichte sich immer mehr. Ängstlichkeiten schlossen sich dran, fast Angstzustände, an denen die zwei einander nicht ausgleichenden Beanspruchungen sich gespensterhaft verstrickten. Am tiefsten erschrak ich damals während unseres gewohnten Mittagsganges durch den prächtigen Akazienwald, als Du an einer bestimmten Akazie nicht vorbei konntest –. Nach Vermeidung des ganzen Weges und nachdem Du ihn anstandslos wieder aufgenommen, erinnertest Du mich einmal daran, gegen die Bäume hinweisend: »Weißt Du noch –?!« Ich blickte kopfnickend auf die benachbarte Akazie, die sich scheinbar in gar nichts von den danebenstehenden unterschied. Da weiteten sich Dir die Augen in schier ungläubigem Entsetzen: »– Die? Nein, nein Die!!«, und man konnte sehen, wie der Baum nun begann, sich Dir zu vergespenstern.

Ähnliche Gefahren traten ein, wo Dir die *restlose Formung* eines Eindrucks misslang: nicht Enttäuschungen, Selbstvorwürfe, Niedergeschlagenheit (wie beim Durchschnitt von Normalmenschen) trat ein, sondern ein Explodieren in Gefühle, die sich ins Ungeheure, Ungeheuerliche überschlugen, – wie unter einem Zwang, sich davon überwältigen zu lassen, fast wie beim seligen produktiven Zwang. Du nanntest es die von Angst irregeleitete Produktivität, wie einen verzweifelten Ersatz für den Dir entschlüpften Formungsbefehl.

Vollkommen vergaßen wir dies wieder in den Wochen ungestörten Erlebens, das uns wie mit den Gebeten des »Stundenbuchs« begleitete, in unaussprechlicher Freudigkeit und Andacht. Aber dann folgten doch wieder Angstverfassungen und körperliche Anfälle. Es drängte sich dies Eine mir auf, dass es war, als ob, was sich da Luft zu machen strebte, an der seelischen Gebärde allein sich nicht mehr genugtun konnte, – dass es vom *Leib* willig aufgenommen wurde, um es zurande zu bringen in einer Sprengung jedes Normalmaßes, in reinem Krampf. Du spürtest mit Grauen unberechenbar krankhafte Verursachungen heraus.

Keine Rede war damals davon, wie aus den Gebeten das jetzige »Stundenbuch« zu ermöglichen wäre – ein Werk, eine Sache, die den Dichterruhm in sich barg: Uns galt Veröffentlichung sowieso für ausgeschlossen. Was aber hatte zu geschehen, um Dich aus dem persönlichen Widerstreit zu retten, – den Zwiespalt zu schließen von Gott *andacht* und Gott *aussage?* Und da schien der erschwerendste Umstand doch der zu sein, dass der dichterische Durchbruch, zu unmittelbar am übergroßen Objekt, *zugleich* seine technische Meisterung hatte finden müssen, anstatt dass Du ihr – und sei's jahrelang – hättest nachgehen können in der ganzen Breite der Wirklichkeit, wo jedes Ding anspruchsloser dazu Zeit und Ruhe ließ.

Beredet haben wir das schon damals miteinander, inwiefern Welt und Menschen Dich nun in ihre Mitte aufnehmen sollten, anstelle des Sinnbildlichen, worein Du den Traum des Unsäglichsten *unmittelbar* zu ergreifen und zu feiern gedacht hattest. Doch erst am Schlusse unseres zweiten russischen Aufenthaltes wurde mir die zwingende Notwendigkeit davon vollends klar. Ich war da – für ganz kurz zum Besuch meiner Familie auf deren finnländischen (wechselnden) Sommerlandsitz gefahren, als mich dort Dein Brief erreichte, der Dich als einen fast Verworfenen bezeichnete infolge der Anmaßung Deiner Gebete. Zwar folgte sehr bald ein zweiter nach in anderer Tonart: doch dieser wiederum in jener Überschwänglichkeit, die Du längst lächelnd die »vorwolfratshausensche« genannt und die wie ein unbegreiflicher Rückfall erschien.

Es besorgte und bekümmerte mich umso tiefer, als *mir* durch den erneuten Kontakt mit Russland meine eigenen persönlichen Wünsche erfüllt worden waren und mich bereit und freudig gemacht hatten für unabänderlich obwaltende Lebensverhältnisse, welche Kraft voraussetzten. Mir war das *ohne* Leistung in den Schoß gefallen, was Dich um Deiner Leistung willen in allen Tiefen aufgerissen. Nie wurde mir bewusster, aus welchen Urtiefen erst *Deine* Ausreifung würde stattfinden können. Nie standest Du vor mir größer und bewunderter als damals da: die Wucht Deiner innern Problematik riss mich zu Dir hin, und nie hat diese Wirkung nachgelassen. Nun tat Eile not, dass Du in Freiheit und Weite kämst und in alle Entwicklung, die Dir noch bevorstand.

Und doch – und doch: Riss es mich nicht zugleich von Dir fort –? Aus jener Wirklichkeit Deiner Anfänge, in der wir wie von Einer Gestalt gewesen waren. Wer ergründet das Dunkel der letzten Nähe und Ferne voreinander! In jenem sorgend inbrünstigen Nahesein bei Dir stand ich dennoch außerhalb dessen, was Mann und Weib ineinander schließt, und nie mehr wurde das für mich anders. Unberührbar abgeschlossen von dem, was blieb und was lebendig wachsen würde bis in Deine, bis in meine Sterbestunde.

Beschönigen will ich nichts. Den Kopf in die Hände gebückt, rang ich damals oft um Verstehen dafür in mir selber. Und tief betroffen machte es mich, einmal in einem alten zerblätterten Tagebuch, das von Erfahrungen nur erst wenig reden konnte, nackt-ehrlich den Satz zu lesen: »Ich bin Erinnerungen treu für immer; Menschen werde ich es niemals sein.«

Bei der Trennung unserer Wohnorte erwies sich unser Gelöbnis als notwendig, der absoluten Gewöhnung des Allesmiteinanderteilens keine schriftliche Fortsetzung zu geben, *es sei denn in der Stunde höchster Not.* Denn auch innerhalb meiner Lebensverhältnisse war dies totale Ineinanderleben noch weniger zu ermöglichen als sogar das der vorhergehenden Jahre.

Die Stunden höchster Not brachen in Paris über Dich herein, als der heroische Zwang zum »toujours travailler« an der Hand des Erlösers Rodin sich zunächst rächte durch Vergespensterung aller Dinge ins Unermessliche und Tötende – wie es sich durch Zurückstauen produktiver Absichten schon in Russland angekündigt hatte. Aber: Inmitten der Ängste *schufst* Du künstlerisch das Beängstigende. Aus Deinem Nachlass kam mir, unter Sonstigem, ein Brief von mir an Dich zu, aus dem ich meine Beglückung darüber ablesen kann. Aber auch jetzt war es mir immer noch nicht um *Werke* von Dir zu tun, die dem nachfolgen würden, sondern immer noch in gewaltiger Sorge darum, wie Deine menschlichen Zwiespälte sich schließen würden. Und Dir selbst kostete es noch harten

Kampf, ob Du dem berechtigten Verlangen Deines Verlegers nachgeben und das »Stundenbuch« veröffentlichen solltest.

Das Manuskript, das bei mir ruhte, ward zum Anlass unseres ersten Wiedersehens: im Göttinger »Loufried«, das wir so betitelten nach der Inschrift auf unserer Flagge auf dem Wolfratshausener Bauernhäuschen.

Noch sehe ich Dich hingestreckt auf dem großen Bärenfell vor der offenen Altantür, während das bewegte Laub Licht und Schatten über Dein Gesicht warf.

Rainer, dieses war unser Pfingsten von 1905. Es wurde es in noch anderm Sinn, als Du es in Deiner ungestümen Ergriffenheit ahntest. Denn mir war es zugleich wie eine Himmelfahrt des Dichter *werkes* über den Dichter *menschen*. Zum ersten Mal wurde das »Werk« – welches es nun durch Dich werden würde und was es von Dir auch würde heischen müssen – mir klar als der berechtigte Herr und Befehl über Dir. *Was würde es noch heischen?* Stockenden Herzens grüßte etwas in mir die für Jahrzehnte noch ungeborenen Elegien. Von unserm Pfingsten an las ich, was Du schufst, nicht nur mit Dir, ich empfing es und bejahte es wie eine Aussage über Deine Zukunft, die nicht aufzuhalten war. Und hieran wurde ich noch einmal Dein, auf eine zweite Weise – in einem zweiten Magdtum.

Wo Du in den paar folgenden Jahrzehnten auch geweilt hast, in welchen Ländern, und ob im Verlangen nach vollsicherm Heim und Fleck, ob in noch heftigerm nach völliger Wanderfreiheit, ja Veränderungszwang: Die innere Heimatlosigkeit war nicht mehr aufzuheben. Jetzt, Rainer, wo wir deutschen Menschen auf die Frage unserer Bodenständigkeit politisch so gestoßen werden, frage ich mich manchmal, wie schadenbringend es in Deinem Schicksal gewesen sein mag, dass Du gegen Dein Österreichertum eine so starke Antipathie hegtest. Man könnte sich vorstellen, dass primär geliebte Heimat, Hingehörigkeit des Blutes, Dich eher vor den Verzweiflungen unproduktiver Zeiten geschützt hätten, deren furchtbare Gefahr ja Dein Dich-selber-Verwerfen war. Am Heimatboden mit seinen Steinen, Bäumen, Tieren bleibt etwas sakrosankt bis ins eigene Menschliche hinein. Und als Du dann, von der Schweiz aus, das Dir in Paris schon überdrüssig gewordene Frankreich fast zu neuer Heimat erkorst, in Sprache, Menschenbefreundungen, neuen produktiven Anläufen? Da redete Dein Brief dennoch vom Jammer, trotz alledem verstört und verwirrt daraus heimzukehren in Deinen Muzot-Turm. Über den produktiven Lyrikgehalt Deiner französischen Poesie darf ich nichts bemerken, dazu fehlt mir die Feinheit der Unterscheidung. Aber meine – Ungerechtigkeit (ich gebe es zu) kann manches nicht lesen, ohne Verdacht zu schöpfen: so etwa, wenn Du von der Rose aussagst »fête d'un fruit perdu«. Redet nur Wehmut daraus oder die Wonne eines blasphemischen Masochismus? – Und dann gibt es ein Bild von Dir dorther, das mich wie Schmerz, wie Verwundung ins Gesicht trifft und das ich verborgen halte. Als ich es zuerst erhielt, da schrie es in mir: Hast Du nicht, französisch dichtend, des fremden Bodens in Deinen Verlautbarungen *bedurft*, um Dir auszureden, was Dich lautlos dem Bodenlosen heimlich entgegentrug –?

Wie sollte ich gerecht prüfen können! Haderte ich doch, im stillen, bei mir selbst mit Deinem Schicksal und brachte es damit zu keiner Ergebung. Ich konnte nicht aufhören, hinter dem Dichter, dem schicksalsgekrönten, und dem Menschen, der daran zerbrach, noch Einen zu wissen, – – Einen, der Du eingeborenermaßen *warst* bis zuletzt: Einen, der zu sich selbst Zuversicht hatte, weil, weit über sich hinweg, zu Dem, wovon er sich so zuversichtlich getragen fühlte, dass es ihm Mission wurde, davon dichterisch Zeugnis abzulegen. Jedes Mal, wenn wir persönlich uns wiedertrafen, redeten, lebten wir in dieser *Immergegenwart*, von der Vertrauen auf Dich ausging wie eines kindlichsten Menschen, dessen Schritte nicht fehlgehen können, weil sie auf den eigensten Urgrund gerichtet bleiben. Dann war der Rainer wieder ganz da, mit dem sich's Hand in Hand saß wie in unaussprechlicher Geborgenheit, und was Dichtung dran ward, baute dieses Geborgensein nur nochmals um Dich gleich unvergänglicher Strahlung. Nie kann ich dran denken, ohne dass mich des Stundenbuchs kleinster Vers umtönt, der, im Augenblick seines Entstehens (– o Rainer, dieser Augenblick ist mir Gegenwart immerdar –), mir erschien wie gesprochen von getrostem, frohem Kindermund:

> *Ich geh doch immer auf Dich zu*
> *mit meinem ganzen Gehn*
> *denn wer bin ich und wer bist Du*
> *wenn wir uns nicht verstehn –*

Das Erlebnis Freud

Zwei einander sehr entgegengesetzte Lebenseindrücke sind es gewesen, die mich für die Begegnung mit Freuds Tiefenpsychologie besonders empfänglich machten: das Miterleben der Außerordentlichkeit und Seltenheit des Seelenschicksals eines Einzelnen – und das Aufwachsen unter einer Volksart von ohne Weiteres sich gebender Innerlichkeit. Auf das Eine soll hier nicht zurückgegriffen werden. Das Andere war Russland.

In Bezug auf den Russen hat man oft gesagt – und Freud selber tat es in der Zeit vermehrter Russenkundschaft, vor dem Kriege –, dass bei diesem »Material«, krankem wie gesundem, zweierlei aufeinandertreffe, was sich sonst weniger häufig gesellt: eine Simplizität der Struktur – und eine Befähigung, im einzelnen Fall redselig eindringend auch noch Kompliziertes aufzuschließen, seelisch Schwierigem Äußerung zu finden. Ganz ähnlich wirkte ja von jeher russische Literatur, und nicht nur bei ihren Großen, sondern noch hinabreichend bis in ihre Mittellage (die daran formlos wurde): letzte Grundaufrichtigkeiten reden fast kindhaft unmittelbar von Letztlichkeiten der Entwicklung, als wüchse diese hier direkter, unvermittelter aus Urhaftem empor zu Bewusstwerdungen. Denke ich an den Menschen, wie er mir in Russland aufging, so begreife ich gut, was ihn solcher Weise für uns heute leichter »analysierbar« macht und was ihn zugleich sich selbst gegenüber aufrichtiger erhält: Die Verdrängungsschichten bleiben dünner, lockerer, die sich bei ältern Kulturvölkern hemmend zwischen die Grunderlebnisse und deren Reflex im bewussten Nacherleben einschieben. Hieran lässt sich etwas leichter erklären, was der praktischen Analyse Haupt- und Kernproblem bildet: nämlich, wie viel vom infantilen Untergrund unser Aller das natürliche Wachstum dauernd *bedinge* und wie viel davon statt dessen krankhaftem Zurückrutsch diene, der von schon erreichtem Bewusstseinsniveau abfällt in unüberwundene Frühstadien.

Nun ist ja die Psychoanalyse ihrem historischen Werdegang nach *praktische Heilmethodik*, und als ich ihr beitrat, war gerade erst die Ermöglichung klar geworden, aus den Zuständen des Kranken auf die Struktur des Gesunden zu schließen, indem hier, wie unter einer Lupe, entziffert werden konnte, was unserm Blick innerhalb des Normalen sonst fast unlesbar bleibt. Mit unendlicher Umsicht und Vorsicht der methodologischen Hantierung hatte analytische Grabearbeit von Schicht zu Schicht Ursprünglicheres zutage gefördert, und vom allerersten der grandiosen freudschen Spatenwürfe an bewährte sich die Unwiderleglichkeit ihrer Funde. Aber je tiefer man grub, desto mehr ergab sich, dass nicht etwa nur im pathologischen, sondern auch gerade im gesunden Menschen der psychische Untergrund sich als eine förmliche Ausstellung dessen erwies, was uns »Gier«, »Rohheit«, »Gemeinheit« usw. heißt, kurz alles Ärgsten, dessen man sich am heftigsten schämt; ja, dass selbst von Motiven der leitenden Vernunft kaum Besseres auszusagen sei, als was Mephisto von ihr behauptet. Denn führt allmähliche Kulturwerdung –

durch Nöte und Vorteile der praktischen Erfahrungen – darüber hinaus, so doch nur infolge von Triebabschwächungen überhaupt, also von Einbuße an Fülle und Kraft, sodass ans Ende schließlich ein recht ausgemergeltes Menschentier zu stehen kommt, demgegenüber die Kreatur in ihrer unbeschnittenen Kulturlosigkeit nahezu als Großgrundbesitzer imponieren könnte. Der trübe Ausblick von solcher Sachlage her – vom Gesunden aus demnach kaum angenehmer als vom Kranken, der doch wenigstens von seiner Heilung träumen durfte – stieß wahrscheinlich noch mehr Leute von der Tiefenforschung ab: Weckte er doch einen ähnlichen Pessimismus wie den des hoffnungsarmen Neurotikers, den sie zu korrigieren unternahm.

Wenn ich von mir persönlich was dazu bemerken soll, so muss ich zunächst feststellen, etwas wie Wichtiges ich gerade dieser schon frühen Geisteshaltung der Psychoanalyse verdanke: diesem Sich-nicht-stören-lassen von allgemeinen Erwägungen über unerfreuliche Endergebnisse, dieser unverkürzten Bezugnahme auf exakte Untersuchung des jeweiligen Einzelobjekts und Sonderfalles, welches auch immer deren Resultat sein möge. War es doch eben dies, dessen ich bedurfte. Meine Augen, noch ganz erfüllt von den vorangegangenen Eindrücken, die an einem primitivem Menschentum wiederzuerkennen glaubten, was tieferhin unser aller unverwischbare Kindlichkeit sei und – als heimlicher Reichtum hinter aller Reife – auch verbliebe, mussten sich zwingen, davon hinwegzusehen und stattdessen sich mit rationaler Kleinarbeit am gegenständlich Menschlichen abzugeben; sie mussten dies, um sich der Gefahr zu entziehen, in einen bloßen blinden, weil blickblendenden Schwarm zu geraten: in den der »angenehmen Psychologie«, aus der kein Zugang zur Wirklichkeit führt, sondern die uns nur in unserm eigenen Wunschgarten herumtummeln lässt.

Mir ist kein Zweifel, dass es – wenn auch von ganz verschiedenen Stellen aus – Analoges war, was uns Gegner schuf und Anhänger abfallen ließ: dies an sich ganz natürliche Bedürfnis, nicht so grundsätzlich in der Schwebe lassen zu müssen, was man am liebsten beantwortet sehen möchte, oder richtiger: dessen erfreuliche Beantwortung man eigentlich schon vorweg weiß. Das wird vermutlich auch dann noch so bleiben, nachdem die »anstößigsten« der psychoanalytischen Enthüllungen sich durch Gewöhnung den Menschen längst verharmlost haben werden. Es erscheint ja auch so gerechtfertigt, wenn man zwar »triebbrein« zu denken versucht in Fragen bloßer logischer Denkanwendungen, jedoch in den sogenannten »Geisteswissenschaften« – unausweichlich gespalten in

Beobachter und Gegenstand sich versucht fühlt, ins Denkergebnis ein wenig eigenen Senf hineinzutun, um es mundgerechter zu machen.

Um dessentwillen war es ja, dass die Psychoanalyse so lange Zeit auf ihren Begründer hat warten müssen – als auf denjenigen, der imstande war, sehen zu *wollen*, was auf dem Wege vor ihm immer vorsichtig umgangen worden war. Nur er brachte den Grad von Unbefangenheit dafür auf (nicht etwa gar erkämpfte Überwindung oder umgekehrt Lust am Widerwärtigen), sich nicht drum zu kümmern, ob er dadurch an Anstößiges oder Abstoßendes geriete; dies *sanktionierte* sich ihm durch den Umstand, dass es sich als Tatsache und Vorhandenheit auswies; – was einfach heißt: Seine Denkfreude, seine Forscherneugier bezog aus seinem Wesen ein so mächtiges Stück seiner Liebesfähigkeit, seines Bemächtigungsdranges, dass ihm nicht im Mindesten zur Frage ward, an welche Stelle menschenüblicher Wertung oder Urteilerei es etwa zu stehen käme. Die Reinheit (d. h. die Unvermischtheit mit Nebenfragen und Nebenregungen) der sachlichen Hingegebenheit gerade ergab das Rückhalt- und Rücksichtslose exakter Erkenntnisweise, auch vor dem respektvoll Verborgenen nicht haltzumachen: und so geschah es, dass es ein dem Rationalen restlos Ergebener, der Rationalist in ihm, war, der dem Irrationalen auf diese indirekte Weise auf die Schliche kam. So taufte er das ihm neu aufgehende Element des » *Un*bewussten« ostentativ auf den Namen einer Negation. Mir sind die drei bescheidenen Buchstaben dieses »Rufnamens« als » Ubw« in diesem Sinn immer ungemein *positiv* bezeichnend vorgekommen, als persönliche Abwehr gegen Hineingeheimnistes,gegen alles, woran Entdecker zu Erfindern werden können.

Nichts verdeutlicht die Sachlage von Freud aus mehr, als sein Bemühen, dem Ansatz zur psychologischen Forschung bis dahin nachzugehen, wo das Unbewusste, der Bewusstheit als solches unzugänglich, von dieser im *Leibhaften* erlebt wird, demnach noch nicht willig ist, unserer gewohnten zensurierenden Denkungsart zu folgen. Wahrscheinlich ist auch dementsprechend die ärgste empörte Verunglimpfung der damit betonten »Sexualität« von dorther entstanden, dass dies uns, außerordentliche Menschlein, zu stark an das erinnerte, wo wir höchst unordentlich gemeinsam sind mit jeglichem, was als außengegeben unserer bewussten Innerlichkeit gegenübersteht; denn der Leib ist ja gerade das unabweisliche Stück Außentum an uns.

Denn immer scheint mir: Zutiefst liegt all dem Verunglimpfenden zugrunde, dass der Mensch sich überhaupt *Leiblichem* zugewendet sieht, das zwar seine Existenz ausmacht, mit dem er sich aber seinen geistigen und seelischen Äußerungen nach keinesfalls identisch nehmen mag. Zu je geschärfterm Bewusstsein wir uns entwickelten, desto unabweisbarer ward uns ja alles zu einem Gegenüber, dem eben nur von außen, als einem Andern, beizukommen ist, – also auch unserer eignen Leiblichkeit nur so: worin dadurch schon prinzipiell eine Entwertung ihrer für uns eingeschlossen liegt. (Alle Art ältester Metaphysik hatte es darin wahrlich besser: Indem Innerhalb und Außerhalb sich ihr noch nicht ebenso unwiderruflich zu einem bewusstseinsbefohlenen Gegenüber festlegen mussten, sondern noch Verwechslungen unterlagen, wie das Kleinkind sie auch bei uns vollzieht.)

Eben deshalb wurde Freud vollends und endgültig missliebig, sobald er auf die Bedeutung der *infantilsten Vorstufen* für unser gesamtes Geistestum und Seelentum hinwies, zurückwies. Nicht nur wegen der befehdeten kindlichen Pansexualität: nein wegen der Aufdeckung ihrer als der letzten Quelle, aus der dauernd unsere innere Gesamtentwicklung sich nährt. Weswegen wir uns auch zu Heilzwecken zu diesem Anfang zurückwenden müssen: zum *Primitiven* im Einzelnen Seelenerleben, wo es im Zeitablauf historisch erkennbar wird; zum *Primären*, dem wir uns auch an unsern gesunden Vollleistungen nirgends entheben – wie gern wir sie uns auch als darüber schwebende »Sublimationen« vorstellen.

Nun hatte ja Freud das Wort *Sublimierung* seiner Terminologie gleich eingefügt (unachtsam für den allzuleicht darein eingeschmuggelten Wertbegriff), und auch er meint damit durchaus: Ablenkung vom sexualen Endziel. Schon lächelte man ihn auf das Einverständlichste an. Doch bereits stand eins seiner stärksten Worte da (eins von denen, die mit einem Schlage mit allem Missverstehen hätten aufräumen müssen): wonach selbst verpönteste Sexualperversionen »trotz ihres gräulichen Erfolges« als Sublimationen anzusprechen seien – indem sie, bei sexuellen Infantilphasen aufgehalten, dem leiblichen Reifeziel abgekehrt blieben. Denn diese Abkehrung findet ja noch an der gleichen Stelle statt, wo auch die *hoch* geschätztesten Sublimationen sich einstellen (die zu den geistigen Erfolgen führen, zu den sozialen, künstlerischen, forscherischen) – nämlich vonseiten des gleichen noch unausgegebenen Infantilen. Ist doch dies Infantile, bis in alle menschlichen Höchstleistungen hinauf, nur eine andersartige Methodik, mithilfe des Eros dem Urfaktum besser gerecht zu werden, das uns und die Welt-außer-uns in eins bindet und die Spaltung überbrückbar macht, die uns als Einzelwesen allem sonst scheinbar gegenüberstellte. Auch was wir »Sachlichkeit« anstatt »Liebe« nennen, ist ja nichts als die Tatsache, dass unser Bewusstsein mit *seinen* Methoden willig dem Aufschluss des Unbewussten sich öffnet, worin wir nie aufgehört haben, unsere Vereinzelung zu leugnen und an das gemeinsame Wurzeltum mit allem zu rühren. *Darum* geht uns das am nachdrücklichsten auf am sogenannt »Überpersonalen« unserer Interessen, die das uns am intimsten und unwillkürlichsten Persönliche mit dem unsere Person allerseits Übersteigenden sozusagen vermählen. *Darum* »sublimieren« wir unter Umständen was draus, d. h. geben die Krassheit leiblicher Sexualziele dafür auf, – man könnte es etwa so schildern: als seien auch Sexualziele im Grunde doch nur eine Art von Verlegenheit des leiblich vereinzelten Menschen, die an einem andern Vereinzelten sich einzureden sucht, sie umfinge in ihm das Ganze, – während er doch nur in der Sphäre seiner Leiblichkeit uns wirklicher gleich ist und nur innerhalb derer die Vermählung auch allein gefeiert und Wirklichkeit zeugend vollzogen werden kann.

Es ist deshalb überaus natürlich, wenn wir gewöhnt sind, dem Sublimiertesten das »Göttlichere« in die Schuhe zu schieben; denn dieses Wort meint für uns *immer* in irgendeinem Sinn das uns Intimste *und* das uns Übersteigendste zugleich. Aber das eben ist nur ein Notgriff für das *Unter*irdischste, welches wir bloß deshalb nicht »irdisch« nennen, weil das bereits zu spezifiziert klänge, *da* es uns in der Tat übersteigt, und gerade damit uns stärker ausdrückt als in der gewohnten Gegenüberstellung von Innen und Außen. Man kann nicht als wichtig genug betonen: Die Kraft zur Sublimation hängt direkt davon ab, bis wie tief sie garantiert ist in diesem Urboden unseres Triebwerks, wie weit dieses wirksame Quelle geblieben ist in dem, was wir bewusst tun oder lassen. Je kräftiger erotisch jemand veranlagt ist, desto größer auch die Möglichkeiten seiner Sublimierungen, mit desto längerm Atem hält er die an sie gestellten Ansprüche aus, ohne Triebdurchsetzung und Realitätsanpassung in Zwiespalt miteinander geraten zu lassen. *Desto weniger ist er Asket* im Sinne des Trieb *dünnen*, der aus der Not eine Tugend zu machen strebt, oder im Sinne des krankhaft Reduzierten, den das Wort vom »Sublimieren« tröstet. Nicht asketische »Überwinder« gehören dazu, sondern im Gegenteil solche, die auch bei widrigsten Umständen noch Witterung behalten für ihre geheimen Zusammenhänge mit dem ihnen Entlegensten; Wünschelrutengänger, denen noch im scheinbar trockensten Boden Quellpunkte spürbar werden, – Erfüller, nicht Abstinenzler – und dadurch abstinen *fähiger* auf umso längere Strecken, als sie sich innerer Beheimatung und Erfüllung dennoch nahe wissen. Denn das Wesentliche daran ist, dass sich ihnen Leiblich und Seelisch nicht ins Begriffliche gespalten haben, sondern im Menschen sich runden zu *einer* wirkenden

Kraft – wie der Wasserstrahl aus der Fontäne niederfällt in das nämliche Becken, aus dem er gestiegen ist.

Nicht umsonst verlangt ja die Tiefenforschung, dass, wer andere soll analysieren dürfen, sich persönlich erst selbst mit-hineingestellt habe in die Erfordernisse ihrer Methodik: in die brutale Redlichkeit der Untersuchung, wie es mit ihm selbst gerade hierin bestellt sei. Die intellektuell zu vollziehende Grabearbeit am lebendigen Material erreicht ihr Ziel – sowohl das der Forschung wie der Heilung – nur durch dies eigene lebendige Mittun.

Wenn öfters das törichte Gerede aufkam, die Freudianer bildeten eine sektiererische Gemeinschaft hinter ihrem Anschein bloßer Wissenschaftlichkeit, so steckte das einzige Körnlein Wahrheit hierin: dass Tiefenforschung nicht gänzlich abzulösen sei von diesem irgendwie *Gesinnungsmäßigen*, weil ihr Material selber angrenzt an den Punkt, wo Bewusst und Unbewusst miteinander zu tun bekommen. Das verbündet in der Tat die Psychoanalytiker; dieses Stückchen nicht »bloßen« Wissens, bloßer Wissenschaft ist es allein, was die Wichtigkeit herabmindert, zu *welchem* Analytiker der Analysand sich gefunden hat. In eines jeden tiefste Verantwortung ist es dauernd gestellt, der eigenen Selbstanalyse sein Unbewusstes so hinzuhalten, wie er vom Analysanden verlangt, sich dem aussetzen zu lernen. Man verwechsele ja nicht beim Lehrer (Analytiker) mit interessanter oder vergnüglicher Selbstzerlegung, was als Sache der Überwindung das Ernsteste in sich einschließt: den gleichen Kampf für den gesundesten Behandelnden wie beim behandelten Leidenden: Deshalb nur ermöglicht so vielfach auch die sogenannte »Lehranalyse« eine ebensolche persönliche Erneuerung, als wäre sie therapeutisch gerichtet gewesen.

So enthält in der Tat die tiefenforscherische Situation etwas aus dem Wissenschaftsbetrieb sonst Auszuschaltendes: Dort wird ein *Zuschuss an Gesinnungsmäßigem* unter Umständen der wissenschaftlichen vollen Hingebung nebenher günstig sein – hier hingegen wäre *sein Fehlen* der verhängnisvollste Kunstfehler bei Forschung wie beim Heilzweck. Die Passivität objektiven Forschens muss unsere innere Aktion zum Mittun aufrufen, um sich daran erst zu vollenden. Die Redlichkeit und Strenge des Denkens wird begleitet von der Zuwendung des seelischen Menschen dazu, ohne die das eigentlichste Material selber fehlen müsste. – Ich erwähne dies etwas kräftig, weil mir scheint, dass es hie und da zu unbetont bleibe, um ja nicht das Vorurteil zu wecken, es handle sich um ein sektiererisches Treiben.

Doch noch ein anderer Grund liegt vor, uns des tatsächlichen Verhaltens in der tiefenforscherischen Situation zu erinnern, und der betrifft *deren Schöpfer selbst.* Denn Freuds Werk, Freuds Funde beruhen darauf, dass er sich ihrer Durchforschung so restlos menschlich hinhielt; sein *ursprüngliches* Augenmerk galt nur dem forscherischen Wege und hielt ebenso eisern-zäh an dessen Richtung fest, wie er sich *zugleich* willig, ohne Abstrich, dem erschloss, was an des Weges Ende sich als dessen letztes Ziel darstellte und dem Erwarteten durchaus zuwiderlief. Beides in eins zu fassen, enthielt eben jene innere Drangabe, die über das erkennerisch Gerichtete allein hinausreicht.

Für die Schöpfung der Psychoanalyse musste deren Schöpfer diese zwiefache Erfahrung in sich selbst zu *einer* Leistung bringen – – nicht zu zweierlei Analytik, sondern zu persönlichster Synthese. Und es ist Zeit, dass man es endlich laut genug sagt, um auch von taubsten Ohren gehört zu werden. Denn diese *synthetische* Leistung ist identisch mit seinen Entdeckungen als solchen, mit der innern Reibung, aus der sie sich entbanden. Nur deshalb über *das* hinausführend, was personale Veranlagung, Wunsch oder Absicht ist – ja von dieser aus gesehen fast gleich mit Enttäuschung am Vorausgesetzten, mit Verzicht auf Erwartetes, Gemutmaßtes.

Neben der ungeheuren Gegnerschaft von außen her, die Freuds Werk so opfervoll gemacht, neben Hohn oder Zorn seiner Zeitgenossen, stand auch Freuds *seelischer* Kampf, unbeirrt und mit ganzem Einsatz nur dem zu folgen, was er einsah, auch entgegen seiner Natur, ja durchaus seinem Geschmack. Will man solches mit den andersgearteten Opfern vergleichen, die Forscher bei ihren Erkundungen an Leben und Leibesschaden brachten, so gleicht sich dem hier ein seelischer Vollzug an durch die Entschlossenheit, Bereitschaft, wenn es denn sein muss, sozusagen aus der eigenen Haut zu springen – ohne zu besorgen, ohne zu beachten, als was man hinterher hautlos zutage käme. Denn Freud der Denker und Freud der Mensch selber bleiben doch in ihrer personalen Auswirkung eben die Zwei, die nur das Opfer eint. Kaum würde er leugnen mögen, dass jederzeit seine Hoffnungen dahin gingen, allmählich werde seiner forscherischen Arbeit die biologische Wissenschaft nach- und entgegenkommen, oder dass es ihm eher Genugtuung als Einbuße gewesen sei, zu finden, als eine wie schwer zugängliche, spröde Schöne sein »Ubw« sich herausstelle, an der die Metaphysiker aller Zeiten sich höchst unerlaubt intime Berührungen gestattet.

So, als persönlichen Rationalisten, kennt fraglos jeder Freud aus seinen Schriften und nicht nur aus den Schriftteilen, wo er – ob philosophierend oder antiphilosophisch betont, das verschlägt nichts dabei – theoretische Folgerungen zieht, die er selber (unsere Autoren nicht immer) von den rein psychoanalytisch gefundenen klar unterschieden wissen will. Ihm persönlich wäre es gemäß, Abschätzungen, die über exakt und verbindlich Feststellbares hinausweisen, in rationalistischen Blickpunkt einzubeziehen – oder mit einem Achselzucken beiseite zu tun, das etwa bedeutet: »Nicht allzu wichtig nehmen.«

Etwas in der Schwebe lassen können, anstatt vergeudendem Grübeln am Unzugänglichen, ist nicht nur Recht, sondern erstrebenswerteste Pflicht menschlichen Erkenntnisvermögens: – Sieg über das sich dreinmischende Nebenbedürfnis, all das wunschgemäßer unter Einen Hut zu bringen. Aber man könnte bedenken, ob nicht mit unserer Alleinbetonung des logisch formal Erkennerischen und mit dessen immer weiter gehender Unterscheidungsmethodik jenes andere Bedürfnis fast instinktiv zunehmen mag: nun wenigstens *diesen* vereinheitlichenden Gesichtspunkt (über Gebühr) zu verstärken? Bringen wir es doch nur in ihm zur letzten, einzig möglichen Art der Zusammenfassung – eben *durch* solche unangetastete Herrschaft des Zerlegens und Zerstückens im Erkennen. Rächt sich darin und damit nicht unser reinliches, affektfrei reingehaltenes, voraussetzungslos abstrahierendes Denken gleichsam an sich selbst infolge seiner sozusagen »unmenschlichen« Abstraktion? Wir werfen unser *Denkschema* wie ein unzerreißliches Netz über alle zerstückte Grenzenlosigkeit der sich uns aufdrängenden Tatsächlichkeiten: zwecks der Verständigung untereinander, zwecks der Gemeinschaftlichkeit in dieser für uns abgegrenzten Welt des Netz-Umfanges (– gleichviel wie jeder Einzelne in seinem Seinsgefühl sich dazu verhalten mag, dem doch schließlich sein Denken, sein Erkennenwollen nur eben netzhaft sich darüber breitet). Ist nicht dies selber doch nur eine gewisse versuchte *Nachahmung* dessen, woran wir uns in unserm Lebensgefühl in Ganzheit verwurzelt fühlen – gewissermaßen als Schleier von oben, imitierend die unerfassliche Bodentiefe darunter, an die wir nicht erkennend heranlangen?

Indem der Mensch, dies bewusstgewordene Etwas, sich im Denken vorliegt als ein zugleich Anderes, kehrt er diese Situation im Grunde ja nur nachahmend um: Er kehrt gleichnishaft »nach außen«, was das Existenzgeheimnis seiner selber ist. Letztlich würde damit unser formales Denken eine Art von »Symbolisierung« – um Unaussprechliches mittels Umkehrung zur Sprache, zur Verständigung zu bringen. Verstand wäre unser Kunstgriff, dem die ungeheure Synthetik alles Existierenden sich hinhält: offen, aber – als unsere Analytik.

An dieser Stelle entschließen sich die meisten Menschen – die Wissenschaftsbeflissenen keineswegs voll ausgenommen –, ihr Wissen von exakt Nachzuweisendem zu ergänzen durch Für-wahr-gehaltenes, das sie sich gönnen oder befehlen. Als gehe es, ohne solchen Zugang zu gläubigem Optimismus, allzu gefährlich pessimistisch innerhalb unseres Menschentums zu. Ja, als fielen wir doch sonst einfach unter das »Tote«, von unserer Wissens- und Erkenntnisweise immer Zerstückelte, Entleibtere, Entseeltere, – dem Nichts überantwortet von Grund aus. Nun ist es bei Freud dem gegenüber ja so, dass er sich nicht bloß ablehnend verhält, nein: zweifellos gegnerisch, innerlich aggressiv. Und man verübelt ihm das, sofern sich's dabei doch ums Menschsein handelt, um Nöte und Sehnsüchte des lebendig Stärksten im Menschen. Jedoch Freuds Haltung erklärt sich daraus, dass unsere Nachgiebigkeit in diesem Punkt – sagen wir summarisch-kurz: von Physik zu Metaphysik – diejenigen Erkenntnismittel dabei missbraucht, die wir zur Anwendung in der Welt des Physikalischen schufen. An eben diesem Punkt, der beides trennt, kam ja Freud zu seinen Entdeckungen, die bis dahin größtenteils nur deshalb zugedeckt geblieben waren, weil man sie sich entweder voreilig versperrt hielt oder weil man voreilig metaphysische Voraussetzungen dazwischenschob. Was ihn da zum Kämpfer dawider, ja zum Angreifer macht, ist derselbe Ernst, ein Forscherernst ohne Abzug und Konzession, der seine von ihm so ganz unbeabsichtigten Funde unerbittlich ans Licht hob und keine Toleranz hinsichtlich ihrer Wiederverdeckung gestatten konnte. Man verwechsele das ja nicht mit Bekehreraggression, die etwa einem Überredungs- oder Belehrungsdrang entspräche (z. B. einem Nietzscheschen: »Bleibt mir der Erde treu!« oder sonstigem Verkündenwollen).

Was Freuds Sache von uns verlangt, ist nur, dass wir an dem genannten Punkt der Entscheidung um ein wenig geduldiger und abwartender unserm Erkenntniswillen zu Gebote bleiben, dass wir, ohne Rücksicht auf uns selbst, in jener Redlichkeit des Denkens stillhalten, die wir Außendingen gegenüber mit so großem Erfolg von jeher erlernten. Man gebe insofern ruhig zu: Freuds Tendenz warf uns unter die Dinge! Dass wir uns vorerst *das* eingestehen, womit wir allem eingereiht sind als seinesgleichen, ehe uns lediglich interessiert, wie und wodurch wir uns gründlich genug davon abheben könnten. Denn gerade unser »Mehr« vor allem Sonstigen, mit dem wir uns befassen, liegt schlechterdings im *Bewusstwerden* eben dessen, was auch uns Eingang lässt in die Bruderschaft allen Seins überhaupt. Was hierbei hemmend wirkt – und immer hemmender im Verlauf unserer Bewusstseinskultur –, ist das törichteste aller »Standesvorurteile«, das dem gleichen Urboden mit allem zu gern einen gedachten Luftbau vorzieht, um sich hinauszuretten. An dieser kitzligsten, durch unsere Überheblichkeit wund oder überempfindsam gewordenen Stelle kann auch durch keine noch so weit geförderte Denkfähigkeit was geändert werden, sondern nur durch eine Denkrevolutionierung, für die *Erkennen Bekennen* wird.

Nachdem hier Freud auch in Bezug auf seine persönliche Geschmacksrichtung als ein Rationalist von Geblüt zugegeben wurde, sodass Gefolgschaft seiner Sache *nicht* notwendig die seines »Gesetzes, nach dem er angetreten« voraussetzt, muss ich noch einmal zu stärkstem Ausdruck bringen, was mir seit meinem »Erlebnis Freud« nie mehr aus Kopf und Herzen wich. Nämlich den Umstand, wie sehr erst seiner ratioergebenen Forschungsart, am End-Rand dieses unbeirrt verfolgten Weges, sich die Funde aus dem *Irrationalen* ergaben; man möchte sagen: ein so herrliches Lügenstrafen, dass es den Besiegten zum Sieger einsetzt, *weil* er sich treu geblieben! Ist diese Wendung nicht ein ausgleichender Schlussakt, bei dem ungewollt noch das mechanisierteste Außerhalb sich zugleich zurückfindet zur Einkehr in unser verborgenstes Innerhalb, von dem nunmehr erst ganz das Heraklitische Wort gelten darf von den nimmer zu Ende abzuschreitenden Grenzen der Seele?

Davor wird denn auch der häufigste Einwand gegen den Rationalismus Freuds hinfällig, der sich das unermüdliche Zitat zum Motto nimmt: Alles Vergängliche sei doch nur ein Gleichnis – nicht das Wesentliche. Gewiss –, gewiss! Nun, so wurde denn an Freud das Gleichnis perfekt.

Erinnertes an Freud

(1936)

Als ich, aus einem Aufenthalt in Schweden heimwärts reisend, auf dem Weimarer psychoanalytischen Kongress im Herbst 1911 vor Freud stand, lachte er mich für meine Vehemenz, seine Psychoanalyse lernen zu wollen, sehr aus, denn noch dachte niemand an Lehrinstitute, wie sie später des Nachwuchses halber in Berlin und Wien geplant wurden. Als ich dann, nach halbjährigem autodidaktischem Vorstudium, bei Freud in Wien anlangte, da lachte er mich, die Ahnungslose, noch herzlicher aus, da ich ihm mitteilte, außer mit ihm auch mit Alfred Adler, dem ihm inzwischen spinnefeind Gewordenen, arbeiten zu wollen. Gutmütig gab er das zu unter der Bedingung, dass weder von ihm dorthin, noch von dort in seinen Umkreis geredet würde. Diese Bedingung erfüllte sich so sehr, dass Freud erst nach Monaten meine Trennung von Adlers Arbeitskreis in Erfahrung brachte. Aber wovon ich berichten möchte, bezieht sich nicht auf irgendwelche Theorienbildung, denn auch die fesselndste würde mich nicht haben ablenken können von dem, was Freuds Funde enthielten. Eine Ablenkung davon hätte – wenn man sich sein »Finden« vorstellt weder ein blendendster Theoretisierer dieser Funde bewerkstelligen können, noch auch würde es geschmälert worden sein durch eine verunglückte oder unvollendete Theorie Freuds selber darüber, Theorien – und damals gab es noch im Werden begriffene – galten ihm als das unumgängliche Verständigungsmittel unter den Mitarbeitenden, und wo sie sich *ihm* bildeten, da zeigten sie selbstverständlich den Charakter seiner wissenschaftlich und personell auf exakteste Nüchternheit eingeschworenen Denkungsart.

Wollte ich aber zu schildern unternehmen, was seinem Denken zu seinen Funden verhalf, so dürfe er mich gern zum dritten Mal auslachen, denn das wäre um nichts leichter, als das Spezifische dessen zu fixieren, was einer malenden Hand oder plastisch formenden Fingern leiblich innewohnen mag. Es geschah ja auch *an was* – nämlich an einem Momentausdruck eines lebenden Einzelmenschen: an einem Blick darauf, dem nichts zu vereinzelt oder zu momentlebendig sein konnte, um sich ihm nicht zu öffnen, zu erschließen als Totalausdruck der Menschlichkeit. Anstatt eines Herumdenkens daran – und sei es das tiefsinnigste oder geistreichste – war hier die Bereitschaft der Drangabe an das Exakteste, auf das wir Menschen selber als einzeln und endlich Bedingte gestellt sind und das deshalb nur auf diesem Auswege für uns beredt und wirklich wird.

An einem der ersten Arbeitsgemeinschaftsabende (wo nur erst im Jahr zuvor eine weibliche Mitteilnehmende gewesen war) erwähnte Freud einleitend, wie völlig rücksichts- und rückhaltlos gesprochen werden solle hinsichtlich stofflich oder sonstwie anrüchiger Themen, die gerade zur Frage ständen. Scherzend – mit einer jener kleinen Herzensfeinheiten, die ihm zu Gebote stehen konnten – fügte er hinzu: »Wie immer werden wir üblen, harten Wochentag haben müssen – jetzt mit dem Unterschied eines Sonntags zwischen uns.« Dies Wort »Sonntag« wurde mir aber noch oftmals maßgebend in Hinsicht auf ihn selbst und auf seinen Blick, den ich zu schildern unternehmen wollte: nämlich in Bezug auf die Stofflichkeit und deren Fülle, die er gab: Mochte sie noch so abstoßend oder abschreckend im Einzelnen aussehn, für mich blieb immer irgendwo das Sonntägliche hinter dem Wochentagsgetriebe. Freud äußerte wohl in Minuten eigenen Abscheus die Verwunderung, dass ich an seiner Psychoanalyse noch immer tieferhin hinge: »da ich doch nichts zu tun lehre, als anderer Leute schmutzige Wäsche zu waschen.«

Gebügelte und mechanisch geglättete Wäsche in den Schrankfächern kannte man freilich schon ohne ihn. Aber was man erfahren konnte noch an der gebrauchtesten, sei es fremdester oder eigenster, das war nicht mehr nur ein Wäschestück, sondern war enthoben bloßem Stückwerk und Stückwert überhaupt, weil erlebnishaft verwandelt.

So ruhte der Blick bei der Entblößung noch des Abstoßendsten, Abschreckendsten doch nicht auf dieser als solcher –. Freud drückte das einmal so aus, als dergleichen infrage stand und er – mich zwar nicht mehr auslachte – aber mit ungläubigem Erstaunen feststellte: »Selbst nach Gräulichstem, wovon wir zusammen reden, schauen Sie sich's an wie vor einem Weihnachten.« –

Aus unserm letzten persönlichen Wiedersehn – 1928 – ist mir nichts dermaßen stark-farbig vor Augen geblieben, wie die großen Beete voll Stiefmütterchen am Tegeler Schlösschen, die, vom Sommer her zum nächsten Jahr überpflanzt, dies geduldig blühend abwarteten: mitten im weit vorgeschrittenen Herbst mit den sich entblätternden Bäumen. Man ruhte förmlich aus im Anschauen ihrer erwartungsvollen Pracht von Sommer zu Sommer und deren unendlich verschiedenem Farbenton in Dunkelrot und Blau und Hellgelb. Einen Strauß davon pflückte Freud mir noch eigenhändig vor einer unserer fast täglichen Ausfahrten nach Berlin, die ich mit einem Besuch bei Helene Klingenberg verbinden wollte.

Damals ergab sich noch, trotz der Erschwerung in Sprechen und Hören bei Freud, Gespräch zu zweien von jener unvergesslichen Art vor seinen langen Leidensjahren. Bei solchem Anlass sprachen wir manchmal noch von 1912, meinem psychoanalytischen Studiumsjahr, wo ich in meinem Hotel ständig die augenblickliche Adresse hinterlassen musste, um, für den Fall freier Zeit bei Freud, ihn schnellstens erreichen zu können, von woher es auch sei. Einmal war ihm kurz vor einer solchen Zusammenkunft der Nietzschesche »Hymnus an das Leben« zu Händen geraten: mein in Zürich verfasstes »Lebensgebet«, das Nietzsche, etwas verändert, in Musik gesetzt hatte. Der Geschmack an dergleichen entsprach Freud sehr wenig; seiner betonten Nüchternheit der Ausdrucksweise konnte nicht gefallen, was man als blutjunges Wesen – unerfahren, unerprobt – sich billig genug an enthusiastischen Übertreibungen leisten mag. In aufgeräumter Stimmung, heiter und freundlich, las er laut den letzten der Verse vor:

>>Jahrtausende zu denken und zu leben
Wirf deinen Inhalt voll hinein!
Hast du kein Glück mehr übrig, mir zu geben,
Wohlan – noch hast du deine Pein ...<<

Er schloss das Blatt, schlug damit auf seine Sessellehne: »Nein! Wissen Sie, da täte ich nicht mit! Mir würde geradezu schon ein gehöriger irreparabler – Stockschnupfen vollauf genügen, mich von solchen Wünschen zu kurieren!«

Wir gerieten in jenem Tegeler Herbst auch darauf: ob er sich des Gesprächs vor so vielen Jahren noch entsinne? Ja, er erinnere sich seiner gut, sogar dessen, wovon wir noch weiter geredet hatten. Ich weiß nicht mehr, warum ich die Frage überhaupt an ihn getan: in mir selbst wühlte das Wissen um die furchtbaren, schweren, schmerzvollen Jahre, die er seit Langem durchlitt, – die Jahre, in denen wir alle um ihn, alle, alle, uns fragen mussten, was Menschenkräften noch zuzumuten sei –. Und da geschah, was ich selbst nicht begriff, was ich mit keiner Gewalt mehr zurückhalten konnte, – was mir über die zitternden Lippen kam in Auflehnung wider sein Schicksal und Martyrium:

»– Das, was ich einstmals nur begeistert vor mich hin geschwafelt, – Sie haben es getan!«

Worauf ich, im »Schreck« über die Offenherzigkeit meiner dran rührenden Worte, laut und unaufhaltsam losheulte.

Freud hat darauf nicht geantwortet. Ich fühlte nur seinen Arm um mich.

Vor dem Weltkrieg und seither

Im Spätherbst 1903 waren wir nach Göttingen übergesiedelt, wohin mein Mann als Iranist berufen worden war. Außer andern Wünschen erfüllte sich uns damit *der* nach vollkommnerer Ländlichkeit des Wohnens, denn das Oberhalb von Göttingen verhieß davon mehr als das Neben-Berlin. Wie durch ein kleines erlösendes Wunder im Märchen gerieten wir, auf schon halb verzweifelter Suche nach Stadtabgelegenem, auf der Rohnshöhe an unser Fachwerkhäuschen in altem Obstgarten. Damals umgab's noch soviel Einsamkeit, dass an des langen Gartens End-winkel sogar einmal junge Füchslein auftauchten.

Diese Naturnähe wirkte auf mich jedes Mal erneut wie eine Lebenser-füllung. Gleichviel, von wo ich im Laufe dreier Jahrzehnte hierher zu-rückkehrte: Immer wieder schien die jeweilige Jahreszeit diesen Fleck Erde am vollsten, gesammeltesten zu umstehen, als ginge sie von ihm aus. Ich gewöhnte mich an ein wunderliches Verhalten: Nach jedem län-gern Verweilen anderswo pflegte ich bei frühmorgendlichen Wiederse-hensgängen – sozusagen landschaftlich abzuschätzen, wie die inzwi-schen empfangenen Eindrücke sich ausnähmen neben alledem, was Busch und Baum inzwischen widerfahren war, – alledem, was seinen Frühling ausgestreut hatte oder seinen Herbst gefeiert: ewigen Wechsel in ewigem Gleichmaß; pflegte nachzuproben, ob und wieweit das men-schenkompliziertere Erleben wohl standhalte vor dem, was so durchaus kein Wesen von sich macht und in seiner Allselbstverständlichkeit so wesenhaft sich begibt.

Im ersten Frühling nach unserer Übersiedlung unternahm ich, veran-lasst durch beeinträchtigte Gesundheit, eine Erholungsreise mit einem ärztlichen Freund. Gerade trat das Obst in Blüte: ein riesiger alter Birn-baum (erst voriges Jahr hat ihn der Sturm geborsten) drängte vor einem der Fenster meiner Arbeitsstube seine weiß überschütteten Zweige tief ins Zimmer hinein: fast Sünde erschien es, davon wegzugehen; ich er-wog aber, dass es ja übers Jahr genauso frühlingsschön wiederkehren werde: und siehe da – im nächsten Jahr blieb der Baum grün. Er hatte sich zu reichlich ausgegeben und überschlug einen Mai; diese Erklärung verschlug aber nichts am nachdenklichen Eindruck auf mich.

Viele Fenster gegen das Außen; und dessen Sonne ins Haus hinein. Dabei waren meine beiden Stuben im Oberstock wie eine Laube, von breitästigen Linden umstanden, die gegen alle Blendung zum grünen Vorhang wurden, im Spätherbst aber, wenn erste Sturmstöße die Blätter davonstieben machten, mit der neuen Helle gleichsam tröstend alles überfluten ließen. Meine Wände, von mir tiefblaugrau stoffüberzogen, gerieten ins Verbleichen, ohne dass jedoch dies Schicksal den Grundton ins Unrecht gesetzt hätte; die schließliche Neutralität der Grundfarbe hielt sich nur umso selbstloser dem Buntwilligen russischer Bauernsti-ckereien und ähnlichen historischen Erinnerungsstücken hin. Freilich: Umhängen, ja auch nur umrücken, durfte man nichts: Dahinter blickte es immer noch tiefblaugrau hervor und hielt treu fest, was gewesen. So blieb deshalb auch an der Hauptwand Heinrich Vogelers Liebesbild, das

112

er mir selbst hingehängt und das eigentlich ein Rainerbild war. Aber auch jetzt noch bin ich nicht für die zu häufigen Änderungen in den Wohnräumen, als Anpassungen an die Stimmung oder an den Lauf der Zeiten. (Bei Rainer gerade ging das oft zu weit infolge unwillkürlicher Verwechslung des äußerlich der Stimmung Angepassten mit innerlich Vorgenommenem – das sich dadurch irrtümlich einlullen ließ.) Rainer liebte meine Räume sehr, und nicht zum Mindesten wegen jener tiefen, starken Farbflecke hinter Möbeln und Bildern, die wie verborgene Rückwege in Vergangenes bereit blieben: kleine Tore in Unvergängliches.

Die beiden großen Bärenfelle, die von Willy Brandts gefährlichen Jagden in Russland stammten, beherrschten das Arbeitszimmer, umgeben von den simpelsten Bücherregalen aus Tannenholz. Mit dieser Bücherei aber ist es recht übel bestellt, und nicht erst, seitdem ich nach meines Mannes Tode in den Verkauf der seinen manches mit hineingeworfen habe. Ich hatte (gut und richtig!) mich von vornherein jeglicher Neuanschaffung enthalten, um der so viel wichtigern Vermehrung von meines Mannes Bibliothek willen, die nicht nur Notwendigkeit, sondern für ihn intensives Glückserleben bedeutete. Den alten Grundstock zu meiner Bücherei aus Mädchentagen aber hatte ich in Russland zurückgelassen: sowohl unsere großen Dichter, deutsche und russische, als auch Bücher, die ich zu meiner damaligen halb verheimlichten Studiererei gebraucht und teilweise noch mühsam und heimlich für geschenkten Schmuck erworben hatte, den ich dazu veräußerte (z. B. Spinoza). Doch ein Hauptgrund für die elende Verfassung meiner Bücherei ist der folgende arge: dass die Dicke oder Schwere der Bände mir beim Lesen in liegender Lage so hinderlich ist, dass ich sie am liebsten zerteilt las und nicht gern wieder neu binden ließ. Endlich auch habe ich jederzeit immer wieder verliehen und fortgegeben, insbesondere was mir am wertvollsten war, – und das hat einen etwas verrückten Spezialgrund, fürchte ich: eine Nichtachtung vor dem tausendfältig vervielfachten Papierexemplar als unpassendem zu seinem Inhalt; als müsse von Rechts wegen der Inhalt ein selbstständig vor den Augen geisternder bleiben, ohne Bezug zum Papier.

In einer Erzählung (»Das Haus«) machte ich schon 1904 unser Häuschen zum Schauplatz von Begebenheiten, für die ich – mit Vertauschung von Lebensaltern, Geschicken und Beziehungen untereinander – lauter mir tief vertraute Menschen verwandte, auch Rainer als Knabengestalt zwischen glücklichem Elternpaar; mit seiner Zustimmung ward auch ein Brief an mich darin verwertet. Vorher aber schon, nahezu beendet noch in Schmargendorf, schrieb ich mir das Heimweh nach Russland aus der Seele, – daraus ist »Ródinka« geworden, von dem ich gern gehabt hätte, dass es gelesen worden wäre, weil es von Russischem hatte erzählen dürfen; während mir sonst, was ich aufschrieb, nur oder fast nur um des Vorgangs selber, um des Prozesses willen wichtig war und irgendwie lebensnotwendig blieb. In einem Banksafe bewahrte ich meine Manuskript-Bibliothek auf und entnahm ihr lediglich aus dem »unedelsten« Motiv, nämlich aus schmählichen Geldgründen – und oft wie ungern! – ein verkäufliches Stück. Es sei denn, dass es sich um Aufsätze verschiedenster Art handelte, die ich, ohne sie zu sammeln, in alle Welt verstreut habe; ich schrieb sie, teils weil ihr Thema mir aktuell am Herzen gelegen, teils, weil sie von vornherein durch wirtschaftliche Schwierigkeiten veranlasst waren.

Hierbei will ich eine Wunderlichkeit verraten: Bei solchem begrifflichen Arbeiten empfand ich mich verstärkt als bei einem weiblichen Tun, dagegen bei allem, was in Dichterisches einschlägt, als bei einem männlichen; darum sind auch meistens die Frauengestalten von mir mit Augen des Mannes angeschaut. Der Grund für beides reicht noch aus dem Kindlich-jugendlichen herauf: Denn in das Begriffliche, zu dem mein Freund mich erzog, ist die Liebe zu ihm weiblich einbezogen gewesen, wohingegen alles, was die Fantasie in Bewegung setzte, seinem Verbot unterlag und nur in männlich gerichteter Trotzeinstellung sich dem Gehorsam entziehen konnte. Es ist – wie nun mal menschliche Triebleistungen tief-unbewusst verwurzelt sind – kaum noch wunderlicher, dass diese Nachwirkungen tatsächlich erst in meinem recht weit vorgeschrittenen Alter – mit etwa 60 Jahren – geschwunden sind. –

In den Wintermonaten erlag ich mehrmals der starken Verlockung, sie in Berlin zu verbringen, veranlasst durch Max Reinhardt, der mich einlud, seine Gründung der »Kammerspiele« in den Proben mitzuerleben. Mir ist das zu einem so starken Erlebnis geworden, dass sogar, was ich Sonstiges durch ihn empfing, die Beziehungen zum reichen Menschenkreis um ihn, dahinter zurücktrat, – und das will nicht wenig bedeuten.

Ich denke hierbei nicht an das Umstrittensein des Problems Reinhardt in Ruhm oder Tadel, auch nicht einmal an die Uraufführungen selber, sondern an seine Einzigkeit als Arbeitenden, – wie auch von ihm keine Tradition und Lehre ausgehen oder bleiben wird, sondern der Eindruck der Einzigkeit seines Schaffens (die persönlich so freigegeben war dadurch, dass *Edmund* Reinhardt für alles Geschäftliche allein verantwortete). Und da erschien es mir so: In *dem* Reinhardt, der träumt und

Dichtung so passiv empfängt, wie der große Schauspieler es tut in der Aufnahme eines ihm übertragenen Kunstwerks, ist der eigentliche Geniepunkt eine ungeheure *Aktualität*, die dann daran durchbricht und sich der darstellenden Menschen bemächtigt. Als Schauspieler mit Schüchternheit kämpfend, im gesellschaftlichen Verkehr ebenfalls sich eher schüchtern verhaltend, hat Reinhardt *arbeitend* eine Hingerissenheit, die auch erst seine ungeheure Durchhaltekraft und Frische dabei erklärt: Traumwille *und* fast brutaler Gewaltwille einen sich darin ununterscheidbar zur Verwirklichung. Mir ist unter anderm am stärksten erinnerlich, wie selbst ein äußerster Moment der Brutalität nicht abstieß: Als Agnes Sorma in den »Gespenstern«, schluchzend und Schluchzen unterdrückend, ihres Sohnes Geständnis anhörte, ohne den Ton, den Reinhardt verlangte, ganz zu treffen, endete die Probe mit allgemeiner Ermüdung, und im Fortgehen packte die überanstrengte Frau ein Weinkrampf: Wie da Reinhardt aufsprang, den Arm hochgestreckt, und begeistert rief: »der Ton – da ist er, der Ton!«, worauf der Weinkrampf »probend« heranmusste.

Mein Reinhardt-Eindruck blieb folgender: Während Dichtung sonst erst am Laut, den sie findet, vermittelbar wird, war es hier nicht selten, als würde sie dem Haupt eines Dichtenden enthoben, indem ihr der Vorgang der Arbeit an lebendigen Menschen im *Machtwillen* Ausdruck schuf. Traumelement und Willensmoment stießen darin zu expressiver Wirkung zusammen, ganz persönlich ausbrechend zur Sichtbarmachung des eben zu Schaffenden. Uraufführungen allein, auch die glänzendsten, vermögen keine genügende Ahnung davon aufkommen zu lassen – es sei denn unter den schauspielerisch Mitarbeitenden, die jedoch durch ihre Arbeit beansprucht sind. Jedenfalls will es viel sagen, wenn ich betone: selbst alles, was ich noch indirekt von Max Reinhardt empfing, die Eindrücke und Beziehungen durch den Menschenkreis um ihn (und wie Reiches wurde mir zuteil, gedenke ich allein der Namen Kayßler, Bassermann, Moissi, Gertrud Eysoldt!), tritt noch zurück hinter das Schauspiel, das er selber bot.

Damals erlebte ich auch das ganz Andre beim Durchzug von Stanislawskijs Truppe, die ich von Petersburg her kannte und die niemand feuriger genoss als Reinhardt. In ihr war gewissermaßen der Spielwart ersetzt durch den *Gemeinschaftswillen*, der alle diese Schauspieler aus gleichem Stande und von gleicher Bildung zueinander gesellt hatte, woran es bis vor Kurzem beim Theater am meisten gefehlt. Die russische Wesensart verzehnfachte das noch: aber oft dachte ich, aus solchem Prinzip, solchen Zusammenschlüssen allein müsse eine tatsächliche neue Grundlage allen Theaters möglich werden – aus tiefem allgemein menschlichem Bedürfnis heraus; nicht nur Theater als künstlerische private Lustbarkeit. – Mit dem Künstlerisch-Technischen daran nahm es Stanislawskij) jedoch bitterernst:»Pro Darstellung etwa 100 Proben!« entschied er, und Reinhardt seufzte sehnsuchtsvoll:»wenn *das* erlaubt wär!« Dass ich unter den Russen manches darüber zu hören bekam, ergab sich mehrmals aus Einladungen, zugleich an Harden, der es meisterlich verstand, das russisch und französisch durcheinanderwirbelnde Gespräch Aller auf ihm besonders wichtige Punkte zu konzentrieren. Unsere Fußmärsche zu zweien, vom Russenhotel Unter-den-Linden bis in seine kleine Grunewaldvilla, waren prachtvolle Fortsetzungen dazu; damals verstanden wir uns jederzeit, erst im Weltkrieg entfremdete ich mich ihm, dem Publizisten, ganz.

Zwischen den Berliner Wintermonaten lagen vielfach Reisen; so nach Norwegen, Schweden und Dänemark – doch ohne ein Zusammentreffen mit Rainer bei seinem Aufenthalt dort im Sommer 1904, und zwar infolge einer unbegreiflichen Unbesonnenheit von mir. Ich wusste ihn in Südschweden bei Bekannten von Ellen Key, und auf der Durchreise in Kopenhagen hatte ich ihm eine Ansichtspostkarte aus meinem Hotel geschickt, die über meinem Zimmerfenster ein kleines Zeichen trug; als Rainer sie erhielt, war er vergeblich hinübergereist, mich dort zu suchen. Mit Ellen Key waren wir ungefähr gleich lange befreundet, und meine dritte Reise nach Paris – 1909 – machte ich gemeinsam mit ihr, zu einer Zeit, wo wir Rainer – damals Sekretär bei Rodin – dort antrafen. Ellen Key war mir menschlich so gut, dass sie sogar meine Abneigung wider ihre Bücher humoristisch ertrug, auch wenn sie mir drohte:»Du Ochs, dann komme ich nächstes Mal nicht zu Dich nach Göttingen, sondern gehe gleich weiter per Fuß zu Italien.« Sie war so gern bei uns, wie auch ich bei ihr in Schweden in ihrer Behausung am Wettersee, einmal einen Spätsommer lang.

Ein zweites Mal verfehlten Rainer und ich uns unwissentlich um ein Kleines, nachdem er in Duino gelebt hatte und ich, als Reise-Abschluss vom Süden, in Sistiano ein Weilchen verbracht: Wir malten uns später gern aus, wie das gewesen wäre, sich unvermutet auf frühmorgendlichem Gang am Meeresufer zu begegnen –. Weit wichtiger erschien aber der fast seltsame Tatbestand, dass, wie lang wir uns auch mal nicht gesehn, bei der erneuten Zusammenkunft – sei's bei uns oder bei ihm in München oder sonst wo – wir uns vorkamen wie in der Zwischenzeit gleichen Weges gewandert, gleichen Zielen angenähert, oder fast, als ob insgeheimer, gar nicht stattgefundener Briefwechsel die Trennung in sich aufgehoben habe. Was sich auch an zufälligen Außengeschehnissen inzwischen ereignet hatte – der Punkt des Sichtreffens war immer ein gemeinsam erreichter, das persönliche Wiedersehn selbst nichts als eine Feier von eben diesem Umstand, der auch noch Sorgenvolles oder Düsteres in eine freie Heiterkeit hob.

Auch Spanien hab ich berührt, doch lange vor Rainer. Aber mich hatte beim Eintritt in San Stefano ein Stierkampf dermaßen vom ganzen Lande zurückgeschreckt, dass ich lieber im französischen Baskenlande (Saint Jean de Luz) verblieb. Mit den Jahren wurde ich nicht nur sehr reisefroh, sondern überhaupt für Eindrücke von außen sehr viel empfänglicher und zugänglicher, nichts blieb vorwiegend mehr Staffage (wie es sogar noch Rom gewesen) für inwendige Extrabegebnisse: Ich öffnete mich ganz anders aller sachlichen Freude und Welteinsicht. Paul Rée, mit dem zusammen ich zuerst richtig frohsinnig geworden war, fand das alsbald in solcher Zunahme begriffen, dass er zu sagen pflegte:. in dem Tempo wird noch mal eine Uralte draus, die über alle Stränge schlägt. Wirklich setzte man später voraus, meine Jugend bereits sei derart gewesen, und auch dies ergab nicht nur einmal ein ergötzliches Missverständnis: Im Kreis von allerlei Menschen und bei launiger Unterhaltung behauptete jemand vorlaut: Er habe vor vielen Jahren bestimmt gehört, ich entschwände jeden Frühling und Herbst irgendwohin, von wo ich förmlich regeneriert zurückkehre. Ich antwortete ernst und vorwurfsvoll: Solche falsche Beschuldigung solle er nur ja gründlich berichtigen und ihr entgegentreten, denn an die Jahreszeiten hätte ich mich *nie* gehalten.

Zu Genossen auf Reisen wählte ich nicht immer die nämlichen Freunde; Ländern und Völkern entsprachen auch nicht die gleichen Erlebnisweisen; und Wieder-Einkehr ins Zurückgezogene gehörte mir zum Bedürfnis. Gegenüber heutigen Ausflügen, die ungefähr Übersee noch mitzählen, beschrieb alles einen nur kleinen Europa-Ausschnitt; in dessen ferneren Westen hat es mich nie gezogen. Meine längste Reise südwärts ging durch Bosnien, die Herzegowina, Dalmatien, Bulgarien, Montenegro und Albanien ins Türkische über Skutari; was jetzt Jugoslawien heißt, überfiel mich durch seine Bewohner förmlich mit Erinnerungen – als sei der Russe aus seinen Knechtschaftsverhältnissen in Heiterkeit und Freiheit versetzt; die formale türkische Oberhoheit verschlug nichts dran, man war einander gut. Selten sah ich Holdseligeres als die hochwüchsigen dunkelblonden Frauen, stark unterschieden dadurch von den beleibtern und im Gang unbehilflichen Türkinnen (wenigstens noch den damaligen!); selten anmutsvollere Lumpenkinder: Bewegungen waren wie von uralter Tradition abgestimmt auf Schönheit. Das gesamte Gebärdenspiel hatte was davon: ob Reiter auf ungesattelten Pferden in ihrer Tracht von den Hängen herniedersprengten oder ob Leute still an den Gewässern hockten (sie konnten dabei ebenso wohl ihrer Waschung obliegen wie ihren Gebeten: Ihr Gebaren hatte noch Gehaltenheit und Form für beides einheitlich). Mehrmals kamen wir an einem hochbetagten Bettler vorbei, der, ins Gras gehockt, trotz der bettelnd ausgestreckten Hand einem leutseligen greisen Fürsten glich, sodass es gar nicht erstaunte, als beim nächsten Mal die andere Hand eine Zigarettendose in blauer Emaillierung hervorzog, uns daraus anzubieten.

Zweifellos gab sich alles noch orientalischer als in Russland, noch unberührter urtümlich: nach Jahr und Tag durchsprachen Rainer und ich diese Eindrücke so lebhaft, als wären auch sie eine gemeinsame Erinnerung gewesen. Auch was Rainer in Russlands religiösem Leben so gebannt hatte, schien hier in noch allgemeingültigerer Ausformung alles zu prägen: wenn man so will mechanischer, aber gerade durch das Alter, die »Verknöcherung«, wirksamer; ohne den Anspruch, dass man ähnliche Überzeugungen hege. Schon im russischen Gottesdienst, noch mehr im armenischen, ist dies Erstarrtere das Wirksame; es hält dem Fremden gleichsam wie eine Silberschale ohne Inhalt sich hin, dass er seine eigene Andacht hineinlege. Ähnlich ist es mit dem Islamitischen, wodurch es sich dort mit den griechisch-katholischen Riten in der Stimmung gut zusammentut. Wenn man beim Betreten der Moschee sich nur des Schuhwerks zu entledigen hat, um in das fromme Schweigen der Beter hineinzugehören, die auf den schönen Teppichen des Raumes lautlos dastehn oder hocken, dann wird man unwiderstehlich zur eigenen Einkehr gesammelt.

Ich entsinne mich des ersten Eindrucks einer Nacht dort, der mich von der Art solcher Andacht etwas ahnen ließ. Unsere Fenster standen offen in den Tumult enger Straßengänge, worin der Lärm von Händlern, Fuhrwerken, schreienden Eseln und sonstigem Treiben sich hemmungslos überbot, – da geschah urplötzlich ein Augenblick so jäher Stille wie ein Atem-Anhalten des Weltalls, man erlag der Täuschung, als würde er von der Natur selber geteilt – noch bis in das Verstummen der schreienden Esel: Vom Minarett der Moschee, das wie ein hochweisender Finger ins Nachtwerden sich streckte, erscholl der Ruf des Muezzin »Allah Akbar«. So aus dem Herzen aller Kreatur gestiegen, die sich fürchtet, die sich sehnt, hallt dieser Ruf an der Grenzscheide von Licht und Dunkel, dass man sich gar nicht erst bei einem darunter gebreiteten Denk-Inhalt aufhält, während man mit einstimmt in die Andacht Aller; ebenso, wenn nachts, ehe der Morgen graut, der gleiche Aufruf in die schlafenden Sinne fällt wie eine Verkündung des Lebens, das Aufgang ist und Untergang.

Meine letzte Reise – 1911 – galt St. Petersburg und Schweden; von Stockholm fuhr ich auf der Heimreise mit einem dortigen Psychotherapeuten gemeinsam nach Weimar, wo im September der Freud-Kongress tagte. Ein Jahr darauf war ich bereits in Wien, und seither unternahm ich keine Reisen mehr, die nicht mit Professor Freud oder mit Rainer zusammenhingen oder die beruflicher Natur waren. –

Nachdem der Weltkrieg diese Jahre arglosen Besuches verschiedener Völker und Länder für immer gegen alles Spätere abgegrenzt hat, erscheinen sie dem Rückblick mit ihrer beglückenden und vertrauenden Ineinandergehörigkeit von Fremdem und Eigenem wie ein Lebensabschnitt für sich – nur noch Erinnerung geworden und nur noch betrachtbar aus der Entfernung dessen, worin man in den letzten fünfzehn Jahren, seit 1914, selber zu einem andern Menschen geworden ist.

Anstelle des mannigfachen Austausches mit alten und neuen Bekanntschaften schlossen Gleichgesinnte sich von Jahr zu Jahr enger aneinander. In Wien, im damals ziffernmäßig noch kleinen Kreis um Freud, fand ich mich aufgenommen in eine Gemeinschaft, die mir ihres Zieles wegen vorkam wie Verschwisterung. Für mich lag darin manches, was ähnlich wohltuend wirkte wie unser Kreis um Paul Rée: ja sogar wie Wiederkehr jener Selbstverständlichkeit, womit ich zwischen meinen Brüdern stand – trotz unserer Verschiedenartigkeit doch von gleichen Eltern stammend. Man hatte sich und sei's aus fernsten Weltteilen, fremdesten Ländern, gleichgesinnt gefunden.

Die meisten von ihnen zogen in den Krieg. Professor Freud, der alle drei Söhne nebst einem Schwiegersohn im Felde hatte, schrieb mir einmal, anspielend auf meine gute Meinung von Mannsleuten überhaupt: »Was sagen Sie nun von Brüdern?! Und können selbst Sie, mit Ihrem frohgemuten Vertrauen, hiernach noch jemals wieder ganz fröhlich sein?« Zerrissen zwischen den streitenden Völkern, in ganz tiefer Vereinsamung mit mir selber im Streit, vermochte ich nur zu antworten: Nein.

Krieg als Männersache und Männerart: wie nahe legte das die Erwägung, dass es anders um die Welt stände, würden in dieser Hinsicht Frauen sie befehligen; – wie oft wird das immer wieder, im Sträuben gegen das menschlich Unabänderliche, erträumt und erwogen: Denn glaubt man sie nicht mit Augen zu sehen, gleich einem ungeheuren Denkmal an allen Landesgrenzen zwischen den streitenden Völkern sich auftürmend: die Gestalt der *Mutter-Dulderin*, gebeugt über jeden Gefallenen, über der Mutter Sohn? Und doch bleibt es ja ein Augenfehler, dies Unsichtbare in solche Deutung und Verdeutlichung zu heben. Es *ist* nicht so, wie es scheinen möchte. Denn das Mütterliche, aus dessen Leiblichkeit das Menschengeschlecht ersteht, – es ist nicht nur ewige *Erduldung* dessen, was jedem seiner Söhne geschieht, – es ist um nichts minder auch ewige *Wiederholung* dessen, was jedem von ihnen lebensbedrohend zustieß. Mutter-sein ist notwendig leidenschaftlichste Parteinahme der Liebe wie des Hasses – Unbelehrbarkeit der Intoleranz und der Vernichtungswut, sobald es um das geht, was sie zum Dasein gebar, was sie aus sich nur entließ als dennoch unveräußerlichen Teil ihrer selbst. Muttererbteil bildet jeglichem Geborenen die Kraft seiner Hingabe wie die seiner Brutalität ein, die unerbittliche Eingrenzung in seinesgleichen.

Fühlt doch jeder ganz persönlich, ob noch so ernstliches Friedensverlangen ihm innewohnen mag, dass es volles Leben nicht gibt ohne Kampfbereitschaft, ohne Zorn und Abwehr wider alles Bedrohende. Deshalb trifft prinzipiellen Pazifismus, auch ehrlichsten oder hochgesinntesten, nie ganz zu Unrecht der Verdacht der Kaltsinnigkeit; denn wo ein derart bereinigtes Destillat von Vernunftdenken und Gefühlszucht sich durchsetzen konnte, da fehlt es an der leidenschaftlichen Parteinahme, die sich mit dem angegriffenen Gegenstande identisch nimmt.

Bleibt doch darum auch nur ein scheinbarer Unterschied hierin zwischen den rohern, wildern Zeitaltern und den zivilisiertern, kulturstolzen, die einerseits noch gewitztere Waffen und Mordmittel zu beschaffen verstehen, anderseits aber zugleich moralisch beflissen sind, die dem Feinde beigebrachten Wunden zu pflegen und zu heilen. Führen wir ja doch Kriege, weil wir schon Krieg in uns selber sind: im eigenen Wesen angesiedelt auf zweierlei Ebenen, wie man sie sich entgegengesetzter, sich den Raum streitigmachender kaum vorstellen kann: Betätigt Menschentum sich doch in *Trieb*werk und *Denk*werk so zwiefach, wie wenn es nicht derselben Person unabänderlich anhafte. Nur dass, je weiter hinauf-kultiviert, eine dritte Möglichkeit sich einstellt: beides miteinander in gutes Vertragen zu schieben (in einer ähnlichen Gesinnung etwa, wie Feindschaftsbeilegungen nach Völkerkriegen sie zeitigen), wenn es auch immer wieder jeweils überrannt wird. Zu solcher Kulturmethodik greifen wir, um uns nicht vollends in uns selber zu zerkriegen. So wächst freilich daraus eine Art immer unwillkürlicher *Maskierung* an uns fest, verhehlend und beirrend – und nicht nur nach außen vors Gesicht, sondern auch nach innen gekehrt, hinter dem Antlitz, der eigenen Seele zugekehrt – wie es naiverm Menschentum, unbeholfenerm, triebursprünglicherm Verstand es kaum geschehen kann. Aber in stärkster Gegensätzlichkeit dazu lassen solche Zeiten auch Urtümlicheres zum Erlebnis kommen, reißen den Menschen bis auf eine urvergangene Schicht auf – tiefer als sonstige Schicksale es vermögen. Aus dem, was aus dem Krieg Heimgekehrte nach Jahr und Tag noch davon erzählten, entnahm man es als ergreifende Kunde von nie Gekanntem. Was unter »Kameradschaft«, Genossenschaft zusammengefasst wurde, in der Gleichheit der Erfahrungen, weit noch hinausreichend über Befreundung oder Familie, ließ ineinanderwachsen zu einer Totalität, einer Daselbigkeit, wie wenn wiedererstehe, worin Menschen vor aller Gliederung zum Einzelbewusstsein geeint und stark sind. So entnahm man ja auch den Schilderungen ungekannten Zusammenhangs mit der *Natur* aus so Kriegserzähltem etwas, was wie ein Neues dastand neben dem sonst allein maßgebenden Verhalten, das auf Praktisches oder Ästhetisierendes oder Sentimentgerichtetes hinauslief.

Man sollte nach derlei Berichten geradezu glauben, es müsse sich dieses Neuwerden unter dem schlechterdings Zermalmenden und Umformenden der »Schicksalsmächte über Freund wie Feind« noch ablesen lassen in dem Vergleich mit den kriegsverschont gebliebenen Völkern, die – wie in Friedenszeiten auch wir – dergleichen nur überliefert bekamen wie eine von fern betrachtete Anekdote. Denn zweifellos enthalten abgrundtiefe Erfahrungen dessen, was Wirklichkeit des Grauenvollen ist, einen ungeheuren menschlichen Wert, da Menschen, Menschen, Menschen sie aus ihrer eigenen Wesenheit erfuhren: Durch den Wegfall jeder Erlaubnis, sich was über sich selber zu verhehlen, erlebt ein Mensch erst das wirkliche Leben. –

Das Dutzend Jahre nach dem Weltkrieg setzte den Krieg, trotz aller Bemühungen und Mittel ihn zu enden, unentwegt fort. Für mich war schon vor dem offiziellen Ende die russische Revolution zu einem endgültigen Getrenntbleiben von meiner Familie und Geburtsheimat geworden! Dort konnte, was an Umwälzung geschah, sich auch weiter nur behaupten durch Revolutionsgewalt.

Während Kriegs- und Nachkriegszeit nahm mehr und mehr meine Betätigung innerhalb der Freudschen Tiefenpsychologie die volle Breite meines persönlichen Lebens ein, sowohl als Forschung wie als Heilmethodik.

Nichts gibt es, was kriegsmäßiger vor sich ginge, als das rückhaltlose Aufdecken all des Streitsüchtigen in uns bis an unsere Seelenfundamente. Nichts gibt es, was so bis hinter allen Kriegszustand brächte – auf einen Fußbreit Raum von Mensch zu Mensch am Rande des Friedens, – wie das gemeinsame Betreten von unser aller seelischer Grundbasis.

Was geschah denn da –? Nur dies, dass ein Fremder eintrat in das Zimmer, ohne Liebe noch Hass empfangen, sachlich eingestellt in diese Arbeit – und doch zu Überwältigenderm, als sich außerhalb der lebendigen Mitarbeit sagen ließe.

Die Jahre gingen hin, die Reihen der Zeitgenossen lichteten sich durchs Alter, wie der Krieg die Reihen der jungen gelichtet hatte, – der fremde Mensch blieb.

In den letzten Tagen von 1926 starb Rainer; am 4. Oktober 1930 mein Mann. Bald darauf suchte ich, karg und schlecht, seinen Wesensumriss nachzuzeichnen – wobei ich nur an die nächsten seiner Schüler und Freunde dachte. Deshalb isolierte ich es später als Anhang zu dem, was im Jahr darauf, und immer drängender, sich mir selber erzählt hat an eigenen unberechenbaren Lebens*erinnerungen*: an jenen menschlichen Wiederholungen des Vergehenden, die wohl nicht zufällig erst im Alter uns ganz einholen, als bedürften sie langen Weges dazu, um das für uns Unvergängliche an ihnen uns darzutun.

Abgesehen davon, ist das personale Einzelerleben nicht gar so wichtig, wie wir es gern nehmen: an welchem Stück Dasein es uns zufiel, das Dasein in Glücken und Schmerzen auszuproben. Kann doch der geringste, scheinbar belangloseste seiner Inhalte Unerschöpfliches weisen, kann doch auch am glanzvollsten, erfolgreichsten das Gesamtbild nicht umhin, unsern menschlichen Augen unerkannt zu bleiben.

Denn ihnen bleibt es ein Vexierbild: Hält es doch uns selber miteingezeichnet in sein offenes Geheimnis.

F. C. Andreas

Der bedeutende Mensch, im Vergleich zu dem, was von uns (meistens allzu oberflächlichen Blickes) als Durchschnittsmensch angeschaut wird, ist ein Fall breiterer Dimensionen – also dessen, was in sich Raum birgt für den *ganzen* Menschen »mit seinem Widerspruch«, aber freilich auch mit seinen Nöten, die veranlasst sind durch ein solches Miteinander von Gegensätzen. Auch was uns »Begabung« zu heißen pflegt, aktualisiert sich oftmals erst durch diese innere Dramatik, diese Reibung beim notvollen Schlichtungsversuch, der das Letzte, Äußerste dazu an Kraft heranholt. Die sogenannte *Harmonie* der Persönlichkeit – irgendwie allen Menschentums Ziel – bleibt *tatsächlich* entweder ein Vorliebnehmen mit

etwas billigerm Frieden mittels einer Reduktion menschlicher Möglichkeiten – oder aber ein bloßes Vollkommenheitsschema, wie wir es uns im
Grunde nur konstruieren und illustrieren nach dem Nichtmenschlichen
von Kreatur oder Vegetation, woran wir neidvoll unsere weitergehenden
Komplikationen ermessen.

Innerhalb des Menschentums stehen sich Urhaftes und Bewusstgewor-
denes etwa gegenüber wie »primitiv« und »kulturell«, obschon das Eine
Fortsetzung, nicht Einbuße des andern ist, da das Geistgewordenste dem
Urbodenständigsten nicht entlaufen, es nur überbauen kann. Von *uns*
aus nennen wir diese Zweiheit ungefähr das Europäische und das Au-
ßereuropäische (trotz dessen schon hochkultivierten Völkerschaften von
ehemals); oder sie entspricht für uns etwa den beiden Richtungen: vorwiegend Nordwestlich und vorwiegend Südöstlich. Und schließlich um-
greift solche gegensätzliche Zusammengehörigkeit die nie zu schlichten-
de Problematik des Menschentums überhaupt. Aber das Gegensätzliche
in *individueller* Steigerung empfangen zu haben, bedeutet sowohl rei-
chern Besitz als auch vermehrte Preisgegebenheit an den Kampf von Be-
gabungen und Nöten. Wo nun gar ein Einzelner in den äußern Zusammenstoß der beiden Richtungen und Möglichkeiten *hineingeboren* ist, da
lässt sich nicht umgehen, dass die ihm damit überkommenen Gaben sich
aneinander nicht nur steigern, sondern auch rächen, ja dass ein solcher
Umstand sich zu einem persönlichen Grundzug der Gesamtgestalt entwickelt. Und etwas von diesem Sachverhalt will sich mir jedes Mal zur
Erklärung aufdrängen vor der Gestalt von F. C. Andreas, die sich zwischen Beides gestellt sah, in ihrer Bedeutsamkeit wie in ihren Beeinträch-
tigungen, sodass ich gar nicht umhin kann, ihn daraus zu verstehen:
obschon ich mir dabei der Einseitigkeit solcher Zeichnung bewusst bin.
Macht sie doch nur *einen* Zug, wenn auch Grundzug, seiner Gestalt deutlich, auf den ich mich aber beschränken muss, weil, den vollen Umriss
zu zeichnen, mich die persönliche Blicknähe abhält.

In Friedrich Carl Andreas als dem Enkel – mütterlicherseits – eines
norddeutschen Arztes von hohen geistigen Qualitäten, der nach Java
übersiedelte und sich einer Malaiin – einer schönen, sanften, sehr geliebten Frau – vermählte, waren schon damit West und Ost an seiner Geburt
beteiligt; seine Mutter aber verband sich ihrerseits einem in Isfahan an-
sässigen Armenier aus dem Fürstengeschlecht der Bagratuni; wie es bei
persischen Geschlechterfehden Brauch war, hatte der unterlegene Teil
den Namen gewechselt, hier den Vornamen Andreas angenommen. Der
Vater des kleinen Andreas siedelte in dessen 6. Jahr nach Hamburg über;
den Vierzehnjährigen gab er nach Genf ins Gymnasium, wo er durch

feurigen Ehrgeiz auffiel und – neben Musik – bereits leidenschaftlich Sprachstudien trieb. In Deutschland konzentrierte er sich auf den Hochschulen auf Orientalia, speziell Iranistik, promovierte 1868 in Erlangen, oblag dann noch zwei Jahre in Kopenhagen Spezialstudien, bis er durch den Krieg von 1870 heimberufen wurde. Bei Kriegsende ging er nach Kiel, zur Förderung seiner Untersuchungen an der Pehlevi-Schrift und - Sprache, die erst 1882 beendet wurden, da er inzwischen als Begleiter einer Expedition nach Persien gesandt worden war. Entsprach dies vollends seinen Wünschen und verband es endgültig seine Studienzwecke mit den Erfahrungen und persönlichen Eindrücken im Orient, so machte es anderseits auch bereits das Unstimmige kund zwischen dem zweckhaft angepassten Europäer in ihm und dem, der sich nicht enthalten konnte, in aller Muße und Zeitverschwendung zum ersten Male damit in den Orient gleichsam *heimzukehren*. Was das Schicksal überraschend freundlich verbunden und geschenkt hatte, missriet. Er kam ganz verspätet der Expedition nach – sie war schon auf und davon –, aufgehalten auf dem Weg über Indien, wo ihm wertvolle Beobachtungen und Funde gelangen, die aber nichts mit dem zu tun hatten, weswegen er gesandt worden war; man nahm an ihm Ärgernis, missverstand infolgedessen auch erste Sendungen von ihm aus Persien und berief ihn zurück. Was dann daheim dem Fass den Boden ausschlug, war sein Hass sprühender Temperamentsausbruch in der offiziellen Antwort darauf, der er dann trotzigste heiße Weiterarbeit in Persien *ohne* staatliche Finanzierung folgen ließ. Sechs Jahre, zumeist in bitterer Not verbracht, währte sein persischer Aufenthalt; nach der Rückkehr, zu der ihn ein bei Inschriftenuntersuchung in hellem Sonnenlicht erworbenes Augenleiden zwang, musste er in mühseligem Privatunterricht sein Leben fristen bis zur Gründung des Orientalischen Seminars in Berlin, an dem er eine Professur erhielt. Aber bald schon fand auch dies ein Ende infolge von Intrigen, die es so erscheinen ließen, als sei Andreas auch hier nicht den Zwecken und Grenzen seiner Aufgabe gerecht geworden, die nicht der Belehrung reiner Wissenschaftler, sondern der von Diplomaten und praktisch interessierten Kaufleuten galt: was als umso ungerechtfertigter sich erwies, als gerade seine Klasse lauter Wissenschaftler umfasste, denen er der geborene Lehrer geworden war.

Aber solche äußerlich bedingten Missverständnisse hatten ihre Hauptgefahr darin, dass sie ein innerliches Missverhältnis in ihm selber beleuchteten; denn auch wo er sich, so unbegrenzt wie er wollte, seiner Forschungsarbeit hingeben konnte, stieß er damit an eine andere Grenze: indem ihm der Weg rationaler Beweisführung in sich selber endlos –

sozusagen unbeendbar – erschien gegenüber der innern Evidenz, welche die wissenschaftlich untersuchten Dinge für ihn vorwegnehmend, fast visionär, besaßen.

Seine Gründlichkeit, gerade weil sie eine Übergründlichkeit bis ins Minutiöseste war, gerade weil sie ihn darin zum Meister werden ließ, stieß sich an ihrer eigenen Unmöglichkeit, der andern Wesensbegabung in ihm, der visionären Evidenz, genugzutun. Was zwischen beiden, gleichsam in der genauen Mitte, hindurchfiel, war die exakte *End*erledigung. Jemand, der Andreas übelwollte, sprach es einmal dennoch ganz richtig aus: »Als *weiser Mann* im Orient hättest Du Deinen Mann gestanden –.« So aber, in einem Zelt unter hellem Südhimmel, seinen Jüngern Weisheit spendend, dachte er sich selber ja nicht, sondern durchaus als den Forscher auf wissenschaftlicher Fährte, auf den Wegen des westindischen Gelehrten, das Ziel strengster Wissenschaft vor Augen. Beides war keineswegs dazu angetan, einander Zugeständnisse zu machen; jedes war so ganz nach sich selbst verlangend, wie es diesem starken Temperament zukam. Auch später, nach jenen schweren Jahren, blieb das so: Nachdem Andreas den Göttinger Lehrstuhl für Iranistik und die Westasiatischen Sprachen erhalten hatte, ließ er es daran fehlen, seine Forschungsergebnisse in Büchern zu fixieren, zu publizieren; er beließ sie in vorläufigen Notizen: gleichsam *unterwegs*. Streng genommen ist auch in der Tat ein Ergebnis durch solche Fixierung nicht erledigt, es könnte in breitern und tiefern Zusammenhängen immer noch wissenschaftlicher plausibel gemacht werden – wenn man gewillt wäre, die gesamte Länge des Lebens daran zu setzen. Die Mischung von Ultragründlichkeit und von überschauender Divinations- und Kombinationsgabe, die Andreas als seine große Kraft zugesprochen wird, ließ keine offiziellere Auswertung seiner Forscherarbeiten zu, unterstellte sie nie und nie dem Entschluss, sie *zweckdienlich* zu erledigen. So verblieb der wertvollste Rest eine Art intimer Vision in ihm selbst, in einem persönlichen Erlebnis, obschon jedes kleinste Stück Erforschung oder Beweisführung in seiner Einzelheit auf das Ganze zielte, das Ganze tatsächlich verdeutlichen half.

Eine Stelle gab es indessen, wo seine beiden gegnerischen Erkenntnismethoden sich für ihn zusammenfanden: Dies Wundersame zwischen Vision und Gelehrsamkeit war ihm garantiert im Menschen gleichen Forscherwillens, – im produktionsbereiten Schüler: Sein Überwissenschaftliches ward durch Wissenschaft in seine Schüler eingesenkt. Von Andreas kann man ruhig sagen: Es war wie Mord, dass er fünfzehn seiner besten Mannesjahre ohne Schüler von Format hatte bleiben müssen (etwa um in Berlin türkischen Offizieren Deutschstunden zu verabreichen). In Göttingen erst erlebte er das Reichste durch diesen Anschluss an die begabtesten seiner Hörer – einen Anschluss ungleich dem eines bloßen Lehrers oder selbst eines lehrenden Freundes. Seine Schüler waren ihm seine Äcker, in die er seinen Reichtum säte – so genau und so rückhaltlos, wie es ihm allein entsprach. Ein Kollege von ihm, der ihn seit Jugendzeiten gekannt, sagte davon nach dem Tode meines Mannes: »Wer dazu jemals gehört hatte, den hielt er wie in Händen – der blieb ihm treu!, aber *wie* betreut waren auch sie von ihm!«

Wenn ich bekenne, dass das Erlebtwordensein von Andreas durch seine ehemaligen Schüler mir seinen Tod fast auslöschte, so meine ich damit weder deren Trauer, noch Teilnahme, noch Vermissen, sondern den Umstand, dass es sein Bild in so ungeheurer Lebendigkeit nachwirken ließ, als würde er selber erst ganz Wirklichkeit. Ich möchte wiedererzählen dürfen, was einer der geliebtesten mir schilderte: wie er, von jahrelangen Kriegsdiensten heimkehrend, sich von der Wissenschaft losgerissen vorkam, da der Drang und die Art wissenschaftlichen Denkens in seinem Gedächtnis keinen gelehrten Wissensstoff mehr vorfand. »Durch Bücherstudium diese innere Welt neu aufzubauen, schien aussichtslos; aber ich brauchte mich nur zu fragen: wie war es doch damals bei Andreas ..., gleich das erste Mal und später ..., wie sah er aus bei seinen Worten, die mich gleich anfangs mit dem Ganzen überschütteten, sodass ich drin zu ertrinken meinte und es nicht glaubte bewältigen zu können, obschon mein bisheriger großer Lehrer mir eingeschärft hatte: ›Jetzt sind Sie so weit, dass Sie zu Andreas müssen‹, – da war in der Erinnerung dieser Eindrücke das Gesuchte auf einmal wieder da. Was am wenigsten Bücherwissen war, was sogar in Aufzeichnungen nicht festzuhalten gewesen war, indem Andreas lehrend stets neu suchte und mit den Lernenden gemeinsam aufs Neue fand: Dies lebendig Erlebte war völlig unversehrt und rundete sich von da aus wieder ins Weite.«

Seinen Schülern baute sich, aus Persönlichkeit und Wissen, einheitlich auf, was in ihm selbst zwiespältig aufeinanderstieß: das Geschaute, Gesicherte, Evidente *und* die Endlosigkeit des bis ins Kleinste zu Beweisenden. Den gesammelten Eindruck, der von ihm ausging, nannte deshalb ein anderer ehemaliger Schüler den der »königlichsten Souveränität«, die er je empfunden, die gefeit sei gegen alle Angriffe von außen, im Bewusstsein des großen gesicherten Besitzes und infolge der heitern Ehrgeizlosigkeit, der mangelnden Ruhmgier nach außen, der innern Freiheit davon.

Die äußere Form, worin Andreas seine Kollegs abhielt (nicht in der Universität: zu Hause, in seinem Arbeitszimmer), trug noch dazu bei, die rein persönlichen Eindrücke mit einfließen zu lassen. Man kam erst abends, sozusagen am Rande der Nacht, zusammen und ging nicht gerade bald wieder auseinander, – wie ihm, der nicht vor vier Uhr morgens zur Ruhe zu gehen pflegte, Tag und Nacht sich ohne Weiteres tauschten. Zur Erquickung der in solchen Anspruch genommenen Geister dienten entweder Tee – den er eigenhändig mit orientalischer Sorgfalt bereitete – und Kuchen, oder aber Wein und belegte Schnitten; und was von beidem dran war, kennzeichnete gleichsam Charakter und Thema des jeweils Erörterten.

Was seinen Schülern geschah, geschah ihm. In den ersten Jahren in Göttingen gelang es ihm – mit unsäglicher Mühe –, für einen seiner Schüler, der einer Expedition nach Persien beigegeben wurde, ausreichende Finanzierung sicherzustellen: Ich glaube, das war der freudestrahlendste Ausdruck, den ich je in einem Gesicht gesehen, als er heimkam und mir davon berichtete; erst *diesen* Augenblick war restlos hinweggetilgt, worunter er selber anlässlich seiner verhängnisvollen Expedition gelitten hatte.

Und doch, zuunterst und zuhinterst der – förmlich erlösenden – Befriedigung in solcher Gemeinschaft löste sich nicht die letzte Doppelrichtung in Andreas' Wesen. *Latent* lag sie am Grunde gleich einer tragischen Möglichkeit – wenn auch nur andeutungsweise, hie und da, verwirklicht. Etwa dann, wenn einer seiner Schüler zur eigenen Produktion überzugehen hatte – um dieser seiner Produktionskraft willen vorgezogen, gefördert, geliebt – und sich den *Zwecken* forscherischer Begabung besser anpasste, als es Andreas je gelang. Das Misstrauen, ob etwas wirklich schon zu Ende gedacht, wirklich schon publikations*bedürftig* sei, übertrug Andreas da aus *seinen* Skrupeln zu unwillkürlich auf das Geschaffene des Andern: das Misstrauen, ob damit nicht Zwecken des Ehrgeizes und eiligen Zeitansprüchen das geopfert werde, was der noch unerschöpfte, noch endlos unabhängige Sinn der gemeinsamen Arbeit gewesen sei. Aber wer will ermessen, ob dieser Argwohn nicht letztlich für Andreas eine – man möchte sagen: hygienische – Notwendigkeit war, um selber des entgegengesetzten Argwohns nicht inne zu werden: des Zwiespalts zwischen den zwei Methoden seines Schaffens: der spontan an erlebter Evidenz sich vollendenden – *und* der wissenschaftlich dem Beweis irgendwie ausgelieferten, an sich nicht vollend- und beendbaren. Sein Schrecken blieb auf allen Gebieten das Täuschungsmanöver des Dilettantischen, das zum Glauben verleitet, ihm eigne das Ganze, während es nur auf die Exaktheit der Teile verzichtet. In den latenten Hassmöglichkeiten Lieblingsschülern gegenüber kreuzte sich für Andreas dieser Schrecken mit dem entgegengesetzten Gram des Getrenntseins von ihnen durch die Furcht, seinen eigenen Reichtum nicht einmal für *sie* voll ausmünzen zu können. Das flachte seine Zugehörigkeit zu ihnen nicht ab, es vertiefte sie auch noch im Hassgrund schmerzlich. Unübertrefflich zeichnete einmal Gerhart Hauptmann in jüngern Jahren meines Mannes Liebesfähigkeit mit den Worten: »wie wild und wie weich.«

Man kann den gefährlichen Zug nicht übersehen, der für Andreas seinen Zwiespalt zu einer Überbürdung, Kraftbelastung machte, die ihn jeweils in innere Rastlosigkeit stoßen konnte, in eine Art von Sonntagslosigkeit, die des Rückblicks auf Erledigtes, Hinter-sich-gebrachtes ermangelte, sodass sie diesen wundersam Rüstigen auf einmal erschöpft und wie von sich selber gehetzt aussehen ließ. Es führte dazu, dass man im Zusammenleben gut tat, Ablenkendes behutsam nicht mit ihm zu teilen, auch wo es ihn interessiert haben würde (und was interessierte diesen geistig Allregsamen nicht!). Aus Gleichem stammte seine ratlose Haltung dem rein Pflichtmäßigen gegenüber, das einer stetigen, sozusagen termingebundenen Halbbeteiligung bedarf; dann gab er dem wohl mehr, »als des Kaisers ist«, aber dies »Mehr« zu angestrengt, um es erledigen zu können. Und die Kämpfe solcher Art prägten sich an ihm so leibhaft aus, dass es einen ins Herz treffen konnte wie Schicksal. Deshalb stand in ihm lebenslang der Gram um die Unerledigungen der jungen Jahre und um die Unbill, die ihm das in der deutschen Heimat zugezogen hatte. Ich erinnere mich der Wirkung auf ihn, als ich einmal von jemandem, der ihm wohlwollte, verpflichtet wurde, ihm nahezulegen, ob er nicht seinen Beitrag zu gesammelten Selbstbiografien von Gelehrten verfertigen wollte. Mein Mann stand gerade und goss sich seinen Tee auf. Er antwortete nicht, aber sein gebräuntes Gesicht wurde weiß, und seine Augen bohrten sich so drohend in einen bestimmten Punkt an der Wand, als lehne dort, ihm gegenüber, der unglückliche Fragesteller bereits als ein Mann des Todes. Schnell setzte er die Teekanne aus der Hand, denn seine Glieder flogen. Der banale Grund, warum er die Kanne niedersetzte, war klar genug. Und doch durchschauerte einen der Eindruck: als habe er seine Hände freimachen müssen –

Nun ist aber dies und ähnliches gar nicht dem zu vergleichen, was wir sonst für Sich-gehen-lassen oder Mangel an Selbstbeherrschung halten: Diese vermochte er unter Umständen bis zu ebenso extremen Graden. Eher riss ihn was zu Ausbrüchen deshalb hin, weil seine gesamte Gefühlssphäre vibrationsfähiger war als üblich und sie sogar auch bei manchem Anlass, der ihn selber kaum berührte, in Mitbewegung geriet – als bewillkommne sie unwillkürlich die Gelegenheit zu Auslösungen inmitten der gelassenen Ordnungen der Dinge. Man erschrak dann zu Unrecht über sein inneres Mittun fast mehr, als über den von ihm reflektierten Anlass.

Mir erschien dafür eine kleine Episode charakteristisch aus den ersten Jahren nach unserer Verheiratung: Wir hatten uns einen riesigen Neufundländer zum Wächter angeschafft, und in der Sommernacht schlich sich mein Mann vom Garten in den Hausflur, um zu prüfen, ob dem noch unvertrauten Hund seine Witterung den Herrn oder einen Einbrecher verriete: Denn er war nackt, wie ihn der Hund noch nicht gekannt. Er selber, in der Behutsamkeit und Gelenkigkeit seiner Glieder und dem völlig selbstvergessenen Ernst seines Gesichtsausdrucks, sah aber dermaßen einem seine Beute beschleichenden Raubtier gleich, dass – man kann es schwer in Worte einfangen – die beiden sich glichen wie zwei Geheimnisse. Das innere Drama im Tier ging so in ihn ein, jenes »Für oder Wider«, dass er scheinbar gar nicht mehr spielte, sondern selbst seinem eigenen Doppelwunsch überantwortet schien: Denn wirklich wünschte er ja vom neuen Gefährten sowohl geliebt als bewacht zu sein. Das Tier, in ungeheurer Spannung, zog sich glänzend aus der Affäre, indem es beidem gerecht wurde: Es zog sich – drohend *knurrend – zurück*. Worauf mein Mann, einfach beglückt, laut lachte und den ihm an die Schulter Springenden hingerissen in seine Umarmung zog.

Viel verwunderte oft ein Zurückhaltendes, Verhaltenes an ihm, das trotz – oder wegen – innerer Beteiligung leicht Zugedeckte. So z. B., wenn der ihm sehr befreundete Franz Stolze, der ihm beigegebene Begleiter in Persien, von jenen gemeinsamen Jahren dort erzählte, wie man das gern von interessanten Begebnissen tut: Dann saß Andreas meistens einsilbig daneben. Man empfand, es sei für ihn nicht Interessantes, sondern Intimes, noch in seinem Äußerlichsten fast nur als Indiskretion Weiterzugebendes. Und nicht etwa nur des dabei Erlittenen halber, sondern auch des Glückvollen wegen, das ihn zu stark berührte. Dann aber gab es Stunden, wo er davon herzeigte, wie von Kleinodien: Seinen Freunden und Schülern erzählte: von den Abenden beim Vizekönig, von seinem Diener, seinem Pferd, seinem Foxterrier, den er voller Gram zurückließ, seinem Chamäleon. Doch ich möchte am liebsten wieder aus dem Munde eines von ihnen zitieren, *wie* Andreas von seinen Reisen erzählte: »Wenn ich gegen Morgen zur eigentlichen Arbeit zu müde war, aber noch nicht entlassen wurde, verbreitete sich das Gespräch weiter. Da las er mir einmal Vierzeiler des Omar Chajjām in der Rosenschen

Übersetzung vor; das war nicht *erzählt* von Persien, das war wie eine Szene unter dem Himmel Persiens. Da sprach aus den Versen orientalische Weisheit, da war von Wein und Liebe die Rede, da herrschte eine heitere Geistigkeit und einzige Zartheit –.« Oder: »Außer der stets erneuten Produktivität, vermöge deren kein fester Lernstoff als Fertiges gegeben wurde, war alles, auch das anscheinend formal Grammatikalische, ein Stück erlebter Orient. Man spürte hinter dem Abgeleiteten der rationalen Wissenschaft immer noch das quellende Leben, aus dem es entnommen war, – unausgesprochenes, darin pulsierendes Leben, was ihm ein Wort und alle daran zu beobachtenden Laut- und Deklinationsregeln zu einem Stück wirklicher Welt machte –.«

Mir will es erscheinen, als ob in solchem Sinn das »ganz Wirkliche« des Geistigen im Menschen des *Ostens* unmittelbarere Anschauung geblieben sei, als im *West*länder, dem »Idee«, »ideell«, »ideologisch« schon immer auch einen Abstand bedeuten zu etwas darüber oder darunter (es sei denn bei der goetheschen Liebe zum Orient und zur Natur, die » *Beides* ist mit *einem* Male«). Dem Geistigen kommt ein Ausdruck zu, der sich *leibhaft* ausspricht, und die Leiblichkeit wiederum gewinnt Bedeutung über sich hinaus. Mir schien sich daraus manches zu erklären, was an Andreas als Besonderheit und wesentlich wirkte, indem sich »geistig« und »leiblich« darin auf eine unzerreissliche Art und Weise zusammentaten. Seine Schüler wissen, wie oft vor oder nach dem Kolleg Fragen hygienischer Natur mit unverkürzter Wichtigkeit erörtert wurden, als gehörten sie dazu; und obschon er der Sorgloseste war hinsichtlich seines körperlichen Befindens oder seiner äußern Erscheinung, stand ihm das Körperliche – der klare Leib, der mit orientalischem Ernst gebadete und gesalbte – als Ehrfurcht verlangend nichts anderm nach. Man möchte scherzhaft sagen: Das Ideenmäßige steckte für ihn zwar nicht *sichtlich ablesbar* mit drin, aber doch wie mit unabweisbarer Beheimatung, die nicht erst in langsamer Gedankenfolge, sondern in unbegreiflicher Existenzialität und Spontaneität ihre Vorhandenheit sicherte. Mir fällt dabei stets ein Verschen des alten Matthias Claudius ein (vielleicht noch von der Hamburger Kindheit her meinem Mann geläufig), das er nie ohne einen verschmitzt-heitern Ton zitierte und das mir direkt herzustammen schien aus *seinen* Sicherheiten und Vorhandenheiten, an denen die Einseitigkeiten weder von Leibesdunkel noch von Geisteshelle ihn irremachen konnten:

Siehst du den Mond dort stehen?
Er ist nur halb zu sehen
Und ist doch rund und schön –

Es gehört auch mit hierzu, wenn im Eindruck, den man von Andreas
hatte, Jugend und Alter sich weniger scharf, als sie es sonst zu tun pflegten, unterschieden. Beide äußerten sich weniger separat und in Nachei-
nanderfolge; ich weiß kaum, ob ich ihn früher abgeklärter oder früher
ungestümer kannte; denn, war er *ganz da*, dann durch eine Gegenwärtigkeit, die zeitloses Gepräge hatte – vor der auch noch »rund und
schön« das zurzeit Unsichtbare stand. Ich stelle mir vor, dass es dies gewesen sein wird, was manche Menschen, auch solche, die ihn nur wenig,
nur kaum gekannt haben, seinen »charme« nannten. Ungeachtet des
Zwiespältigen, Unvereinbaren, worunter er gelitten, umgab ihn unzer-
störbare Gegenwart und blieb ihm bis in sein 85. Jahr, bis er, ohne Blick
für Tod oder nahenden Schrecken, wie ein tief beschäftigtes Kind, aller
Zeitlichkeit entschlief. In seinem hohen Alter habe ich manchmal denken
müssen: Wenn einer nicht gelebt hätte wie er, so unbefangen Außeror-
dentlichem zugewendet, sondern als Unhold und Übeltäter und Prasser,
wäre aber nach so langem Leben so lebensvoll geblieben, so froh-sichern
Herzens, so des Zornigsten wie des Zartesten fähig – wahrlich, er wäre
gerechtfertigt und den Menschen ein Wohlgefallen. –

Was ich hier von ihm aussage, kann kaum mehr tun, als an die Erinnerung von Menschen rühren, in deren Wohlgefallen er bereits ruht; dessen werde ich inne, sobald ich um mich blicke in den Räumen, in denen
er zu Hause war, und wo schon belangloseste Ereignisse aus der Breite
des Alltäglichen von ihm beredt werden, seine Gestalt sichtbar machen.

Oder: Ich schaue aus den Fenstern über den Obstgarten hin; sehe ihn
bei seinem Tagesschluss noch einmal hindurchgehen: Das ist in der
sommerlichen Frühdämmerung, ehe er sich zur Ruhe legte. Meistens
noch ganz voll von dem, was an wissenschaftlichen Problemen ihn alles
Übrige darüber hatte vergessen lassen bei mühseliger und seliger Arbeit.
Aber was man sah, war ganz etwas anderes: nämlich wie er, wie Tiere
behutsam schreitend, die Amseln weckte mit ein paar ihnen nachge-
machten Tönen, dass sie leise antworteten und auf einmal einfielen mit
ihrem süßen Geschwätz; und wie der Hahn im Hühnerhaus, der noch
fest geschlafen hatte, sich ebenfalls angerufen hörte und, von Ehrgeiz
gepackt, den fremden zweiten Hahn zu übertrumpfen strebte mit gleichem Krähen.

Der es da den Amseln und Hähnen zuvortat, machte dies nicht nur so
gut, verstand hier seine Sache nicht nur so gut wie am Schreibtisch bei
seiner Sprachforschung: Es war ihm im Augenblick des Erlebnisses auch
von gleicher Wichtigkeit, gleichem Aufschluss, wie durch Gemeinschaft
von Seinesgleichen.

Was am »Grundriss« fehlt

(1933)

Das Elementarische und Intime sagt von sich nicht selber aus. Mithin
bleibt das Wesentliche als solches ungesagt. Verschweigt sich aber so
sein Positives, dann kann es noch zum Bekenntnis werden vom Negativen her: An seinen Fehlern und Mängeln kann es sich umreißen, mit seinen leeren Stellen den Umriss bedingen.

In einer ganz persönlichen Stunde, mitten unterwegs, leitete sich, wovon ich sprechen will, mit einem Schlage ein: aus dem Zwang zu einem
Missverständnis zwischen dem Freunde meiner Jugend – Paul Rée – und
mir; wie unter einen in voller Fahrt dahinziehenden intakten Wagen ein
Hindernis geschleudert wird, woran er zerbricht.

Hindernisse von außen hatte es genugsam gegeben, aber sorglos und
wunschlos vertrauten wir unserer Fahrt; – wo immer sie dereinst verlau-
fen mochte, es würde auf unserm eigensten Wege sein.

Das Missverständnis entstand dadurch, dass ich um einen Schritt auf
den Weg eines Andern trat, ohne dem Freunde um des Andern willen
die ganze Wahrheit über diesen Schritt mitteilen zu dürfen.

Paul Rée, dem nichts schwerer fiel, als zu glauben, man habe ihn lieb,
sah in diesem Schritt einen Beweis innerlich bereits vollzogener Trennung und zog daraus alle Konsequenzen: später sogar die des Hasses.

Er ahnte nicht, dass niemals – weder je vorher noch nachher – mir der
Freund, der er war, auch nur annähernd so nottat wie zu jener Stunde.
Denn der Zwang, unter dem ich den nie mehr zurückzunehmenden
Schritt tat, trennte mich nicht von ihm, sondern von mir selbst.

Nur wer meinen Mann ganz und tief gekannt hat, nur wer ihn ganz
und tief geliebt hat nach Wesen und Temperament, wird ahnen können,
was dies Wort »Zwang« hier heißt.

Was den Zwang bewirkte, war die Gewalt des *Unwiderstehlichen*, der
mein Mann selbst erlag. Unwiderstehlich, weil es sich nicht erst wie mit
triebmäßiger Wunschgewalt vollzog, sondern sogleich als unabänderlich

gegebene *Tatsächlichkeit* dastand. So auch seinen vollen Ausdruck nicht in Überredungen fand, sondern sich selber zum Ausdruck davon in meinem Mann gleichsam verkörperte: der gesamten leiblichen Erscheinung nach. Es wäre zwecklos, dies jemandem beschreiben zu wollen, der nicht irgendworan an meinem Mann erlebt hat, was ich an keinem andern Menschen so gekannt habe. Es wäre auch fast gleichgültig, ob man es Wirkungen von Übergroßem, Gewalttätigem vergliche, von Riesengeschöpfen ohne Hemmung, oder Wirkungen von Zartestem, ganz Hilflosem, wie ein Vögelchen es ist, das zu zertreten, in seiner vertrauenden Wirklichkeit zu verleugnen, man nicht aushielte.

Bezeichnend ist aber, dass solche schiefen und schlechten Vergleiche unwillkürlich der Kreatürlichkeit entnommen sind. Man wird sich daran des Beschränkten aller menschlichen Maßstäbe bewusst.

Zu dem Eindruck bei mir gehörte, dass er nicht beeinflusst war von meinem eigenen damaligen Gefühlszustand, der dafür willenlos gemacht hätte, etwa von erotischer Erregung der Sinne; dass er sich im Gegenteil klar davon unterschied. Denn ich verhielt mich in meiner Empfindungsweise gar nicht als Frau dazu: Ich verhielt mich also in diesem Punkte ähnlich *neutral* wie zum Gefährten meiner Jugend auch.

Aber dort hatte dies seinen Grund gehabt in etwas, das, wenn es noch so geringfügig sich meldet, nicht umhin kann, das Gefühl auch der tiefsten Freundschaft von der Liebe abzugrenzen: weil, stärker oder schwächer, die Sinne das *Leib*fremde spüren. Derartiges kam in diesem Fall nicht infrage: weder anfangs noch je im Lauf der Jahrzehnte.

Dann hätten auch andere Hemmungen wirksam sein können: jene Gehemmtheiten überhaupt, von denen so viele Frauen wissen und die nirgends deutlicher und besser qualifiziert worden sind als in den Funden der Psychoanalyse. Jedoch meiner spätern Jugend Erfahrungen widerlegen hier auch das Zutreffen solcher Einordnungen.

Wie wohl auch ein anderer gedacht haben könnte, glaubte mein Mann damals: »Mädchenvorstellungen, die mit der Zeit vergehen.« Und Zeit, das hieß: das ganze Leben – ja mehr noch: etwas, das auch den Tod ausschloss, mit dem mein Mann im lebendigen Sein einfach nicht rechnete.

Dies *Heranfordern des Insgesamten* des Lebens beschäftigte mich weit mehr als die erwähnte Sonderfrage, die ich von mir aus auch gar nicht beantwortete: noch erfüllte mich ja die Trauer um den entschwundenen Gefährten, den mit hineinzunehmen meinem Manne zur Bedingung gemacht worden war, vor der er schließlich, zu allem entschlossen, ebenfalls nicht zurückschreckte.

Wenn man erwägt, um wie viele Jahre erfahrener er war als ich, und um wie vieles kindisch unbefangener ich geblieben war als Altersgenossinen von mir, dann erscheint sein Glaube und seine unbeirrbare Sicherheit nahezu monströs.

Nun hatten aber wir alle beide keine genügende Kenntnis von mir selber, von meiner eigenen »Natur« – oder wie man das nennen will, was uns ohne unser Vorwissen und ohne Weiteres befehligt. Was ich an noch mädchenhaften Ansichten oder an ernstlich und redlich durchgearbeiteten Auffassungen in mir hegen mochte, das entschied für mich nichts *grundlegend*. Ich möchte dies Schwierige am liebsten an einem Beispiel auf total anderm Gebiet schildern, das ich zudem schon in die »Erinnerungen« aufnahm: an meinen Austritt aus der Kirche. Er bedeutete keinerlei Trotzakt oder gar Wahrheitsfanatismus, und ich kämpfte gegen diesen Antrieb, der meine Eltern in Gram versetzen und Skandal hervorrufen musste, nicht nur mit der Vernunft – ich verurteilte sogar sozusagen »moralisch« das dazu notwendige Gebaren als exaltiert erscheinend. Genau genommen entschied damals aber nicht ich, sondern ein nächtlicher Traum, in dem ich mich während des Konfirmationsaktes laut »Nein!« rufen hörte. Nicht, als hätte ich beim Erwachen daraufhin befürchtet, am Ende so zu handeln; vielmehr erfuhr ich nun erst vollständig, wie völlig unmöglich es mir sei, mir das Verlangte auch nur pro forma abzuzwingen.

Was wir für unsere Motivationen oder Beurteilungen halten, wie sehr wir uns auch um das saubere Netz ihrer Verknüpfung bemühen, das erweist sich unter Umständen als so belanglos für uns, wie zwischen ein paar Zweigen das Gespinst von Fäden des Altweibersommers, das leisester Lufthauch heranweht oder zerstreut.

Das plötzlich zu erfahren, kann das Leben verändern. Vor uns beiden richtete es sich gemeinsam und plötzlich auf, wenn auch dieser Augenblick in Schweigen verharrte. Wir haben nie das Wagnis unternommen, über ihn zueinander zu sprechen.

An einem Nachmittag hatte mein Mann sich neben mir auf das Ruhebett gestreckt, auf dem ich lag und fest schlief.

Vielleicht war es ein jäher Entschluss zu einer Überrumpelung, Eroberung, der ihn dazu verleitet. Jedenfalls wachte ich nicht sofort auf. Was mich zuerst weckte, scheint ein Ton gewesen zu sein; ein nur schwacher Laut, aber von so vehement seltsamer Tönung, dass sie in mir durchgriff wie aus Unendlichem, wie von anderm Gestirn. –

Es begleitete sich mit der Empfindung, meine Arme nicht bei mir zu haben, sondern irgendwo über mir hinweg. Dann öffneten sich mir schon die Augen: Meine Arme lagen eng um einen Hals –. Meine Hände umfingen mit starkem Druck einen Hals und drosselten ihn. Der Ton war ein Röcheln gewesen.

Was ich erschaute, Blick in Blick, dicht vor mir, unvergesslich fürs Leben, – ein Antlitz –

Später fiel mir oft ein, wie am Vorabend vor unserer Verlobung beinahe ein trügerischer Schein des Mörderischen auf mich hätte fallen können.

Mein Mann trug, für abendliche Heimgänge in seine damals sehr entlegene Wohnung, ein kurzes, schweres Taschenmesser bei sich. Es hatte auf dem Tisch gelegen, an dem wir uns gegenübersaßen. Mit einer ruhigen Bewegung hatte er danach gegriffen und es sich in die Brust gestoßen.

Als ich, halb von Sinnen auf die Straße stürzend, von Haus zu Haus nach dem nächsten Wundarzt auf der Suche, von eilig mit mir Gehenden über den Unfall befragt wurde, hatte ich geantwortet, jemand sei in sein Messer gefallen. Während der Arzt den auf den Boden gesunkenen Bewusstlosen untersuchte, machten ein paar Silben und seine Miene mir seinen Verdacht deutlich, wer hier das Messer gehandhabt haben mochte. Zweifelhaftes blieb ihm, er benahm sich aber in der Folge diskret und gütig.

Der Umstand, dass das der Hand entgleitende Messer die Klinge einklappte, hatte das Herz geschützt, doch gleichzeitig ein Dreieck verursacht, das die Wunde schwer heilbar machte. –

Es war nicht das einzige Mal, wo wir vor dem Tode gestanden, mit dem Leben abschlossen und unsere Angelegenheiten den Nächsten gegenüber ordneten. Zwei Menschen wurden voll der gleichen Ratlosigkeit und Verzweiflung.

Freilich: Stunden, Augenblicke, nach denen sich unser sonstiges Erleben nicht bemessen ließ. Verband uns doch so vieles an denselben Neigungen und Denkrichtungen. Gewöhnlich – so scheint mir – überschätzt man das zwar durchaus; gewiss schlägt es Brücken und bereitet Freude und Arbeitsgemeinschaft, aber ebenso oft deckt es gerade dadurch Verschiedenartigkeit, Abstand voneinander, mehr wohltuend zu, als dass es einander klarer sehen ließe und umso tieferhin zusammenschlösse.

Meines Mannes ausgebreitete Fachgebiete entzogen sich meinem Wissen und Verstehen überdies so absolut, wie es nur sein kann; doch auch wenn ich ihm anstatt dessen benachbart hätte sein können wie irgendein liebster seiner späteren Schüler von produktiver Befähigung, so würde dies sie nur ins Peripherische verschoben und uns getäuscht haben bis zur nächsten unaufhaltsamen Trennungsstunde. Aber helfend beteiligten sich die äußern Verhältnisse. Mein Mann hatte eine an Arbeit und Interessen reiche Stellung inne am Berliner Orientalischen Seminar. Da diese Professur vorwiegend Diplomaten oder nach Asien ausblickenden Industriellen zu gelten hatte, ließ sich allerdings nur ein Teil seines forscherischen Wissens dort unterbringen. Sein Kollege und Freund, der von dort aus, nach Aufgabe der Stellung, in den diplomatischen Dienst eintrat, der Gesandte und spätere Außenminister Rosen, bedauerte es lächelnd, dass mein Mann hier, wo man schon mit einem Trunk Milch auskomme, mit der kostbarsten Sahne zurückhalten müsse. Ganz anders aber verhielt sich dies für meinen Mann: Ihm galt es, von ungeheuerm Quantum Milch die ganze Sahne zu extrahieren!, mit andern Worten: dem rein Wissenschaftlichen dasjenige beizugeben, was ins Leben stärkend zurückfließen sollte; in Völkerschafts- und Dialektstudien sollte das nie bloß forscherisch Kondensierte mit enthalten sein.

Das Glück gab ihm ein paar richtige Schüler dafür, unter anderen den ihm lebenslang anhänglichen Solf. Die Stellung selbst aber wurde ihm genau dadurch verleidet und unmöglich gemacht, dass er nur – Milch reichen durfte.

Dies alles gehörte dermaßen seiner eigensten Natur zu wie ihr Atem selber, nicht wie ein dazu hinzutretender Zwiespalt oder ein abwendbares Missgeschick: Es war jedoch darin Verhängnisvolles beschlossen. Als ob, was in ihm stärkste Initiative war, zugleich an der Vollkommenheit ihrer Ansprüche scheiterte. Als ob, was ihm lebendigstes Leben bedeutete, am Unbegrenzbaren der Einzelausführungen sich ins Unmögliche schöbe. Als ob gleichsam »absolut« und »relativ« sich so ineinandersteckten, dass sie gegenseitig ihr Resultat leugneten.

Vielleicht ist es etwas hiervon gewesen, wodurch der Ausdruck seines Wesens und Wollens in seiner Erscheinung unvermittelt zu so suggestiver Gewalt zu gelangen vermochte. Vielleicht kam etwas von dieser verborgenen Tragik in den Ausdruck, wodurch er bezwang, – gleich einer Überwältigung von Wirklichstem und von nie zu Verwirklichendem.

Mit großer Selbstverständlichkeit passte ich mich deshalb von vornherein seinem Lebensverhalten an, wie es ihm für seine Ziele nötig erschien. Mir war auch recht, dazu Europa zu verlassen, als es anfangs geschienen hatte, wir sollten nach Armenisch-Persien in die Klostergegend von Etschmiadzin gehen. Auch unsere äußere Lebensweise bestimmte sich mehr und mehr nach der meines Mannes: Ich wurde, wie er, ein nach Simplizität von Kleidung und Nahrung und nach radikalem Verhältnis zur Luft strebendes Wesen; trotz meiner ursprünglich nordischen Gewohnheiten wandelte ich mich mit entschiedenster Zusage darin um und beharrte lebenslang darin. Und ein Gebiet gab es, auf dem wir uns sofort fanden und das uns die gleichen Tore offen hielt: die *Tierwelt*. Diese Welt des Noch-nicht-Menschlichen, an der so tief ergreift, zu spüren, dass sie unser Menschliches der Grundlage nach unverschütteter aufschließt, als wir es in all unsern Komplikationen wiederfinden. Unser beider Einstellung dem einzelnen *Tier*geschöpf gegenüber war ebenso gleichgerichtet, wie sie dem einzelnen *Menschen* gegenüber zwischen uns meistens verschieden blieb.

Im Gegensatz zur sachlichen kämpferischen Hingenommenheit meines Mannes an seine Grundziele, ermöglichte sich meine Anpassungsbereitschaft aus dem Ehrgeiz- und Zielfremden meiner Art. Ich hätte nicht mal zu benennen verstanden, was das endgültig Notwendige und Wesentliche für mich sei, aber vielleicht namentlich deshalb nicht, weil es zu seiner Durchsetzung meiner Sorge und Obacht nicht erst bedurft hätte; mir schien fast: Was man auch angriffe, wenn es nur *recht* geschah, müsse sowieso bis in den Mittelpunkt leiten. Hinzu kam allerdings die geheime Resignation, dass – wie ich mich auch benähme – ich im letzten Wortsinn nichts mehr zu verlieren hatte. Der Unterschied zwischen meinem nunmehrigen und dem frühern Verhalten – nicht nur zu dem Gefährten meiner Jugend, sondern überhaupt zu den Gefährten einst um uns herum – war namentlich darin gelegen, dass *einst* die Frage, ob oder wieweit man gemeinsamen Weges wandere, eine mir gewissermaßen harmlose, geistig beantwortbare blieb, während es *nun* kaum noch auf sie ankam – gegenüber einem Hineingestelltsein in unlösbar Verantwortliches.

Dadurch verselbständigte sich anderseits außerordentlich alle eigene geistige Verarbeitung; die Arbeit wurde etwas für sich, eine Sache begehrten und ernstlichen Alleinseins; sie streifte auch nicht eigentlich das Leben miteinander und die Problematik, die dieses mir aufgab. Alles was man Abschleifung aneinander nennt, fand zwischen uns am allerwenigsten statt. Deshalb brachten die Jahre, zuletzt vier Jahrzehnte, keine Mischung – aber auch keinen Abzug von dem, was jedem aus sich selber erwuchs. Noch als wir längst ganz alte Leute waren, kam ich mit manchem, was mich wesentlich und täglich beschäftigte, so selten zu meinem Mann, wie wenn ich dazu erst von Japan oder Australien hätte heranreisen müssen – und kam, wenn es geschah, damit in für mich noch um vieles entferntere Weltteile, die ich wie zum allerersten Mal betrat.

Ganz verständigen kann man sich darüber begrifflich kaum, und dennoch wäre es missverstanden, würde man daran nur die *Entfernung* begreifen, die sogar mit der Länge der Zeit noch zunahm. Eine kleine Szene vor meines Mannes letztem Lebensjahr könnte das erweisen. In jenem Spätherbst lag ich ungefähr sechs Wochen lang krank in der Klinik, und da ich ab vier Uhr nachmittags meiner psychoanalytischen Tätigkeit nachzugehen fortfuhr, erhielt mein Mann Erlaubnis zum Besuch schon vor drei Uhr: Die ordnungsmäßig statthafte Zeit war also begrenzt. Uns so gegenüberzusitzen, war uns aber ganz neu: wir, die wir die üblichen Familienabende »beim trauten Schein der Lampe« gar nicht kannten, die wir auch auf Spaziergängen am liebsten ungestört rannten, erfuhren damit eine Situation ungewohntester Art, die uns vollkommen hinriss. Es galt, die Minuten zu täuschen, die Zeit zu strecken wie einst im Kriege das tägliche Brot, von dem man leben wollte. Wiedersehn um Wiedersehn begab sich wie zwischen nach langem und von weitem heimgekehrten Menschen; und der Vergleich kam uns selber und breitete eine feine Heiterkeit über den Reichtum dieser Stunden. Als ich endlich aufstand und nach Hause zurückkehrte, ließen die »Spitalstunden« es sich nicht mehr nehmen, verstohlen mitzutun, und nicht nur zwischen Drei und Vier.

Unter den Menschen der literarisch und politisch interessierten Kreise jener Zeit nach unserer Eheschließung trafen wir einen Mann, der uns beiden besonders auffiel und gefiel. Im ersten Augenblick, wie das zu gehen pflegt, überhörte ich seinen Namen, ebenso er den meinen. Als dieser nochmals zur Nennung kam, bemerkte ich, dass er meine Hände mit vermehrter Genauigkeit in Betrachtung zog, und schon wollte ich ihn fragen, worauf er da eigentlich starre, als er in schroffem Ton seinerseits eine Frage tat: »Warum tragen Sie keinen Trauring?« Lachend erzählte ich, wir hätten die Ringe zu besorgen vergessen und es nun dabei belassen. Doch sein Ton blieb derselbe, er herrschte mich geradezu an: »Das muss man aber!« Gleichzeitig erkundigte sich jemand scherzend bei ihm, wie ihm die »Sommerfrische in Plötzensee« bekommen sei, die er wegen Majestätsbeleidigung gerade erst abgesessen. Ich konnte nicht umhin, es erheiternd zu finden, dass ausgerechnet seinem Munde ein so sittenstrenger Vorwurf gegen mich entfahren sei, aber er blieb, entgegen seiner vorhergehenden anregenden Gesprächigkeit, missgestimmt.

Später befreundeten wir uns bald, und nach einigen Wochen, bei der Heimkehr von einer zu zweien besuchten Versammlung, geschah es, dass er mir seine Liebe gestand, begleitet von den mir unfasslichen, ihn gleichsam entschuldigen sollenden Worten:»Sie sind keine Frau: Sie sind ein Mädchen.«

Für mich überwog der Schreck über dieses unvorstellbare Wissen so sehr alles andere, dass ich nicht nur in jenem Augenblick, sondern überhaupt nicht zum Bewusstsein über meine eigene Einstellung zu diesem Manne gelangte. Es ist nicht unmöglich, dass in mir selber Gefühle ihm entgegenkamen; doch sofern dies, ob auch noch so unwissentlich, unterwegs gewesen sein sollte, würde es doch völlig abgehalten worden sein durch eine zweite, nicht geringere Schreckwirkung, ja vielleicht sogar eine stärkere, als sie der sittsamsten Ehefrau, die sich unvermutet zu verlieben beginnt, zustoßen kann. Denn wie gering wäre mir die Gebundenheit an Sakrament oder Menschensatzung erschienen im Vergleich zu dem *Unlöslichen*, das durch meines Mannes Sein und Wesen jede Lösung ausgeschlossen hatte.

Schnell genug wurde ich auch in *diese* Schrecken zurückgeschleudert, die wir schon vor unserer Verlobung, dem »Gelübde für immerdar«, durchgemacht hatten. Die Aufregungszustände meines Mannes, der nicht blind blieb und dennoch Blindheit vorzog, indem er den Andern nur niederstechen, nicht aber sprechen wollte, beherrschten allein das Situationsbild. Und hieraus wiederum ergaben sich für mich unwillkürlich andersartige Gefühlseinstellungen als verliebte zu Jenem: nämlich Zufluchtsverlangen vor Schrecken, vor denen ich machtlos war und die unsere Tage und Nächte zu qualvoll durchlittenen werden ließen. Wie der Freund mir zu helfen versuchte in den verseltnerten gemeinsamen Stunden, mit echter Freundesbereitschaft und in einer Vornehmheit der Gesinnung, die ihn meiner Erinnerung unvergesslich macht, das bedeutete Erlösung aus fast untragbarer Einsamkeit. Aber es blieb nicht dabei stehen: In den Erregungen und Befürchtungen, denen er sich um mich überließ, steigerte sich sein eigener Zustand in Maßlosigkeiten, die an dieser wund geriebenen Stelle mich wie eine zweite Gewaltsamkeit folterten und bedrängten.

Wie sehr er auch als Hasser meinem Mann nicht nachstand, hat sich mir dann nach mehr als zwanzig Jahren nochmals offenbart. In schwerer Sorge um politische Bedrängnisse meiner Verwandtschaft in Russland erbat ich, in kurzem, geschlossenem Billett, von ihm Rat und Auskunft. Er erkannte meine Handschrift an seinem Namen und dem »Mitgl. d.

Reichstags«. Das Billett kam zurück mit dem postalischen Vermerk: Annahme verweigert.

Das Ende war damals gewesen, dass ich meines Mannes Forderung nachgegeben hatte, den Freund nicht mehr wiederzusehn.

Aber damit leitete sich erst die eigentliche Bedeutung dieses Erlebnisses für unsere Ehe ein, indem es eine Fortsetzung der bisherigen Gebundenheit als menschenunmöglich erwies. Von einer Scheidung nach außen konnte wie bisher auch jetzt keine Rede sein, und es war wie nichts anderes charakteristisch für meines Mannes Denkungsart, dass, was ihm dies ausschloss, weder in einer Hoffnung für die Zukunft gelegen war, noch in einer Ansicht über irgendwelche irrige Maßnahmen im Vergangenen, die noch korrigierbar hätten sein können, sondern das Festgelegtsein auf ein trotz allem unumstößlich *Wirkliches*, Vorhandenes. So bleibt mir der Augenblick eingeprägt für immer, wo er sagte: »Ich kann nicht aufhören zu *wissen*, dass Du meine Frau bist.«

Nach Monaten schmerzvoller Gemeinsamkeit und dazwischen hinlaufenden Trennungen, die das Alleinsein zu zweien vermeiden halfen, war der neue Standpunkt festgelegt. Nach außen hin veränderte sich nichts: nach innen zu alles. In all den Jahren erfolgten viele Reisen.

Einmal, in einer herzbewegenden Stunde, hatte ich an meinen Mann die Frage gerichtet: »Darf ich Dir sagen, was mir inzwischen geschah –?«

Rasch, ohne zu zögern oder einer Sekunde Raum für einen weiteren Laut zu lassen, hatte er geantwortet: »Nein.« So wölbte sich über uns und dem, was wir miteinander teilten, ein hohes, unverbrüchliches Schweigen, aus dem wir nie herausgetreten sind.

Trotz der besondern Art meines Mannes muss doch darin etwas von der Art des Mannestums überhaupt gelegen haben, wie verschieden die jeweiligen Zusammenhänge solcher Äußerungen auch sein mögen. Jahre später lautete die Antwort eines Freundes an mich ähnlich, nachdem ich ihn aus harmlosesten Gründen längere Zeit nicht hatte sehen können: den Grund missverstehend, erwiderte er auf meinen Vorschlag, ihm zu erklären, warum, nach einer Minute überlegenden Schweigens, entschieden: »Nein. Ich will es nicht wissen.«

Bei unserer Gewohnheit zurückhaltenden geselligen Verkehrs mochte man sich Gedanken über uns machen, die wir nicht kannten; vielleicht nahm die menschliche Welt wie sie ist an, entweder sei mein Mann mir untreu geworden, oder ich ihm? Wer konnte sich auch denken, mit welcher Inbrunst ich zu jeder Zeit meines Lebens meinem Mann, wie einen beglückenden Aufbau zu Weihnachten, eine Frau oder die liebste, beste, schönste Geliebte zugedacht hätte. Unser Schweigen zueinander würde es nur haben verdeckt gehalten, was sich ereignen könnte, aber nie hörten meine Wünsche auf, es zu begleiten.

Was mich selber betraf, so mögen die vorausgegangenen Kämpfe und Krämpfe, die allzu gewalttätig gegen eine aufsteigende Sehnsucht gestritten, gerade dazu mitgewirkt haben, dass mir dann die Liebe unter einer großen Stille und Selbstverständlichkeit begegnete.

Nicht nur ohne Trotz- oder gar Schuldgefühle, sondern so, wie Gesegnetes begegnet, durch das die Welt vollkommen wird: die Welt nicht nur für einen selbst, sondern gleichsam die Welt an sich. Wie Taten sich vollziehen, deren Vollzug gutgeheißen ist unabänderlich und weit über unser Dafürhalten hinaus, und von uns nur empfangen wird ohne unser Dazutun.

Deshalb soll man gar nicht erst zu vergleichen und zu messen versuchen zwischen der *Größe* und der *Dauer* echter Leidenschaften: ob ihr Umfang die Zeitdauer eines Lebens beträgt und er sich für immer allen praktischen Bezogenheiten eingliederte, oder ob er Wiederholungen zuließ. Man kann jenes als ein über alles Verstehen Herrlicheres empfinden und sich dabei bescheiden eigener Unzulänglichkeit bewusst werden, weil sich eben an solchem Fall alle Einzelzüge der Liebe subjektiv und objektiv sichtlicher auseinanderlegen und beurteilen lassen. Aber wir ahnen ja so wenig vom Geheimnis *aller* Liebe, eben infolge der Not unserer Beschränkung auf das rein Personelle – infolge unseres Begreifens nur daran entlang. Das ganze Mitspiel unserer Allzumenschlichkeit sowie unserer leidenschaftlich intendierten Übermenschlichkeit verfängt sich in unsere Wertungen und Abschätzungen dessen, was keines Menschen Herz je dem Verstand voll unterbreitet hat.

Deshalb verbleibt dem Verstand nichts als sein Bemühen um das Dunkelste *leiblicher* Vollzüge, die dadurch nur der Banalisierung vogelfrei stehen. Ist es damit jedoch nicht wie mit dem Wein und Brot des Sakramentes, das wohlweislich nach des Leibes Trank und Speise greift, *um zu sein?*

Der Mensch unserer Liebe, gleichviel in wie gesteigertem Zustand geistiger und seelischer Ergriffenheit Beider, bleibt ein Priester im Messgewand, der nur notdürftig zu ahnen vermag, was er zelebriert.

Spät, aber immerhin noch über zweieinhalb Jahrzehnte lang, fiel meinem Mann die Wirksamkeit in Göttingen zu; denn auch seine Emeritierung änderte daran nichts Wesentliches: Sein Stamm von Schülern oder von ausländischen Kollegen, die bei ihm arbeiteten, verließ ihn nicht. Einmal war Berufung nach Berlin nahe, scheiterte aber daran, dass eine in Arbeit befindliche Publikation rascher hätte erledigt sein müssen, als es meinem Mann geboten erschien. Die Erwartung überhaupt, die man an publizistische wissenschaftliche Erledigungen unwillkürlich stellte, fügte dem Glück an seiner Wirksamkeit auch manche Gereiztheit hinzu, etwa verbunden mit dem natürlichen Wunsch, irgendwelche äußern Hindernisse dafür verantwortlich zu machen, wenn er Abschlüsse hinausschob; unter anderm entstand dadurch ein in seiner Intensität fast maßloser Hass gegen den Wirt einer Schenke uns gegenüber, aus der (ob auch nur schwacher) Lärm eines Grammofons bis zu uns herüberdrang. Oft und oft gedachte ich der humoristisch vorgebrachten Worte seines ältesten Freundes und Kollegen, Prof. Hoffmann in Kiel, der uns bald nach unserer Verheiratung besuchte; er hatte behauptet: »Vielleicht, wenn Andreas die sofortige Hinrichtung drohe, wäre von ihm eine fachliche Erledigung zu erlangen – vielleicht aber auch dann nicht: so sehr hinrichten müsste er dazu sich selbst«. Denn jeder Abschluss ist auch ein Verzicht auf ganze Vollkommenheit dessen, wovon man total und bis ins Letzte durchdrungen ist.

Ich kann nicht umhin, in diesem Sinne des Eindrucks zu gedenken, den die Haltung der Deutschen im Weltkrieg auf ihn ausübte, auch noch jenseits allen vaterländischen Feuers: des Eindrucks von gleichzeitiger Hingerissenheit und Exaktheit, von Getragensein durch begeisternde Gemütskräfte und von beispielloser Tüchtigkeit in aller Einzelausführung, die nichts gering achtete oder ausließ. In der Bewunderung dafür spitzte sich ihm sein eigenes Wesensproblem zu einer Ratlosigkeit zu, darüber, wie beides sich fördern könne, anstatt einander zu hemmen.

Das war ja aber kein überwindbarer Zwiespalt in ihm, sondern es war sein Wesen als solches, das Schauplatz und Zusammentreffen sein musste für zwei zu weit auseinanderliegende Welten, in die er sich hineingeboren fand. Und das Allerbitterste für ihn – sofern es sich hätte ereignen können – wäre trotz all der scheinbaren Zwiespältigkeit dies gewesen, wenn er den Riss künstlich geschlossen hätte durch Opfern des einen fürs andre. Nichts gliche der Zerstörung, die mit ihm hätte vorgehen müssen, wenn er irgendwelcher Zwecke oder Erfolge halber getan hätte, als sei exakt erledigt, was in ihm noch nach zeitlos breiter Vollendung der Kombinationen schrie.

Man darf, des Mangels dieser Besonderheit völlig bewusst, auch ja nicht übersehen, dass sie ihm eine unbeschreibliche Jugend schenkte und erhielt. Was arbeitend in ihm umging, blieb irgendwie von Zukunft umwittert; nicht nur von einer zum Ablauf sowohl begnadeten wie auch verurteilten Zukunft, sondern einer aller bloßen Zeitbedeutung entnommenen. Machte ihn das bald ratlos, bald rastlos, bald erschöpft, bald sorglos untätig, so verjüngte es den innersten Ausdruck seines Seins zugleich in einer mir sonst bei kaum jemandem aufgefallenen Stärke. Noch im hohen Alter verschlug es hieran nichts, dass es ihm die Schultern beugte oder dass er erschwert hörte, – wie auch sein weißer Kopf an Ausdruck zunahm und das dunkle Auge, dem blauen Greisenring zum Trotz, zu einer erhöhten Eindringlichkeit gekommen zu sein schien, als ob zu ihrem Aufstrahlen das Dunkle allein nicht mehr gereicht hätte.

Ich entsinne mich in allen Einzelheiten seines 70. Geburtstages. Die Feier durchs Offizielle und durchs Freundschaftliche traf ihn umso weniger vorbereitet, als sein 60. und 65. Geburtstag in den Wirren der Zeit sich nicht ähnlich herauszuheben vermochten. Eigentlich entriss es den erst gegen Morgen zur Ruhe Gehenden dem Bett: aber mit welcher innern Gegenwärtigkeit stand er dann unter allen. In spontaner Gegenrede auf Glückwünsche, auf ungeschminkte Verehrung – und auch leise erinnernde Mahnung der damaligen Magnifizenz der Universität, er habe noch zu geben, was nur er zu geben imstande sei, – auf all das entwickelte sich ihm voll Feuer und Überzeugung ein Bild von dem, was Wissenschaft überhaupt noch zu leisten habe; er sah für künftige Jahrzehnte eine beginnende Zusammenarbeit der philologischen Disziplinen nach dem Beispiel der naturkundlichen voraus, und man nahm förmlich wahr, wie er persönlich noch – gewährleistend – dies als eine Tatsache miterlebte, der die Zeitläufte einfach gehorchten. Hier und da lächelte einer andeutungsweise, andern kam das Wasser in die Augen –. Aber *so* wenig wie er selber dachte gewisslich noch jemand daran, dass Erwartungen, die man an ihn geknüpft, unerfüllt geblieben seien – ja vielleicht in einem hohen Sinne unerfüllbar seien.

Seine innern Tatsachen waren immer wach in mir, aber nie bildeten sie ein Gesprächsthema zwischen uns. Zweimal, glaub ich, zwischen vielen Jahren, wurde es überhaupt gestreift. Diese Art, dem andern nicht en face zu stehen, ja gewissermaßen abgekehrt, blieb uns eigen; wie denn auch im Übrigen Änderungen und Entwicklungen in unserm Verhalten zueinander nicht stattfanden: Es behielt seine simple und unwandelbare Grundlage. Hinzu kam, dass meine Tätigkeit insofern eine schweigsame war, als, was mich am Miterleben anderer und an ihrer Behandlung ergriff, sich nicht zum Wiedersagen eignete, und als außerdem starke Ablenkungen meinem Mann leicht Schaden brachten. Die vollkommene

Freiheit, worin so jeder zum Seinen stand, war aber jedem von uns als – ebenfalls – *Gemeinsamkeit* bewusst, der man inne blieb; man könnte vielleicht sagen: eine einfache Ehrerbietung gegeneinander, in die wir gemündet, fühlte sich dabei doch wie Besitz und Sicherheit an. Denn für Eins bewahrte mein Mann auch im vollsten Beschäftigtsein eine wunderbare Witterung: ob und wieweit der andere ruhig und freudig seinen Weg ging. Ein Beleg dafür prägte sich mir tief ein. Ausnahmsweise hatte ich etwas Erzählendes niederzuschreiben begonnen – inkonsequenterweise, da ich seit dem Beginn meiner psychoanalytischen Tätigkeit mit dieser bisherigen Gewohnheit vollkommen abgeschlossen hatte –, und das Zuviel beider Arten von Konzentration machte mich ganz in Arbeit versinken; hinterher rief ich, in Gewissensbissen, lachend aus: All die Zeit sei ich gewiss ganz unbrauchbar und unausstehlich gewesen! Und da antwortete mein Mann darauf mit einem durchleuchteten Gesicht, das sich gar nicht wieder vergessen lässt, fast im Jubelton: »Du bist so glücklich gewesen!«

In der Mitfreude daran lebte mehr als nur Güte, wie stark diese auch daraus sprechen mag. Die Fähigkeit zum *Sichmitfreuen*, dieser hervorstechendste Zug seiner Menschlichkeit, bedeutete ihm stets ein Erfassen des Andern als seinesgleichen: ein Erfassen des in Beiden gleichen wesentlichsten Urgrundes. Von daher der mächtige, überzeugende Ausdruck, den er gewann: der einer *Wirklichkeit*, die er dabei erschaute. Und noch heute, unerachtet der Tatsache des Todes, den er nie beachtete, mit dem er sich nichts zu schaffen machte, findet dieser Ausdruck in mir seine Fortsetzung: Jedes Mal, wo ich in mir selber am tiefsten komme, begegne ich gleichsam dieser Mitfreude. Würde er nicht vielleicht dazu gesagt haben: – weil er, allem zum Trotz, damals dennoch mit uns Beiden recht gehabt?

Kam das mich Überwältigende jenes seines Ausdruckes damals von daher, dass es aus einer letzten Wahrheit kam? Ich weiß es nicht. Vergib, vergib: Ich weiß es nicht. Aber in den Augenblicken solchen Frohseins war mir, als wüssten sie es für mich.

So erfuhr ich mein Gedenken an Dich nicht wie an ein Vergangenes, sondern wie ein zugleich Entgegengehendes. Es war nicht eine Totenfeier, es ward eine Lebens-Erfahrung.

CPSIA information can be obtained
at www.ICGtesting.com
Printed in the USA
LVHW102021060123
736479LV00002B/523